U0918961

我们阅读
WOMENYUEDU

魅丽文化
花火工作室

是我多情

云拿月 著

yun na yue works

Is my affectionate

图书在版编目（CIP）数据

是我多情 / 云拿月著. — 南京 : 江苏凤凰文艺出版社，2017.10
ISBN 978-7-5594-0984-3

Ⅰ. ①是… Ⅱ. ①云… Ⅲ. ①长篇小说—中国—当代 Ⅳ. ①I247.5

中国版本图书馆 CIP 数据核字 (2017) 第 207972 号

书　　名	是我多情
作　　者	云拿月
出版统筹	黄小初 邹立勋
选题策划	朵 爷 叉 叉
责任编辑	胡小河 姚 丽
文字编辑	肖云梦
责任监制	刘 巍 江伟明
出版发行	江苏凤凰文艺出版社
出版社地址	南京市中央路 165 号，邮编：210009
出版社网址	http://www.jswenyi.com
印　　刷	湖南凌宇纸品有限公司
开　　本	880mm×1230mm　1/32
字　　数	260 千字
印　　张	9.5
版　　次	2017 年 10 月第 1 版，2017 年 10 月第 1 次印刷
标准书号	ISBN 978-7-5594-0984-3
定　　价	34.00 元

目录

C O N T E N T S

目录

CONTENTS

第一章

他眉间的岁月

1

落水的时候，程隐差点没命。

她不会游泳，又是过了好久才被救起，再慢些恐怕真的要长眠。

游泳池在屋外，足足有两米多深，于 Party 一片热闹声中，外头这点声响实在很难惊动人，还是在门边吹风的某位碰巧看见，一嗓子招呼才把一群嬉笑玩闹的人喊到泳池边去。

“扑通——”

“扑通——”

跳下去两个人，谁知去的是同一个方向，两人挤作一团，捞起来的是同一个人。风一吹，湿衣服粘在身上，旁观的人看着就觉得冷。等他们上了岸，打寒战围观的猛然才想起来——

“还有一个！程隐！程隐也掉下去了还没上来！”

岸上正在做心肺复苏的两人顿了一下，不多时就听到一声“扑通”落水声，又有人跳了下去。

还好捞起来了，虽然比前一个晚了许多，但总算是捡回一条命。两个落水的都吐了水，程隐稍微严重些，呛进肺里的水更多，送到医院之后发起了高烧，在病房一窝就是好些天。

一场聚会闹出这种事，散了后各自回家，多多少少都挨了家里的骂。

不比舒窈，程隐高烧不退昏沉沉睡了两天，只有沈家人来看过她，说过的话不少，唯独沈老爷子真正提起落水的事。

老爷子来病房的那天，程隐已经烧退能正常说话聊天了，但全程没有插嘴，偶尔点头表示在听。

或许是看她高烧折腾去了大半精神头儿，脸色苍白，孱弱十分，老爷子开口时小小叹了一声。

他说："舒家那丫头，从小就被娇宠着捧在手心，她哥……还有晏清，都喜欢带着她玩，一时情急都去救她也是可以理解的，你不要放在心上。做人不能事事计较，咱适当放宽心，过去就过去了，别想太多。"

过后，他又叮嘱一遍："别怄气，日子是自己的要好好过，知道吗？"

金色光线透过病房阳台落地窗折射照进屋里，照在程隐插着针头的手背上，悬挂吊着的输液瓶里缓缓滴着药，一滴一滴流进她的血管。

她没吭声，只是点头，一如既往的地乖巧。

探视的人走后，病房格外安静，程隐一个人躺在床上，闭眼就是铺天盖地的水，淹过眼鼻耳喉，蓝得发黑。

老爷子说的道理，程隐都懂。他说得没错，人家是从小被捧在手心上的，被整个舒家当成宝，上下娇宠着。

她呢？谁不知道。大院里没人不知道——

她是被沈老夫人挚友收养的，受沈家恩惠才得以长大。

程隐被遗弃的时候，只有五岁。她被扔在巷子里，穿着一身脏兮兮的旧衣服，差点撞上途经宽巷的车。去喝下午茶的沈老太太就坐在车里。她怯生生不说话，不知道父母姓名，不知道家在哪儿，沈老太太只好把她送到附近的警局里。

询问的人问了好久才问出一些信息。她说自己走了很远很远的路来到这里，还说妈妈让她乖乖站着不许跟上去。警局里人一听都叹气，看样子大人遗弃是有预谋的，扔孩子扔得煞费苦心。

那个年代通信不发达，程隐原本要被送去孤儿院，进孤儿院前做了个身体检查，后来就被沈老太太托给了挚友——廖家老夫人。

知道这件事的，人人都说程隐命好。沈老太太是梨园中人，有幸生于太平世道，师从当时戏曲界备受尊敬的姚派创始人，后毕业于正经戏曲学校，虽然她嫁给沈老爷子后就没再唱过，但一直颇有地位。

廖家与沈家并邻，门户相当，自此多了个养女。但谁都清楚，廖家人和她情分一般，她成年后，廖老太太去世，廖家下一辈搬离的搬离，移民的移民，和她没了联系。

倒是沈家一直照拂她，有特意给她备的房间，连名字亦是沈老太太起的。她记不得原名原姓，只知道自己叫阿“yin”，妈妈就这么喊她。小孩子音调拿不准确，至于是“因”“音”“引”，还是“吟”，问到这里，她瞪着黑漆漆的眼睛又不说话了。

沈老太太选了“隐”字，“程”则是程隐自己在字帖里挑的。名字定下，有了家，沈老太太老年闲适，还教她唱戏的本事，算半个弟子。跟着练功的不止程隐，还有沈家孙辈排行第三的那位，沈晏清。

沈晏清那时八岁，长得比同龄人高许多，面容清冷，小小年纪看人的时候眉间却总有些不耐烦。除此之外，模样俊俏干净。

在课上要喊师兄，不爱说话又怕生的程隐破天荒地没有抗拒，她站在他对面十分乖巧地开口：“师兄。”

和沈晏清相处，他总是皱眉，离了沈老太太跟前，他眉间的不耐烦越发深重。

程隐有的时候会想，大约他天生这样。时间长了，发现并不是，他和大院其他孩子玩时，除了比别人稍显成熟，大多时候很平和。原来他的不耐烦也分情况。

程隐明白了，沈晏清独独不喜欢她，但她不介意。时间一天天过，一年年溜走，她上小学、上初中、上大学，十多二十年，同他相伴最久。

她听过他清冷说话的声音，听过他粗重的呼吸，见过他穿练功服的样子，也见过他在床上隐忍欢愉的表情。

唯独他眉间的不耐长年累月，由始至终，一如最初。

人人都夸程隐运道非常，遇上这种好运，虽然廖家离开，但还有沈家看顾。不管是外人还是沈家人，大概都没想过程隐会走。

沈晏清同样没想过。对于落水的事，他对她有些说不清道不明的尴尬，和丝丝前所未有的愧疚。但事情过去，程隐住院、出院，日子照常过，和以前没有什么不同，他以为事情早就翻篇。

谁知道她竟然走了。

她说要出国进修，飞机飞到大洋另一端，从落地那一刻起人却没了音讯。查过，也找过，每一种迹象都显示她不是遇上麻烦，而是故意躲到暗处，不愿意被沈家人找到。

花了半年时间，她一个大活人犹如石沉大海，踪迹全无。最后一次听到汇报的进展，老爷子沉默了很久，拄着拐杖一步一步从小厅走回房间，拐杖在地面一下下撞击出声响。

家里人去安慰他，他悠悠说了句："算啦，那孩子没有对不起我们。她做得够好，够多了。"

第二天，老爷子便让找人的不必再找。

她既然想走，必定早有准备，在另外一个国度应当也能过得好。

沈晏清本应无所谓，却有些说不清自己的心情。时间倏而快如白驹过隙，转眼五年，他还是和当时一样，想起这件事就略微恍惚。

他没想过程隐会走，没想到她会离开，更没想到——

消失五年后，她又回来了。

沈老爷子身体一天不如一天，坐在摇椅上回忆旧事的时间越来越长，总是想起沈老太太，然后便会想起陪在沈老太太身边最久的程隐。

程隐就是在这个时候回来的。

下过雨的地面微微泛着潮，出太阳后，灼灼光线不多时就将湿气烤干。院子里两座小凉亭之间连接着长廊，顶罩是如楼梯般一格格镂空的石梯，爬满茂密的藤蔓。

沈晏清还没进门，就遇到去倒垃圾的周婶，说程隐回来后跪了好久。老爷子一开始沉着脸，后来绷不住，叫起后看她膝盖红红的反倒自己心里过不去。老爷子面上虽说气她杳无音信一走就是几年，但老爷子今天精神头比起前几日好多了，分明是高兴的。两人在书房里谈了有一会儿的话。

鲜嫩的清新味道从泥土里泛起来，金色太阳光照在三层矮矮的阶梯上。

沈晏清本以为程隐在屋里，没想到她就站在大门口，倚着门框，手揉着膝盖，懒洋洋地看向他。

“哟，沈晏清。”

他停下步子，在离她稍有距离的地方，站住了脚。她在他面前总是吊儿郎当，完全不像面对其他大人那般乖巧，这一点丝毫没变。

她嘴角噙着一丝笑意，见他不动了，弧度弯得更盛，笑吟吟地将眼睛弯成了弦月。

沈晏清停了有半晌，总觉得，她的眼里盛满了盈盈水波。而她分明是笑着，却偏偏让他想到另一个表情。

那一年，她落水被送去医院，醒来的那天，他在病房里陪着。

她差一点就没了命。尴尬、愧疚，他说了很多话，她一句都没答，一个字都没说，一直不肯转头看床侧一眼。

等了很久很久，久到让人以为她睡着了，她却扯了扯被子，将被沿遮到自己鼻梁上。

“你明明知道我不会游泳。”她说，“……我以为你会救我的。”

那时候和此刻一样，她的眼里都是澄亮一片。不同的是，现在是在笑，而那一天，她呜咽着攥紧棉被挡住半张脸庞，眼角滑落一大颗眼泪。

2

斜阳细碎斑驳，照出两道长长人影。

沈晏清不动，程隐亦不动，收了揉膝盖的手环抱于身前，笑意不减，直直看他。四下静谧，只有树叶飒飒摇动的声响，默然对视几秒后，他才动身，提步上了台阶。

大门前位置不窄，沈晏清和程隐隔着三步，不多不少的距离。他视线落在她膝盖上："红了？"

程隐扬唇："地板太硬。"

沈晏清盯着她膝盖上那团红痕看了一会儿。

以前也常有，只是情况不同。欢好的时候，她膝盖也嫩，床单磋磨，时间长了就容易红。

程隐向后撇了撇头示意里面："沈爷爷在等你。他说你要是回来了，先去他书房一趟。"

话说得好像一早就料到他会回来，爷爷是，她也是。

沈晏清没有立刻进去，目光在她脸上扫过两遍，无声打量。

"我脸上有东西？"程隐作势抬手摸了摸。

他目光稍敛，不答只问："什么时候回来的？"

"今天。"见他沉沉盯着自己，程隐没正经地笑起来，"你猜？"

沈晏清皱了皱眉，说："等会儿找空，我们聊聊。"

"哦。"她看都没看擦身而过的他一眼，倚着门框悠闲异常，从口袋里掏出一小包葡萄干吃起来。

走到厅里，脚踩上地毯，沈晏清停下回头一看，背着外头光影，能看得见她半张侧脸，就着午后下落的夕阳，脸庞在余晖下泛着淡淡的光。她一边嚼着小食，一边哼着《苏三起解》，曲不成曲，只能约莫听出个大概的调儿。

好像没有什么能再攫夺她的注意了，一方天地，左右各物，都不如手里那包葡萄干来得有滋有味。

程隐来沈家，自然不可能和老爷子见个面说会儿话坐一坐就走。她在外有落脚的住处，虽不在沈家住，晚饭还是得吃。

其他人都有自己的去处，非年非节，回来也是各来各的，不太撞得上，很难凑齐。饭桌上包括程隐和沈晏清，只有三个人。

“晚上我打电话给他们，让他们过几天都回来吃个饭。”

老爷子名承国，年轻时人如其名，硬朗飒爽气概雄雄，如今上了年纪，米饭也吃得少了，碗里稠稠白粥熬得软烂。

调羹磕碰碗壁，脆响轻轻，沈承国说：“咱们许久没坐在一块吃饭，正好阿隐回来。”他喝下一口粥，下颌颤颤，许久才接上一句，“好事，是好事。”

沈承国和程隐一问一答叙话，已然将食不言的规矩抛到脑后。只是谈的多是今后的事，对于她消失的这五年，老爷子绝口不提。

吃完饭后陪着喝了杯茶，聊了一会儿，两个小辈起身。

沈承国喊来周婶，程隐忙说：“不用送。晏清哥会送我，我坐他的车。”

沈晏清和沈承国都顿了一下。后者抿唇，点了点头：“行吧，那你们去。”说完看向沈晏清，叮嘱，“路上小心着，开慢些。”

沈晏清“嗯”了声。

出门，坐上沈晏清的车，程隐系好安全带抬头，见他点燃一根烟，半天没开车。

“不走？”

他的眼睛和挡风玻璃外的夜色一样黑，其间泛起点点光，明明灭灭一如他指间猩红的烟头。

“你刚才叫我什么？”

程隐慢半拍才反应过来：“晏清哥？”

瞅着他的脸色，她又笑开：“怎么，不能叫？”

沈晏清吸了口烟，而后吐出长长烟圈。

“你不会又想揍我吧？”程隐无聊，抬手用指节叩了下车窗，“晏清哥。”

“我揍过你？”

她想了想：“……好像没有？”又笑着点头，“得，那算我记错了。”

他没接话。

小的时候，她偶尔会这样喊他“晏清哥”，他不喜欢，她悄悄嘀咕过，说显得亲近。从沈老太太去世那年开始，后来就不叫了。

骨灰下葬那天，程隐躲在空空的练功房里哭得眼泪鼻涕糊了满脸，从墓园回来的沈晏清最先发现她。

他没给她递一张纸，失去亲人的悲痛让他棱角尖锐。那时，他对哭得停不下来的程隐说：“平时觉得累讨厌练功的不是你？你对我奶奶早就不满了，装什么装。”

明明不喜欢，偏偏在大人面前从不流露半分。少年沈晏清心细如发，和她相处又是最多的，哪里会不知道这一点。

她顶着红肿眼睛看他，他清冷面容看不分明，声音淡漠。

“她以后都不在了，不用装了。你这样有意思没。”

她从来都是跟在他身后言听计从，那一天第一回没听他的“不装了”，愣愣地看了他两秒后，双手捂住脸，放声痛哭。声音响彻整个练功房。

“晏清哥”三个字，好像就是从那个时候起，随着她哭到湮灭在喉间的声音，一起消失不见。

想到旧事，车里静了一会儿。

夜色渐浓，程隐敲车窗敲了几下没劲，他香烟抽了一半，她已经耐不住。

“走不走？不走我自己打的回去了。赶着回家睡觉，困，明天还得上班。”

沈晏清把烟掐灭在烟盒里，引擎发动，一脚踩下油门。穿过城市霓虹灯影，车开进程隐住的公寓楼下，停车场里昏暗一片，黑沉沉的比外头还暗。

“送到这儿行了，你回吧。”

程隐拎了包就要开门。

沈晏清叫住她。

开门的动作一顿，她道："干什么，还要叙旧？这大晚上的。"

沈晏清说："我们聊聊。"

"聊什么？我时间很紧，明天要上班。"

他侧目："哪家公司？"

"报社，《同城晚报》。"

"什么时候进去的？"

"回来之后。"

也就是说，她早就回来了，不是今天才到，但今天才回家。沈晏清想抽烟，看了看烟盒里那半截，拿烟的手又收回。他问："为什么回来不联系……"顿了下接上，"不联系爷爷他们？"

"安顿好再去见沈爷爷怎么了，反正没差几天。沈爷爷想我，也不急着那一时半会儿，对吧？"程隐挑眉，"行了不说了，我回去了。"

他虽说要谈谈，可她兴致缺缺，说罢便不再多言，径自开门下了车，干脆，利落。

程隐进同城晚报，走的后门，她学的专业其实和这个并不对口。

部门上下都知道，一帮女人无论年轻的年纪大的，从程隐入职第一天起看她的眼神就歪了三分。她晓得她们背后议论，闲话没少说，但从来不放在心上。

回沈家一趟，见了沈晏清，程隐多少还是觉得有些累，一觉睡到天亮。上班前打开邮箱看了眼，递到嘴边的热牛奶差点烫了嘴。一封匿名邮件，标题硕大：

"贱人去死！为了上位手段下作，不要脸！"

头一行最显眼，下面的内容其实没什么看点，无非是一些粗俗谩骂。这个是她入职后递交的工作邮箱，这些天处理公事收发文件用的就是它。她是个闲职，收邮件的次数不多，随意看看，没想到当头会碰上这一遭。

程隐盯着屏幕瞧了半晌。骂得有够难听，把她祖宗十八代都问候了一遍。可惜，她自己都不知道她祖宗十八代谁是谁。

报社里传风言风语的人不少，竟然真有人能气得这么真情实感。挑眉，饮尽杯中的热牛奶，程隐合上电脑，拎包出门。

九点半，她直奔副总办公室，推门进去直接往桌前的转椅上一坐。

“有人人身攻击我。”

“谁？”

给窗台盆栽喷水的人放下水壶，坐下前顺手调整桌上放反的职务牌。正面朝外，副总两字后印着名字：秦皎。

程隐点出手机邮箱，递给她看。内容太糟糕，秦皎看完脸色难看得不得了，和一脸平静的程隐反差鲜明。

程隐进报社是秦皎卖的面子，老板点头，直接空降。为了避嫌不给秦皎这个副总添麻烦，程隐入职不过十天，踏入她办公室的次数不到三次。结果就教人误会了，以为她和哪位男高管有关系。

下面的人有闲话不敢在秦皎这样的管理层面前说，程隐又不是个爱抱怨的性子，拖到今天秦皎才知道。议论议论倒罢了，发展到发匿名邮件辱骂攻击就过头了。

秦皎板着脸：“我让人查。”

“不用了。”程隐坐姿懒散，“堵得住一张嘴，堵不住每张嘴。”

其实空降不空降的，倒不如说是秦皎肩膀厚实，她坐在巨人肩上，所以才稳当。

秦皎一毕业就进了这家报社，能力强，工作认真上进，又勤勤恳恳肯学肯做，业绩好，于是职务升得快。报社难挨的时候走了好多人，她没走，愣是咬牙坚持下来，论贡献，除了老板之外她认第二没人敢认第一。要不然她也不会是副总，要不然也不会她一开口老板就愿意卖她面子。

程隐懒得揪这个人。秦皎沉默了几秒，说：“那你……”

“我就是告诉你一下。”程隐歪歪靠在转椅上，“不然我没谁可说，除了你也没人关心我。”

秦皎听得不是滋味，没接话。

秦皎用眼尾斜她一眼，手机还她，问：“你昨天说去那儿，去了？”

“嗯。”

“怎么样？”

“周婶做的菜还是很好吃。”

“……谁问你这个。”秦皎翻白眼，“见到沈晏清了吗？”

程隐点头。

见她又吊儿郎当不说话，秦皎抽了张纸捏成团扔她：“别嬉皮笑脸。”

程隐用手卷头发，发丝缠着手指，一下下绕着，松开，再绕。

“我昨天和他说了。”

“说什么？”

“不结婚的事。”

秦皎顿住，看她。

“昨晚沈晏清送我到家，在我公寓楼下。”

昨晚下车后，她又回了身，敲开他的车窗。

程隐冲秦皎挑眉，语气无所谓：“我跟他结婚的事作罢，我告诉了他，我和沈爷爷谈过，他老人家同意了。”

3

程隐和沈晏清的婚事是她上大学那年定下的。较真说的话，定倒也不算，就是得到了沈承国首肯，由他老人家拍板，沈晏清的父亲最终也同意。一家人为此凑齐吃了个饭，菜式气氛都比平时隆重些，算过了场面。

原本是要订婚的，考虑到他们年纪还小，当时程隐十九，沈晏清二十二，便想着推一推，到合适时候再来具体操办。没想到一推几年，推到了程隐大学毕业，再一推，出了后面那些糟心的事。

秦皎被程隐忽然抛出的话头震了震，没说话。

没想到她是认真的。多少年了，她都为沈晏清造孽到这个份上，现如今人好不容易回来，结果却说当年定好结婚的事不再作数。

“你认真的？”

“你看我像开玩笑？”程隐拿余光斜过去。

“不结婚，然后呢？”

“该干吗干吗呗。”

秦皎噎了半晌，无奈摇头。

“不过说来也奇怪。”程隐咧嘴冲秦皎笑，“五年了，他都奔三了，怎么还不结婚？真有那么守信净等着我回来？”

“我又不是他，我哪儿知道。”

秦皎搞不懂他们的事，不过对于一点很清楚，只要程隐露出这副笑容，就说明她有话不想说。她不想说的事，谁也问不出来。

半个月前，五年踪迹全无的程隐突然一朝如鱼冒出水面，一个电话打来说自己要回国，秦皎激动完之后立刻就陀螺般忙活起来，又是给她找住处又是帮她打理进报社的事，样样包办安排好。她飞机落地直接住进秦皎精心布置的温馨公寓，什么都不用操心。

面对秦皎的关心，她倒好，只说这些年在国外给一个画家做助手，其余多的半个字都不肯说。

“社里是不是和Dear.K谈了合作？”程隐话题换得快，不再说沈晏清的事，谈起别的，“那个活动有人去吗？没人去的话交给我好了。”

Dear.K是个婚庆公司，最近承办了场大婚礼，找他们报社全程跟进，到时用一整个版面报道，目的是由小见大宣传他们品牌。前期准备社里跟了好长一段时间，婚礼举办日期将近，负责的小张却临时有别的事要忙。

秦皎翻了翻桌上的备忘录，很快拍板：“行，我让人把具体的内容发给你。”

“别忘了。”

就此说定，程隐揣回手机，起身走人。

大下午，吃过中饭，程隐开车往婚礼布置会场去。她有驾照，回来不久还没来得及买车，开的是秦皎的座驾。

离目的地还有一半路程，时间上盈余充足，她放慢速度，准备在路边停下找间便利店买瓶水。眸光沿着街侧一路扫到前面十字路口，莫名嘈杂，拐角的地方聚着一大堆人，堵得挡住了路。她靠边停车，趁着买水的空当拦下一个疾步往人群跑的大妈。

“阿姨，前面怎么了？”

中年妇女是八卦好事的主力，一张脸上满是来劲：“有人跳楼，就在楼顶上！”说完迈开步子跑过去。

街道上从商铺中探出头的人不少，大妈之后亦有不少人朝那个方向跑去，都是赶着去看热闹。

程隐看了一眼，抬头往上瞧，角度原因，看不到楼顶情况。

不是为了凑热闹，但程隐还是过去了。

人群议论纷纷，嘈杂一片，中间位置正对楼顶上的姑娘，程隐眯着眼顶住太阳光，能依稀看清一个人影。气垫已经铺好，大楼保安一部分在楼下维持人群秩序，一部分上楼极力劝导，专业人员正在赶来当中。

程隐对这种事情兴致缺缺，看一个失去求生欲望的人寻死有什么意思？瞧了会儿正要走，忽然听旁边的人你一句我一句讨论起来。

“听说是丈夫出轨，把家产全都藏了，和小三过逍遥日子。”

“何止啊，说是怀孕的时候，小三找上门来把她气流产了，以后可能都没得生咯！”

“真可怜……她老公现在估计带着小三逍遥快活，她连日子都过不了了……”

程隐步子一顿。

身旁的议论，即使带着几分同情，也是建立在事不关己的薄凉之上。她捏了捏手中的矿泉水瓶，蓦地回身快步走出人群，朝大楼后侧跑。途中瞄准一个绿色垃圾桶，把矿泉水扔了进去。

程隐沿着紧急通道向上跑，快到顶楼时被保安拦住。

“记者！”

程隐掏出报社证件在他眼前一晃，保安大叔来不及回神，没拦住她。

天台上，几个保安围成半圆，不敢靠近想要跳楼的女人，那道单薄身影在围栏外被风吹得摇摇欲坠。

大概情绪到顶，女人抓着栏杆的手就要松开。

“我帮你——”

突兀的声音打断了节奏，保安和女人齐齐朝程隐看来。程隐刚跑上来，气息略微急促。

眼里有晴空，也有雷鸣。

她看着女人，说：“别死。我帮你。”

人救下来了，就是过程稍有惊险。那女人被程隐说动，然而站的地方不安全，差点失足掉下去。好在程隐边说话边朝她靠近，她脚滑的时候距离已经够近，才来得及飞扑过去拉住。

程隐半个身子被拽出了栏杆外，气得回头大骂：“你们还愣着干什么？赶紧救人！”

愣住的保安们这才回神，冲上前帮忙。

那女人手臂被拉出了一条口子，程隐陪着去了趟医院。接到秦皎的电话，她一开口就是痛骂，震得程隐耳朵发痒。

程隐也没问她怎么知道的，秦皎在这行这么久，同城的业内微信群她都有在，围观的人群里有几个扛着相机的记者，现场拍照往群里一发，被秦皎知道很正常。

“我没受伤。”程隐让她放宽心，“你的车也好着，再看一会儿，这边没事我就去办正事。”

然而命都差点没了，秦皎宽心不了。

“车好不好我不在意，别人跳不跳楼跟我也没关系，就你，能不能别让我提心吊胆？！”

声音高昂，激动万分。

“别人的事你逞什么能？你有多少本事，你犯什么好心！”

“……”

程隐没说话，她听到那头，秦皎哭了。

“你遭难的时候，谁又想着救你了……”

医院走廊很安静，程隐在放着盆栽旁的角落，沉默了许久，放轻声音：“我没事。以前死不了，现在也不会死。”

被拽出栏杆的时候其实有一瞬间失了力，差点坚持不住被拉下去，她在那刹那想过，或许掉下去也不失为一种结局。

——可是当初在游泳池底都没死。既然没死，又哪能死在别人要跳楼的天台。

程隐摘了片盆栽上的绿叶，轻笑的模样少了大多时候不正经的味道。

“放心吧，饺子。”

程隐给跳楼的女人留了张名片。她状态不好需要休息，不适合谈事，程隐没多留，离开医院大楼，继续去办进行到一半的正事。

不知是不是运气不好，车开了十几分钟，过路口时差点撞上一群年轻女孩。程隐猛地踩下刹车。人行道对面显示的是红灯，这个时候行人不应该过马路。

不知撞上没有，有个女生被吓得摔倒在地，程隐靠边停车，解了安全带下去看。

“有没有事？”

摔倒的女生被搀扶起来，一群人自知自己违反交通规则在先，又见她一脸冷淡眉间怏怏，不敢说话，只不停摇头。一群人连同程隐往路边挪，摔倒的那个拍干净灰，白着脸道歉：“对不起姐姐，我们不是故意的……”

程隐见她确实没事，不打算和她们继续耗费时间，点点头说了句没事就好，转身要走。脚步忽地一顿，她又转身回头。

“……姐姐，还有什么事？”一帮女生都是高中生的模样，看程隐转身回来，莫名有些怕。

程隐的目光落在她们手里的扇子上。

“你们手里的……”

冷不防被问到这个，一群人愣了一下，但看程隐没有找麻烦的意思，女生便答：“这个是我们应援会的应援扇。”

仔细一看，她们每人手里都有一把蓝色的圆形塑料扇，上面印着一个巧笑嫣然的人像，后边几个拎着袋子，装的都是些稀奇古怪的东西。

程隐扫了眼扇子："你们都追星？"

女生点头说是："我们家姑娘……"顿了下，似是怕追星用语程隐听不懂，特意解释，"就是扇子上印的这个，是我们都喜欢的偶像，她特别好！"

"去见偶像？"

"不是，是后援会组织的活动，都是粉丝。我们偶像在拍戏，连商业活动都很少参加，这种小活动更没时间。"小女生说起这个，笑意掩藏不住，又有一丝期待的雀跃，"要是真的能见她就好了！"

程隐"嗯"了声："这样啊。"说完这句就没再问，让她们下次过马路注意，回了车上。

一路往前开，眼前却似飘着一片蓝色，一团又一团，极其晃眼。

程隐忙完工作，接到沈承国的电话，让她去吃饭。想了想，她所在位置去公寓和去沈家距离一样远，便没拒绝。

踏进沈家大门没多久，沈晏清就回来了。一问，也是被沈承国一个电话喊回来的。倒是打电话的正主，在好友家下棋，还没回。

程隐百无聊赖，窝在客厅沙发上看起电视。沈晏清在她对面的沙发坐下。

她懒洋洋一眼扫过去："你在这儿干吗？"

他反问："我不能看？"

程隐看他几秒，耸肩。爱看看呗。

台是程隐调的，狗血婆媳剧，看了五分钟，无脑剧情让沈晏清直皱眉，他忍无可忍拿起遥控器换台。他一直调，看什么都不顺眼，频道变换不停。

程隐受不了他，皱眉："随便看一个得了，成不成。"

沈晏清抿了抿唇，手指放开摁键，电视屏幕最后跳了一个台。好巧不巧，是个广告，代言的是个女明星。

客厅里静了静，气氛瞬间凝滞，空气也仿佛不会流动了似的。

电视里响起女明星娇柔的声音：“秀发修护……”

程隐顿了一秒，无声笑起来。

就见沈晏清拿起遥控器，“嘀”的一下把台换了。除了电视声响，没人说话。

程隐窝在沙发角落，调整姿势：“怎么不看刚才那个台？”

刚才那个——

放着老熟人广告的频道。

沈晏清看向她，默然不语，眸色略沉。

“好久没见，她真是越长越漂亮了啊。我下午遇上了她的粉丝，一群小姑娘每人拿一把有她照片的扇子，上面还印了她的名字——舒窈，两个字印那么大。那群小女生可喜欢她了，说要是能见她一面……”

程隐瞅着沈晏清，扬起一边嘴角：“也是，电视上再好看哪有真人好看。你和那群小女生不一样，想见，直接见她本人就可以了。”

4

舒家的小女儿舒窈，从小被舒家上下捧着宠着，大院里的小伙伴们也喜欢带她一起玩。她长得漂亮，纵使有时有点小女孩的骄纵，也让人想惯着，让人喜欢。

一帮玩在一起的人都是打小一起长大的，只有舒窈，十几岁时她跟随她父亲去别的城市生活了几年，上大学之后才重新加入这一片玩伴儿圈，但相处起来仍然没有半点脱节不适。

程隐不晓得她怎么踏上演艺之路的，不过她从小学跳舞，读书时就喜欢上台表演，学校里什么文艺演出一样不落。如今成了明星，开车过个马路还能碰上她的粉丝。

电视里放着肥皂剧，说的什么，在座两人怕是都没在听。

沈晏清放下遥控器，看她：“你说话能不阴阳怪气吗？”

“阴阳怪气？”程隐被逗笑，拈起茶几上水果篮里的一枚小果子，把玩着耸了耸肩，“行，你说什么就是什么。”

她扬唇，懒得再看他，专注啃起果子。

他盯着她："酸。"

程隐朝他乜斜一眼。

"果子酸。"沈晏清把话说完，"你不是一向不爱吃这些东西。"

"以前不爱吃的东西，现在未必。"程隐撇嘴，随口答了一句，视线扫过正在播放的节目，无趣得很，起身上楼。

晚饭的点，沈承国回来。又是三个人一桌，吃完闲聊，天眼见着就一点一点黑了下去。

回去是沈晏清送的，和上次一样，送到公寓楼下车库，下车时，程隐被他叫住。

"我们谈谈。"

程隐一顿，莫名不已："谈什么？"

他侧目，看了她几秒，说："结婚的事。"

"这件事还有什么要谈的。"她道，"沈爷爷已经同意了，你不需要有心理负担。就这样。"

沈晏清皱了皱眉："决定事情之前能不能不冲动？"

程隐乐了："哪样才叫不冲动？"她眸光熠熠，两边嘴角上弯。那双眼睛里像有很多话没说，内容复杂，但似乎彼此都懂。

沈晏清有点烦躁，说不清是不是因为她碍眼的笑容，抑或是因为别的什么。他取出一根烟，拿在手里却没立刻点燃。手里不知是有意无意，加重了力道，烟被捏得稍扁。

程隐瞅向他手里的烟："换牌子了？这个味道好抽吗？"

"嗯。"

沈晏清点着火，半截蓝半截红的火苗从火机端口跳出来，过会儿飘起淡淡一股烟草味。

"这个味道重。"他说，"前几年换的，换了有些时候了。"他的目光顺着她的话落在烟盒上，有点出神。

以前的时候，程隐偷偷摸摸学人家叛逆，大人面前乖巧，私下学着抽起了烟——其实她并不会抽，两口就能呛得咳嗽，不过是装模作样。后来被沈晏清发现，在她包里看见一盒烟，直接把她骂了一顿，狗血淋头。

她不服气顶过嘴，说："你自己都抽，还管我？"

沈晏清年纪不大，气势却很足，冷冷瞧她几眼，瞧得她立刻闭嘴不敢多说。

又过了很久很久，她随口问起他当时为什么不让她抽，他正看书头也没抬，答了句："抽烟伤肺。"

气氛静谧，程隐又敲起了车窗。

沈晏清皱眉："哪儿养成的习惯？"

话一问，没听她答，反应过来后，车里又静了。离开的五年，从哪儿问起，从哪儿谈起，似乎都不合适。

烟抽了一半不抽了，他一向是这个习惯，剩下半截摁在车载烟灰缸里。

"为什么不想结婚？"他又绕回开始的问题。

"为什么要结？"程隐迎着他的打量，面色平静，"我觉得一个人过挺好。什么都有，什么都不缺。"

的确，理由充分。沈晏清没说话，忍不住抬手旋了旋烟灰缸里已经灭得差不多的烟。

当初结婚的事，本来只是随口一提。程隐十八岁成年的时候，廖老太太已经病重，廖家顾不上她，她像往常一样来沈家住，爷爷问她有什么想要的。

当时在爷爷的书房里，沈晏清正在一旁书架前找自己要的书，她被问到这个问题，不停地瞄他，瞄得他皱眉斜了她一眼。她笑嘻嘻地冲他咧嘴，然后对爷爷说："我想跟晏清结婚！"

爷爷都有点没反应过来，之后乐呵呵笑她不害臊。

几天后，沈晏清作为"当事人"本也忘得差不多，结果爷爷把他单独叫去书房，问他："和阿隐结婚，怎么样？"

怎么样？沈晏清现在想起来，都没办法准确概括自己当时的心情，有点惊讶，惊讶爷爷竟然真的考虑这件事，又有点不悦，还有一点……说不清的感觉，难以形容。

反正最后事情到底是定下了。全家人，包括大伯一家都聚齐吃了个饭，虽然廖家没一个人到场，但程隐还是笑了一天，一整天都见牙不见眼。

“哎。”程隐出声唤回他的注意，“还有事没？我上去了。”她边说边解安全带，抬眸一看，他也松了那边系带桎梏。

“你去哪儿？”她一愣。

“上去坐坐。”

他说得坦然又理直气壮，拔了钥匙打开车门就出去，程隐比他还慢了会儿下车。

程隐住在公寓中段偏上，进了屋，客厅有扇落地窗能尽览对面夜色。他一副客人模样，往沙发上一坐，程隐去倒了杯水喝，被他一直盯着，盯得没办法，只能倒了一杯温的放他面前。

“这里离你上班的地方近吗？”他问。

“还好，距离适中。”

“报社忙？”

“不忙。我是闲职。”

“有空多回去陪陪爷爷。”

“我知道。”这人怎么年岁越长话越多，程隐略微翻了个白眼，起身朝餐厅走，“我去拿点吃的。”

她端了两块小蛋糕出来，他再问什么，她便借着吃蛋糕，随意“嗯”“哦”点头应几声。大概看出她不想聊天，沈晏清没再说话。

相对无言，程隐垂头自顾自玩起手机，在地板上盘腿坐累了，动弹起来，进洗手间洗了把脸。

“时间不早了，你该回去了。”出来第一件事就是赶人，她绑起头发准备洗澡，“我这儿没地方住。”

车上说的话不是开玩笑，不结婚，一间房便住不了他。即使有别的房间，她大概也不会愿意给他睡。

沈晏清上来确实只是看看，点头，在她转身进浴室的时候动身站起。

公寓面积中等，一个人住管够，夜里显得过分安静。绑起头发洗完脸，想起落下东西在房里，程隐门一开出去，迈了两步，步子顿住："你怎么还在这儿？"

沈晏清没走，站在连接餐厅和客厅的两层矮梯前，捏着手机，沉沉看过来："你上天台救人？"

程隐慢了两拍才反应过来他在说什么，是救那个要跳楼女人的事。点了下头，她道："是，路过碰上就顺手拉了一把。"还要去卧室拿东西，然而他没走她也只能在浴室门口干站着，不禁问他，"你还有事没？"

不知是不是屋里灯光没有全开，亮一处灭一处，他站在矮阶前，面庞显得晦暗不明。

"你不要命了？"他握着的手机倾斜稍许，还亮着光，程隐隐约看见屏幕上的画面，似乎是她半个身子探出栏杆外，拽着跳楼女人双手不放的瞬间。拍照的记者照片选得很好，极会把握吸引眼球的重点。

程隐笑道："我这叫见义勇为。"

沈晏清拧了拧眉："你究竟知不知道，要是摔下去，你就没机会站在这儿笑嘻嘻地吊儿郎当。"

"当然知道，楼那么高，我又不是没长眼睛。"他真的越来越婆妈，程隐急着洗澡，想回卧室拿东西不能回，耗着和他废话，想抓头发，要抬手的瞬间记起头发绑起来了，顿住了动作，突然有点不自在。

本以为沈晏清说完了，没想到他又来一句："要我说多少遍，你做事之前能不能想清楚再行动。"半带训斥的口吻，与他眉间微微皱着的痕迹，极其相配。

他神经病似的说了这么些废话，程隐失了耐心："你有完没完。"

两人无言对峙几秒。她站在开着暖光灯的浴室门前，看着明暗光线交界下的沈晏清，恶从心起，蓦地扬起了唇："不然呢？等她跳到楼底了再救？还是看看周围有没有别的什么人也跳，哪个看得顺眼，我先去救哪个？"

沈晏清的脸色彻底沉了。

程隐环抱手臂，像一个自我拥抱的姿势，仿佛没看到他难看的脸色，眼里满是玩味的神色。

“我有路见不平决定救不救的权利，就像你可以决定先救哪一个……一样。”

浴室蒸腾的热气熏开皮肤上的每个毛孔，身子经过热水的冲泡浸润，疲乏轻了许多。程隐洗过澡，穿着浴袍在沙发上坐下，客厅墙壁上悬挂的电视开着，主播念着稿子，她就伴着这个声音用毛巾擦拭湿发。

几十分钟前，和沈晏清的口角，以他只字不语离开收场。无所谓，反正不愉快的也够多了，不差这么点。

十几分钟，湿发擦得半干，程隐正要关了电视回房吹干头发，摁遥控器的动作因主播念到的新闻顿住。

“嘉晟汇隆商厦，众所周知呢，这几年每到同一天就会亮起大厦外墙所有的光屏，从当天傍晚六点开始直至天亮，今年会不会……”

这是个本地频道，不怎么严肃的晚间节目。程隐缓缓放下拿着遥控器的手，看了一会儿。嘉晟是沈家的产业，当初买汇隆商厦以及拓高楼层的事，都是沈晏清负责的，他现在的办公室也在那儿。

主播播报的时候，旁边配了那栋大厦的照片——高、直、醒目。她没怎么去过，不过那张大厦发光的照片，她曾经看过一次。

她在国外的那几年，有过忍不住搜索沈家消息的时候。从搜索的消息里看到照片里那栋发光的大厦，她出神了很久，想到了很多事，想到了沈老太太去世的那个时候。

火化那一天，沈晏清把失去至亲的情绪发泄在她身上。她哭完，一个人在外面晃了很久很久，直到夜色低沉，天黑得彻底。

九点、十点，商店关门，然后到了十一点。

廖家门禁时间早，沈家同样，那一天大人都去丧礼会场守灵堂了，周婶几个又住得离大门稍偏。黑漆漆的夜里，她蹲在沈廖两家中间，哪边的门都没敲，抱着膝盖蜷成夜色下的一个团。

几分钟还是十几分钟之后，沈家的门从里打开，沈晏清走出来，像是要去找什么。他匆匆走了几步注意到角落的她，步子猛地停下，皱紧的眉头松开，两秒后又紧紧拧起。

他问她："你蹲在这儿做什么？门就在旁边，你不会按铃吗？"

她小声解释："很晚了……"

话还没说完就被他打断："知道晚，就不应该这个时候才回来。"

青葱少年身量拔高得比同龄人快，更何况她蹲着，他就站在那儿垂着眸睨她。四周黑漆漆一片静得很，脚底下稍微动一动，连磕碰到碎石沙的声响都能听得清楚。

她解释说："怕吵到人。"

沈晏清看着她，看了好一会儿才说了一句。他说："你没看到我房间亮着灯？"

那一刻她抬头，视线相对，他飞快移开，然后不耐烦地让她进去。

她在沈家有房间，一年中在这儿住的时间不少。他第一次下厨，煮了一碗面。面煮得糊，味道也偏淡，然而他一点都没有自己手艺一般的自觉，他端到她房里，撂下一句："吃完。"扯了张椅子坐下，看着她干干净净吃没了才走人。

她因他在练功房那场骂，哭了好久好久。面的味道淡，吃完嘴里就不剩什么感觉。可是直到睡觉，直到睡醒，直到后来很久很久，久得好些年过去，她还是记得那天晚上出来找她时，他的那句：

"你没看到我房间亮着灯？"

记得太深，所以当她在国外看到那张嘉晟汇隆商厦亮着灯的照片时，一刹那就想起了那个夜晚。照片里的整栋大厦，像一个通身发光的巨大灯塔，像他窗户亮着的灯。

对于沈晏清来说，是"对不起"。

也是——

"等你回来"。

第二章

是她多情

1

嘉晟汇隆大厦亮灯，每年只在一个日期。外人看来或许会以为这是企业纪念日或者别的什么日子，但程隐知道，那是她的生日。

沈晏清自然也是知道的。每年她过生日，他都会送份礼物。虽然每每送礼物时臭着张脸，但准备的东西，却从来都没有敷衍过。

犹记得有一年，学校初中部流行粉色打扮，程隐是个极度别扭的人，从来以不随波逐流自居，哪里会跟风，所以一片清新少女色里，唯独她一个一身黦黑，每天都穿得跟夜行侠似的。

那年生日，沈晏清送了一整套配饰给她，全是粉色亮闪闪的东西。她嘴上说不喜欢，其实心里喜欢得不得了。十多岁的时候，心上会尖尖冒刺，叛逆得想做个与众不同的人，也会窝一团粉红绵云在心里，想当全世界最受喜爱的小公主。

沈晏清的礼物，被她珍藏了好久。这样的点滴太多，曾经是礼物不舍得碰，现在……

电视里的晚间节目进行到新的一段，嘉晟汇隆大厦的内容结束，没再从主播嘴里听到和沈晏清有关的东西。

程隐从回忆里回神，侧头看向落地窗外，楼宇林立，折射着天际遥挂的星点。夜幕黑而沉，已过数百分、数千秒，天色还是和沈晏清离开时一样。

把遥控器一扔，她往后靠在沙发靠背上。今年的生日，要在国内过了。

程隐从秦皎那儿接下的活儿还没弄完，婚礼举办当天必须得在场。这是整个活动最后的重点，拣要紧的记录、拍照，带回去和之前的各种稿件整合，专题内容就做出来了。

婚礼地点在市里一个庄园式会场，新人双方家境相当，家里企业规模都还不错，只是比起再上一层，就有些不足。程隐没有邀请函，不过戴着工作证，顺利被放行。

全程拍拍拍，素材取得差不多了，程隐停下脚准备休息。结束宣誓仪式的新郎和新娘在长桌前被陆续而来的亲朋好友三两围住说话，程隐随手端起杯饮料，浅浅酌饮，目光朝两位主人公瞟去。

按照原本定下的流程，除了记录婚礼外还要采访新人，但她刚刚试着和新人沟通了，话还没说完就被其他工作人员摆手，让她到一边去。新人忙着应酬，到处都是客人需要招待，没有时间。

报社、婚庆品牌以及婚礼主人三方之间沟通是一边对一边的，程隐这边主要和婚庆品牌联系，没想到婚礼现场会在新人这儿碰壁。不愿意接受采访那便算了，没有这一环，专题报道也能写出来。

程隐站着看了一会儿，放下饮料打算找地儿休息。一转身，却正好和着急的侍应撞上。

两杯酒摔在地上，在露天环境的花园里引不起多大注意，她的外套却遭了殃，湿了一片。

麻烦。程隐皱眉，然而只是摆摆手说没事，连句多的话都没和诚惶诚恐的侍应生说，径自护好装着相机的随身工作包，去里间清理。

工作不易，不想为难人。

新娘的换衣间不适合进去，程隐沿着走廊，找到一间房，见里面放的都是杂物，没有摄像头，侧边还有一块遮着白帘的地儿，当即进去，反锁门。在帘后略昏暗的空间里，她脱掉外套，拉下腰侧抹胸中裙的拉链，将湿迹好好擦拭干净。

擦完，中裙拉链才拉起到三分之二，门突然开了。程隐一愣，门反锁了的。

她透过帘子间隙看去，发现开的是另一扇——

这个房间位于两条走廊之间，两边都有门，墙壁颜色相近，进来时她没注意。把手拧动，门从外边推开，程隐回神迅速把拉链拉好，伸手去拿放在旁边的外套时，看清来人，她顿了顿。

沈晏清。

程隐微怔间，他走到帘前，站了三秒。“唰”的一下，帘子被拉开，他高她低，视线相对。

沈晏清的目光在她身上略略打量，扫过她还没穿起的外套，湿迹犹有余痕。

“只带了一套衣服？”

他来得突然又突兀，什么都不说，问话还问得一脸坦然，丝毫不觉得有什么问题。

程隐回神，点头：“没另外带换的衣服。”又问，“你怎么……”莫名其妙出现在这儿？

“婚礼，我是受邀宾客。”他说。

程隐盯着他，挑了挑眉。

沈晏清懂她的意思，移了移眼神：“来得迟。刚来就看见你，以为你有麻烦，过来看看。”

勉强接受了他的说法，但怎么想都还是觉得太巧了。程隐懒得纠结这一点，拿了外套就要出去。

“不穿？”

“不穿。穿着不舒服，外套湿得比裙子多。”

沈晏清看着她朝外走的背影，蹙了蹙眉。

程隐出了房间才刚走出大厅，迎面就碰上了新人。她正想往旁边让，新婚夫妇奔着她就来了。准确地说，是奔着她身旁的沈晏清来的。

新郎满脸堆笑，快步上前想要和沈晏清握手，但见沈晏清岿然不动，及时收了冒昧伸出手的动作。

“没想到沈先生愿意赏脸参加我和我夫人的婚礼，十分荣幸……”

沈晏清礼貌笑了下。程隐在一旁充当背景没说话，新郎和沈晏清套了几句近乎，而后才注意到她。

“这位是……”新郎的脸色微变了一瞬。有印象，他记得她是来记录婚礼的报社员工。怎么会跟沈晏清一起？

新郎问的是沈晏清。沈晏清没答，侧目看了眼程隐。

“我姓程，是《同城晚报》的员工。”程隐笑了笑，“张先生和张太太的婚礼我们报社全程都有跟进。”

新郎连连点头：“是是，我们这边也知道。”

“祝张先生和太太百年好合，新婚快乐。我这边该做的工作都已经完毕，就不打扰了。”程隐冲他和他身后一步的新娘点了点头，提步便要走。

新郎忙不迭叫住她：“刚刚工作人员说有一个采访，程小姐……”

“还有采访？”沈晏清看向程隐。

她“嗯”了声：“工作人员说时间不够就取消了，不过取材足够了，采访部分空缺问题不大。”

见她一副平淡口吻和沈晏清谈自己拒绝她采访的事，新郎脸色尴尬了几分。沈晏清听完程隐的解释，眼风扫过新郎，惹得新郎添了几分忐忑。

新郎之前给沈晏清发邀请函，对他到场一事没抱希望，不想他竟然真的来了，尽管晚了些。眼下话没说上几句，别得罪上了，得不偿失。

新郎抹了抹额头，赶紧道：“程小姐！程小姐现在有空吗？我们可以立刻安排一下采访的事。”

程隐本想直接说不用了，见新郎那一脑门子汗，略微有些于心不忍。

她瞥了眼沈晏清，忍住摇头的动作。她小时候特别怕他，后来知道不止她一个，原来怕他的不少。

没想到现在怕他的人，会怕到这个程度。

“没事，报道内容的确够了，张先生不用麻烦。”

她笑得深了些，为了给对方台阶下：“如果还有别的事，我们报社会派人来和张先生张太太联系。”再次说了句新婚快乐，程隐告辞。

她走，沈晏清当然也不待着。新郎想挽留，伸了伸手，到底没动。

来也匆匆去也匆匆，程隐倒是方便，回去蹭上了车。沈晏清上车又不立刻开，在车里抽起烟。

“你跟他们很熟？”她指的是那对新人。

“不熟。”沈晏清说，“结婚的日子，给个面子。”

拜高踩低是个人都不喜欢，她只是怕麻烦，懒。她抬手敲了下车窗：“一辈子遇上的人有多少，每个都往心里去，得多累。”

沈晏清眸光微凝。

程隐偏头看向车窗外，过会儿侧头看向他：“你和我报社老板认识？”

他抽了口烟：“……有人认识。”

她轻笑。所以说，哪来那么多巧合。

“找我有事？”她敛了表情问。

“没事。”

程隐静静等他半根烟抽完，那一截摁在烟灰缸里，他接上说：“没事不能找你？”

“当然可以。”

程隐一副“随你”的表情。上回在她公寓，她言语带刺，他铁青着脸甩手走人，这会儿仿佛什么都没发生过。

沈晏清又道：“昨晚爷爷说，这周末大伯一家都会回来，让你一起去吃饭。”

“哦。”他不说，沈爷爷也会打电话告诉她，程隐把车窗降下一点。他看了眼，打开车内空调，吹淡烟味。

沈晏清侧目瞥她，外套搭在腿上，胳膊光裸，脖颈下锁骨精致，皮肤像白皙的淡奶油。

“空调冷不冷？”

程隐摇头。见他盯着自己，她对上他的视线：“看什么？”打量得明显又不加以遮掩，果然是男人。程隐眸中别有意味。

沈晏清目光飘了一瞬，被她这么看回来，想移开的，最后干脆不打算移开了：“看你。”车内空间本就狭窄，隐约能嗅到她身上的香味。

“有什么好瞧的。”她倏而一笑，挑眉，“那种时候，你也不是没看过。”

沈晏清目光一顿，默然几秒，先移开视线。过了会儿，他说：“晚上有事没？”

“约我？”

他没说话，算是默认。

程隐侧了侧头，笑得别样欢快，却是拒绝：“不好意思，有约了。”

2

程隐说有约，的确是有。不过她所指的，和沈晏清听在耳里的性质是否一样，那就不是她的事了——他们部门定了聚餐，晚饭后去夜店，美其名曰放松。

按她从前的性子，人多的集体活动一般不参加，除非都是相熟的，比如大院那帮人。秦皎没想到她愿意去，因为匿名邮件的缘故，略一思忖也决定跟着掺和。

一帮人吃完晚饭换场地，要了个唱歌的包间，够大够贵。托秦皎的面子，老板知道她跟着去，事先说了所有费用公司报销三分之二，一众人荷包轻松，乐得不行。

副总的气场强大，秦皎含着笑陆续婉拒几个来敬酒的人，其余人便不再上前自讨没趣。

唯独程隐坐在她旁边，昏暗包间里隐约落在她身上的打量又多了许多，八成没在琢磨好事。

无所谓，连匿名辱骂邮件都收了，程隐懒得去管那些不痛不痒的目光。

“你说，给你发邮件的人会不会就在其中？”秦皎猜测。

程隐笑答：“说不定。”视线环视在场人一圈，灯红酒绿下，每张脸都显得别样有趣。

“你不让我找。”秦皎撇了撇嘴，“不然我还真想看看谁这么闲。”

没回答这个，程隐冲她挑眉：“你猜今天之后那些人会怎么说？”

“怎么说？”

“他们会说，我肯定是抱上老板大腿了，所以你才会对我关照有加。或者会猜得更‘深入’，也说不定。”比如猜她们都跟老板有关系，才会坐在一块聊在一起。

秦皎愣了下，反应过来：“……他们平时在背后也这样编排我？”

程隐点头。在茶水间里不小心听过几次，他们人前对秦皎这个副总恭敬，人后说三道四，次数不少。归根究底，秦皎的性别是原罪，谁让公司的二把手是个女的。

早过了一愤怒就拍案而起的年纪，秦皎默默翻了个白眼：“闲得慌。”

程隐优哉游哉，不为自己生气，也并不觉得秦皎值得和那些人动怒，乐呵笑得开心。

秦皎说：“你来这儿到底干吗来的？”又不喜欢这帮人，又不爱热闹。

“没干吗。”

她不说秦皎也猜得到：“和那位有关？”

她不吭声。秦皎无言摇头：“我就看你们还能唱什么戏。”

程隐懒懒道：“那可不好说，我会唱的多了，你想听哪一出？”

秦皎呸了一句，抬手拍她。两个人肩并肩笑了。

程隐和秦皎闲话一会儿，起身去上洗手间。包间里的厕所门关着，只能出去。门口几个女人挨挨挤挤凑在一块说话，程隐没想听，但她们堵住了门。

“谁去谁去？我想去！谁敢跟我一起？”

“不是吧，你来真的？刘姐刚刚都说了，有几个是报社以前开过专题都没采访到的，身份摆在那儿，你敢乱搭讪？”

“过了这个村就没这个店了……不管了，我真的喜欢……”

女人压抑着音量仍遮掩不住兴奋和雀跃，程隐站了半天才引起她们注意，几个人停了话头回身目光扫向她。

程隐在她们隐含内涵的目光中，平静地看回去：“让一让。”

“程小姐不跟秦副总聊天了？”一直问谁跟她一起出去的女人开了口，冲程隐弯唇，眼里没有笑意。

程隐懒得答，扯了扯嘴角，从她们让出的道儿走过，推门出去。

踏上走廊，门在身后关上的刹那，程隐听见身后混杂在音乐中的轻嗤：“有什么了不起的……”

她头也不回地朝尽头走。这一排包间只有寥寥数个，斜对面那扇门是这条走廊上最大的包间，足足占了一半位置。好巧不巧，门一开，程隐终于知道那群女人在讨论什么。

大包间连门的规格都不一样，里面走出一个人，她粗粗扫了两秒，便认出是熟面孔。

“……程隐？”对方也认出她，手里拿着烟，略诧异。

程隐点头：“好巧。”

从小一起玩到大的那拨人其中的一个。这群人家里情况基本相似，像沈家，从沈晏清大伯和父亲那辈开始就急流勇退转而经商，他们中许多家里也差不离。

几年没见有些陌生，程隐没打算寒暄，说了俩字就要走。那人叫住她：“沈晏清在里面，你不进来坐坐？”他有听说程隐回国的事，一直没见到人，乍一碰上真有些反应不及。

程隐步子顿了一下，不过只是一瞬：“不了，我这边有事，回见。”说罢提步走人不再多留，后面的目光直到她转过拐角才消失。

洗手间没人，静得很。程隐进去待了一会儿，出来洗了把脸，看见镜子里出现一道身影。她瞥了眼，没转身，淡定地站着抽纸巾擦手。

镜子里显现的人影走近了几步：“这就是你说的有约？”

程隐把纸扔了，这才转身：“你不在包间里玩，来这儿干什么？”

“过来看看。”沈晏清一手插兜一手持烟，垂着眼睑看她，表情疏淡。

不是刚才周家老二说开门在走廊看到她了，他还不知道她也在，挺巧。

程隐问：“你们怎么会来这儿？”

“段则轩请客。”

“泡妞？”

沈晏清没说话默认。

难怪，大概是怕一贯玩的场子太野，吓到人家姑娘。

“今天场合不合适，有空再和段则轩见一见，帮我带话问个好。玩得开心。”程隐说，“我回去了。”

“几点回家？”

“不一定。”程隐提起的步子顿住，见他想说话，抢在前面笑着开口，“我二十七岁了，沈晏清。该做什么不该做什么，别人说的不算，我自己说了算。”

一句话将他要说的全部堵死。成年人了，谁都管不着谁。扔下一句“回吧”，她和他擦肩而过。

沈晏清没动，在空空的洗手台前站了几秒。别人说的不算？

指间烟气飘起来，明明薄淡，却莫名让人觉得浓，迷迷蒙蒙教他连镜子里自己的表情都看不清。

只有眉间微微拧起的结，一清二楚。

程隐回秦皎身边坐下，后者表情不太好看。

“你去哪儿了？”

“洗手间。怎么？”

“刚刚听到那些人说话。”秦皎朝一帮女人凑在一起的地方睇去一眼示意。就是出门时挤在大门口花痴的那群。

“说什么？”

“能说什么。说你看见男人往上贴，厚脸皮搭讪。”

程隐顿了一下，笑道：“哦。我抢了她们的先，真是抱歉。”

秦皎不理她的玩笑话：“什么情况，碰上熟人了？”她怎么可能跟男人搭讪，谁说秦皎都不信。

果然，程隐点了下头，说的和她猜的一样：“沈晏清他们在斜对面。”

秦皎没问他们那些人为什么会在这种地方，这里消费虽高却也不算最高，但人爱来就来总有自己的理由。

她只关心程隐：“你们碰上，他说什么了？”

程隐摇头：“没什么。”

话音落下，下一秒程隐握在手里的手机就亮起来。静音，手机界面是来电显示，就一个字：沈。

最小的包间大概能坐下十个人，内带厕所，人不多的话唱个歌场地是足够的。不过按照消费以及面积，这样的包间位置只能在角落。

沈晏清推门进来的时候，程隐一个人坐在沙发正中央唱歌。音响清晰没有杂音，她唱的是首舒缓的慢歌，细嫩声线潺潺如水，和这种嘈杂场所格外不贴合。

她只抬眼瞧了瞧，随手一指自己身旁的位置，目光便回到屏幕上，专注而平静。沈晏清在她旁边坐下，静静等她唱完一首歌。

又一曲前奏响起，她不唱了，放下话筒：“找我什么事？”厕所刚见完又打电话来，她索性单独开了个小包间。

他还是那副老腔调，说没事。程隐没有追着问，他怎么说她怎么听，“哦”了声，拿起话筒继续唱。沈晏清就这么听她唱了三四首歌，耐心得很，没有半分不悦。

她唱累了，端起玻璃杯饮尽纯净水，搁下话筒，来了兴趣和他聊天：“段则轩怎么样了？”

“哪方面？”

程隐噙着笑挤眉弄眼。

沈晏清明白了："差不多，成了个八九不离十。"

"那挺好。"程隐说，"改天我请他吃个饭，之前都没好好谢过他。"

这话一出，沈晏清表情微敛几分。段则轩和程隐的关系从来说不上有多好，只是当初在 Party 上那一遭，两个女人一同落水，救起程隐的那个就是他。

沈晏清的脸色程隐看在眼里，只觉好笑，又觉无言。连提都不能提，仿佛有愧的是她。

"我去洗个手。"程隐起身，从沈晏清腿前迈过。步子还没走完，他忽然伸手抓住她的手腕一扯。她整个人被扯得扑到他怀里，胳膊抵在他胸膛上，她趴在他身上，距离近在咫尺。

"你到底想干什么？"他的手揽在她腰后，盯着她的眼睛问。

程隐没有避开视线，坦荡地和他对视："你猜？"挑了挑眉，但没有笑。视线往下，一一扫过他的额头、眉峰、鼻梁……最后落在他紧抿的薄唇上。

她和他面对面，彼此气息近得仿佛没有距离。好几年没有这样仔细看过他，和从前有些不同，但每一处又都一样。

程隐眸色幽幽出了神。她盯着他下半张脸发呆，后脑突然扣上一只大掌，腰上的手瞬间加重力道，他的唇瓣覆上来。

下一刻，天地旋转——

沈晏清把她压倒在沙发上，亲吻来得急切又粗暴。

3

长长的吻，直到呼吸不够，气喘吁吁才停下。程隐唇瓣微张，原本就殷红，被唇齿舌尖席卷过，更是微微红肿。

"你喝了酒？"她看着沈晏清，目光毫不羞怯闪躲，直直映入后者低暗深重的眸色之中。

"没有。"他压着她，手仍旧紧紧揽在她身下腰上。

程隐睫毛颤了颤，凝视着他的眼睛，不太相信的样子。抬指轻碰他的嘴角，指尖下移，划过他的下巴。而后钩住他的脖子，将他拉下来——又是一个吻。

歌曲的伴奏响了好久，已经分不清唱到了哪首歌。蓦地伴奏停了，点的歌不多，列表上没了曲目，放起系统随机准备的歌来。

他气息乱了，手沿着腰往上移动，被程隐抬手抵住。她的手掌挡在沈晏清胸前，阻了他接下去的动作。她脸颊微红，但眼神分外清明，没有一丝丝意乱情迷，和从前缺氧后盈光泛泛眼里漾起水的模样，截然不同。

程隐被他压在身下，即使姿势如此不恰当，她仍一派镇定："你喝酒了。"说完这句安静了几秒，然后话题忽地一跳，相去甚远，"这不是你的风格。"

她歪了下头，盯着沈晏清，缓缓笑开："在这种平常到显得廉价的场所，在这种小得寒碜的包间，对一个你并不喜欢的女人……把持不住。"

没等沈晏清说话，她提起被他压住的腿，屈起膝盖抵开他，隔开距离后，站起身回到原来的位置。

沈晏清伸手扯住她的手腕。

程隐回头一看，他坐着，眸光朝她看来，唇瓣抿得有些紧。等了几秒没等到他说话，她活动手腕，从他掌中挣脱。

旖旎短得像梦境。程隐坐回原位理好头发，姿态端正，不见半点不雅。给自己倒了杯水，她喝了大半，将杯子底部磕在玻璃桌面上，舒了口气："医生说我不能喝酒。"

她随口说了一句，没有解释，也不给沈晏清开口的机会。她拿起话筒，就着随机显示的老歌，自顾自唱起来。

仿佛他和刚刚那个吻，都一样，根本不存在。

聚会结束，部门里负责组织的同事去付钱，被告知账已经买过了。一行人半醉，玩笑着互相问谁这么客气，偷偷摸摸干好事。

程隐和秦皎没喝酒，落在众人后头。听前头叽叽喳喳了解了个大概，秦皎问身旁的程隐："他买的单？"

"可能。"

秦皎笑："真没看出来，心肠够热。"

程隐扯了下嘴角："钱多烧得慌。"

秦皎侧着眸光瞧她，她面色平静，一脸无所谓，看来是真不放在心上。也对，反正钱多，连指缝里漏那么一丝半缕都不算，用不着她们操心。

周末去沈家吃饭，程隐去得最早，午后就到了，陪沈承国聊了许久。沈家人丁不多，沈承国有两个儿子，到了孙辈，加上沈晏清总共三个。

长子家的那俩，年长的叫沈居业，老成稳重，和沈老爷子一脉的严肃；行二的叫沈修文，脾性稍温和些，相处起来没那么令人拘谨。他们仨回来得巧，正好碰上，一同进门。

程隐捧着书从书房出来，四人在客厅打了个照面。见面叫人，当然她先开口："居业哥，修文哥。"

她浅浅抿出笑，弧度适宜，既不疏离也不显得过分腻歪，叫了前两个，目光最后落在沈晏清身上："……晏清哥。"

沈居业"嗯"了声，轻轻颔首——点头的模样都比别人正经。

"爷爷呢？"

"沈爷爷在睡觉。"程隐合上手里的书，"周婶说他这两天晚上没有休息好，我念了两页他就睡着了。"

沈居业严肃的面容和缓了些，眸色亦放柔些许。女孩家和毛躁的男孩到底不一样，温柔贴心，以前他们撒野见天在外飞的时候，她总是乖巧地陪在二老膝前说贴心话。

沈承国老了，迟暮之年没了发妻陪伴，家里儿子孙子又个个有事，没法时常尽孝。程隐能回来，是桩好事，也解了他堵在心里的结。

沈居业道："有空多回家，需要什么跟我说。"顿了一下，补了句，"都不是小孩子了，不要一有事就躲起来。"

程隐浅浅笑着，很顺从地点头：“知道了。”

他身后俩人都看着她，跟沈晏清不同，她和沈修文是真的许久不见。

“长瘦了。”沈修文抬手在她头上轻碰两下，没多说别的，只道，“走，我们去看看周婶菜煮得怎么样了？”

程隐瞥了眼沈晏清。一家上下就这么些人，唯独他，与自己隔三岔五碰面，都快赶上点卯，比沈爷爷见得还多。笑了下，程隐收回目光看向沈修文，应道：“好。”

二楼拐角右边，第二间是给程隐备的卧室。她推门进去，摆设一应如旧，没有变动，时间仿佛停止，一回首，能想起来的事情都还在昨天。

程隐在房里转了两圈，走到角落时想起什么，蹲下身拉开最底下的抽屉。东西都还在，盒子表面显得有些旧，不过没有落灰，打扫卫生的人应该时常会拿布擦一擦。

程隐端着盒子到书桌前，打开盖，里面满满一盒都是首饰：皇冠、耳钻、手链……全是粉嫩嫩、亮闪闪的颜色。读书时候的玩意，值不了几个钱，都是沈晏清送的。

她被沈老太太交给廖家的时候还小，连名字都记不得更别提生日。只是人人都有生日就她没有说不过去，于是有名字那天就成了她的生日。

记不得沈晏清是从哪年开始肯送她礼物的，每一样她都有好好收着，大多用着用着就坏了，打扫之后被清理掉。这一套首饰是例外，她很喜欢，但不见光的时候最多。

响起两声敲门声，程隐侧目：“请进。”

门一开，进来的不是沈居业也不是沈修文，她紧绷的肩膀微微放松。

沈晏清反手关上门，目光扫及桌上，见她在翻旧物，顿了一下，提步过来。盒子里的东西毕竟是曾经的流行，现在看显得十分过时。

“老板跟我推荐的时候，说这个款式是经典款，过多久都不会落伍。”他垂眸，指尖碰了碰皇冠上的水钻。

“可还是落伍了。”程隐抬眸看他，“所以，有的话听听就好。”

对视三秒，沈晏清敛了目光，没接她的话茬，而是说：“这盒子放了很久，周婶打扫卫生每天都会擦一遍。爷爷吩咐过，搞卫生的时候不要弄乱摆设。”

怎么放的就是怎么放，她的房间，就应该保留属于她的痕迹。

程隐怔怔有些出神，摸了摸盒身边缘。半晌，她盖上盖子，问他：“上来有事？”

他“嗯”了声：“爷爷醒了，让我上来叫你。”

“那下去吧。”程隐起身，端着盒子走回角落，拉开抽屉放进去。

“不带回去？”

沈晏清站在桌边看向她。蹲着的程隐抬头，和他视线交汇：“为什么要带？”不等他回答，她关上抽屉，站起身，率先开门出去。

将近二十年，她和照拂她的沈家扯来扯去扯不清，但多少是彼此相平，谁也不欠谁。这些东西要不要都行。她不想要，所以没有拿。

至于沈晏清送的……那时她喜不自禁，小心收着生怕磕碰坏，总共戴了没多少次。然后回来过假期的舒窈，没多久也得了一套完全一样的。

送给她，又送给别人。同样的东西，有什么值得稀罕。

几个人都开了车来，晚饭后要走时，沈承国照旧想帮程隐安排，不想她已经搭好了便车。沈修文送她。

和沈修文相处没什么压力，他不像沈居业那么严肃，又不像沈晏清能在别的方面扰乱她，程隐和他待在一起的时候其实挺自在。

一路闲聊，到停车场时，沈修文让她等等，从侧边袋子里拿出一样东西：“给你。打开看看。”是个礼物盒，淡紫色包装，还系着缎带。

程隐不解地接过：“给我？”

沈修文笑说：“不是我买的，是晏清让我转交的。”

程隐拆包装的动作停了一下，而后继续。里面装的是个发饰，不是小时候了，真金白银，每颗钻都是实打实的真品。

“别担心，这个是特别定制的，这个款式绝对只有一个。”沈修文见她并没有露出多少喜意，道，“就算别的小姑娘瞧见了喜欢，去柜台人家也不给做，这回再不可能有人戴上和你一模一样的。”

程隐闻言一顿，侧目看向他。

沈修文见她表情不对，挑了下眉解释：“别多想，晏清没跟我讲你坏话。”

程隐敛了神色，问：“那他跟修文哥说了我什么？”

沈修文没往深处想，有什么说什么：“早几年有一回，他跟我聊过几句，说你不喜欢和别人用一样的东西。当时那谁谁……”

想了下没想起来，他懒得绞尽脑汁回忆，就这么说下去。

“就说有谁照着你生日收到的发饰手链买了一套一样的。”他摇头淡笑，“谁知道你这丫头看见了，气得把东西拾掇拾掇全扔到角落，再没拿出来见光。”

4

公寓里静悄悄的，各处灯都开起，照得满室澄暖明彻，却依然驱赶不了那股寂然。客厅悬挂的电视开着，程隐坐在沙发正中央。

沈修文在楼下没和她聊多久，让她收下东西，目送她进电梯之后就走了。沈晏清让沈修文转交送她的那盒饰品，进屋后被她随手一扔，此刻静静躺在茶几上。

手机“嗡嗡”响得突兀，是秦皎的电话。程隐收了乱飘的思绪，接通。

那边直接道：“这两天给你放个假，你在家休息或者出去玩，怎么开心怎么来，不用来公司。”

顿了顿，程隐问：“报社有什么事？”

她们太了解彼此，已经熟悉到从语气就能分辨是否正常。秦皎沉默了几秒，大概是清楚瞒不过她，略一思忖还是明说。

“有个当红的明星要来，市里叫得上号的媒体都抽派人手去采访了。老板说婚礼那个你跟得不错，意思是让你去。这个吧，谁家拿独家都不可能，去了也就跟着，该问的别家老油条肯定会问，原本也算轻松容易的活……不过我帮你推了。”停了一下，她又继续说，“老板跟我说的时候还有其他部门的人在，怕传出去让人诟病你拿乔架子大，我跟老板说你病了帮你请了假。”

程隐听明白了：“……舒窈要来？”

秦皎“嗯”了声。两个人双双无言，莫名静了一会儿。甭管舒窈多红，外边有多少人喜欢她做她的脑残粉，在秦皎这儿，她让程隐不痛快了，她就是个顶顶不好的。而做主推了这件事，并非认为程隐会怕她，秦皎只是不希望程隐因为她坏了心情。

“行吧。”程隐没有拒绝，调侃道，“我这人天生就不适合勤快，才这么些天就累了，刚好想偷懒你就送枕头上门，谢秦副总疼我。”

秦皎嗔了她一句“没正形”，道过晚安挂了电话。

程隐握着手机看了会儿电视，略觉无聊。起身的时候收回伸在茶几上的腿，脚尖一扫，恰好将那个淡紫色盒子踢碰到地上。

相比较后来开发的其他几个城区，一直没拆除重建的东区，显得特别老旧。程隐照着记下的地址，穿过数条老街和老巷，才找到目的地。上回救下的那个要跳楼的女人，如今就住在这里。

——她姓孙，叠名巧巧，在医院时仔细看过，长得虽然不出众，但也素净清秀，气质温婉。

程隐当时还有工作要忙，来不及多说，只留了张名片给她。等了好久没等到她联系自己，程隐以为她不打算争取，这几日却接到电话。

孙巧巧等在门口，见程隐来，略有些局促不安，手脚都不知怎么放。从联系时谈话得出的信息，以及眼下行为细节，看得出来，她是那种在婚姻里没有半点话语权的女人。如今决意拿起武器捍卫自己的权利，倒真是下定了决心。

屋里很昏暗，一个厅分成三处用，一进门就是各种厨具，睡觉的地方是用帐子隔开的，整个居住环境十分糟糕。

“事情大概就像我在电话里和你说的那样。”程隐说，“律师我已经帮你联系好了，是专门负责离婚案这一块的，准备过程中有些地方可能会需要你配合。至于费用，你不必担心。”

孙巧巧一听，眼里顿时涌上泪意，脸上又是喜又是难言的悲，交织在一起，复杂不已。她和前夫结婚多年一直没孩子，快四十的年纪好不容易怀上，结果被气到流产后，又遭前夫一点情分不念地扫地出门，整个人形容憔悴，看起来比实际年纪大了许多。

“我人笨没文化，什么都不懂，家里亲人去得早，连个帮把手的都没有。要不是遇上程小姐……”她说着说着哭了起来。

程隐最不会应付这种情况，劝了好久才稳住她的情绪。

正事说完，孙巧巧留程隐吃饭，千说万说一定要亲手下厨招待程隐。程隐推拒不过，只能应了。

吃完饭，由孙巧巧送到门口，程隐还没走出院子门，就见同个院里，隔壁那户门前空地上有个小男孩，坐在矮凳上，身前是一张红塑料凳，正写着作业，眼睛却时不时朝她们的方向看来。

孙巧巧怕程隐介意，连忙说：“那是隔壁人家的小孩儿。”

程隐看了眼那男孩，他飞快敛回视线，怯生生低头。没过多久，他又抬头偷偷瞧来。

“他为什么一直看我？”

孙巧巧笑了下：“我们这儿很少来生人，他可能是第一次见到程小姐这么漂亮的人，想多看两眼。”说着笑容敛了敛，叹了声气，“也是可怜人，小小年纪先天带病，被父母扔在草丛里，捡他的这家条件又不太好，隔三岔五看病，家底都空了。”

程隐在门边站了会儿，那个小男孩还是时不时看过来，被她发现以后，又局促地用手指抠脸颊，不多时，脸红了个透。

程隐朝他走过去，离得越近，他头低得越低。最后，她在红色塑料凳前蹲下时，他都快将整张脸埋进书里。

“你在看我吗？”程隐试着跟他搭话。

小男孩不吭声，许久才抬头，见程隐噙着笑看他，脸红得更透。

她又问了一遍：“你刚刚在看我吗？”

他点了点头，又马上摇头。

程隐问："你叫什么名字？"

他小声回答："杨钢……"

程隐指着他没翻开的一本作业本："是这两个字？"

杨树的杨，钢铁的钢。他点头。

小男孩特别腼腆，写作业时眉头微皱，还抿着唇，莫名严肃。或许是因为没有事做，又或许是因为别的，程隐蹲在他面前没有走。

"你爸妈呢？"他身后的门是锁着的。

"爸爸工作，街上的垃圾很多，要晚上才回来。"他停了停笔，说，"只有……只有我和爸爸。"

程隐顿了下，微微敛眸。小杨钢见她不说话，继续提笔写字。程隐就那样静静蹲在他面前看。

"这个字写错了。"许久，她抬指往他本子上一指。

小杨钢"哦"了声，连忙倒转笔头，用铅笔顶端的橡皮擦掉字迹。改正完，他看了眼程隐，说："姐姐好厉害。"

程隐笑："因为我是大人。等你长大了也会很厉害。"

"那……"他问，"姐姐小时候，也会写错字吗？"

"当然。"她淡淡笑着答，"我小时候啊……"

说着忽然停住。小杨钢抬眸瞧她，她回神，又指出一个地方："这里也错了。"

他赶紧改，忘了听她没说完的后半句。

她小时候成绩很好，但也没少写错字。除了跟沈奶奶上课，她和沈晏清还被要求学书法，一间书房摆两张桌子，一人一边面对面练字。

细心如沈晏清，有时也会写错，她一旦发现，就晃着笔杆像揪到他的错处一样开心："你又写错了。"

沈晏清总是镇定自若，然后抬头往她那儿看一眼，像有魔力一般，马上也能揪出她的错，一个眼神轻飘飘就给她示意回来："你还不是一样。"

沈奶奶说，练字能养性格。一开始学的时候累，后来上了道，辛苦不辛苦的，便不觉得了。

出国的那些年，每当心情不好时，她就会像沈奶奶说的那样，拿出纸笔，写字静心，于是就成了转换心情的方式。也再没有，像以前那样写字写得那么开心过。

程隐出了一会儿神，敛了神思，问小杨钢："休息一下，姐姐带你去买吃的，去吗？"

他有点犹豫。

程隐挑眉："怕姐姐是坏人？"

小杨钢摇头，略带羞涩："姐姐……长得好看，不是坏人。"

程隐被他逗笑，忍不住问："那你为什么不跟我去？"

"爸爸说，不能随便花别人的钱。"他看着她，一双眼睛怯怯的，眼里却是黑白分明，一片澄澈明净。

程隐还没说话，小杨钢又道："他们都说，我是别人不要的，生了病被丢出来，谁也不想捡，坏人不会要。"他摇了下头，"我不怕坏人。"

5

他声音稚嫩，口吻好似在说今天学了一道算术题一样平淡无奇。

程隐对着他的眼睛莫名愣了许久，而后摸了摸他的头："走，姐姐带你去买吃的，你爸爸要是骂你的话，我跟他说。"

小杨钢面露犹豫，似是在纠结。程隐冲他笑，他抓了抓头十分不好意思，最后还是收起了课本作业，把凳子上的东西一股脑装进书包，再把书包塞进门前木桌下，这才跟程隐走。

程隐头一次来，不是很认识路："小卖部在哪里？"

小杨钢抬头认了认路，指左边方向："往这边拐。"

两人提步正要朝那边走，前边一群背着书包的小男孩迎面走来，叽叽喳喳吵闹得很。

小杨钢忽地停住不动。程隐回头看他："怎么了？"

他站在那儿，小脸"唰"地白了一层，惶惶眼神和程隐对上，一声不吭，只僵硬地摇了摇头。

没等程隐问，走来的那群小男孩看见他们，其中一个像发现了什么好玩的，“呀”了声，抬手指来，大声嚷道：“垃圾鬼！那边有个垃圾鬼！没人要的垃圾鬼出来了——”

其他小孩霎时哄笑，接二连三地跟着取笑。

程隐眉一皱，回头看去，小杨钢站在刚刚的位置，分毫未动。

孙巧巧说收养他的人条件不好。看得出来，他比同龄人瘦弱多了，面色也不够红润。其实认真说，他根本谈不上可爱，可那双眼睛干净得教人移不开视线。他的肩膀绷得紧紧的，身子像块僵硬的木头，那么短短一小截，直直插在泥地里，动弹不能。程隐清楚看见他黑黄的脸，慢慢涨红。

他傻站着，黑白分明的眼睛微瞠着，清澈得毫无瑕疵。

——亦写满了对这世界的慌张害怕。

他不发一言，全无反抗，只僵硬地站在那儿。这样的场景，分明上演过无数次。程隐微微吸了口气，沉着脸冲着那群聒噪的小鬼斥道：“闭嘴！”

她音量够大，语气够凶，吓得他们惊了一下，纷纷傻眼不敢说话。

程隐用力踢了踢脚边的石子，也不管他们是群还在上小学的小孩，冷眼道：“谁再说一句，我就把他摁在地上打得他爸妈都不认识。”目光定格在中间，抬手指向带头取笑的那个萝卜头，“你，到我面前来——”

她这么吓人，一帮熊小孩哪可能乖乖听话，推搡着左右跑开。有胆子小的被吓哭，一边跑一边“哇”地号出声。

那群烦人的萝卜头散了，程隐退回去两步，垂眸看了看脸色白白的小杨钢，冲他伸出手：“我牵你。”一字不提刚才那些。

他愣了愣，抬头小心翼翼地看向程隐：“可以……可以牵吗？”

程隐晃了晃手指：“当然可以。”

小杨钢愕然眨眨眼，而后将手在衣服上来回擦了好几遍，才极其小心地去碰她的手。他的手很小，她轻易就能包在掌心里。走到巷子对面，拐弯，朝小卖部走去，他们俩一路都没有说话。

程隐给他买了一袋吃的，替他拎在手上。一大一小，两人手里都拿着一个冰激凌边走边吃，手牵手沿着来时路走。

走着走着，小杨钢忽然站住不动。他垂着脑袋，肩膀一耸一耸的。

他咬着牙不肯哭出声，一下一下嘶气，脸通红，豆大的眼泪往下掉。

他抬手拼命搓眼睛，一边搓一边摇头，咬牙无声哭着，气喘得停不下来。

程隐蹲在他面前静静看着他。好半天，他断断续续挤出一声："姐姐……很漂亮。"

一颗接一颗的眼泪从脸颊下巴滑下，滴在他泛白的旧衣领上。

"谢谢姐姐……"

程隐没说话，只摸了摸他的头。身边尘粒飘扬，程隐一直蹲着，直到他哭完停下。没有说任何冠冕堂皇的话，她站起来，朝他伸手："走，该回去了。"

小杨钢脸和眼睛一样红，不好意思："还……还能牵吗？"

程隐笑了笑："当然可以。"

掌心那只小手，握得用力。她知道他害怕。即使再乖巧、再懂事，又怎么可能真的不难受？

别人对你的恶意，并非你迎合就能消除得了，就像她。她永远记得，刚进廖家那几年，即使有吃有穿，身边的同学还是会悄悄取笑她，说她是没有爸妈的野小孩。

四年级课外生活体验，老师安排六个人一组，让大家周末约好，选择在组内一位同学家或者在公园野餐。周五那天，她们小组约好周末去学校附近的公园。

沈老太太知道，特意让周婶准备了满满当当一盒子好吃的送到隔壁给她。然后她到了约好的地方，再然后，她在公园等了一整个白天。

沿着公园一直走，没有看到任何一个她们小组的人。她失足踩进施工的泥坑里，磕伤了腿，两条裤腿灌满了泥。

日暮西山，碰上一个抄公园近道回家的同学才知道，她的那个小组，原来约的是去小组长家模拟野餐。让她在这里等，不过是支开她，因为不想带她去。

她在公园长凳上坐了好久，直到沈晏清来找她。他已经念初中，被她木疙瘩般的模样气得不行，带她坐公交车回去，从公交车站到巷子里，背着她足足训了一路。

“裤子脏了就回来换，傻站着干什么？”

“不敢坐车不会打电话，就算廖叔叔不理，打爷爷的让人去接你不就行了？”

“别人不带你玩就别跟她们玩，这么简单的道理有什么不好懂？”

话比以往多了许多倍，他当时都快被她气死。后来知道，他和院里同伴玩了一下午，结果廖家做饭的婶子告诉周婶，说她一直没回家，爷爷知道后急得准备让人来找她。于是他跑了出来。

那时她还木讷，所以才会傻傻在公园里等上一天。沈晏清训她的时候，她一句话都没说，当天晚上做梦又梦了一遍。

她在公园门口，周围的一切飞快闪过，全都只有模糊的影像。她没等到故意躲开她的同学，但等到了抛下她的那个女人。穿的还是扔下她那天的衣服，看不清面容，她很清楚地听到那个女人对她说：“站在这里，别动。”

在她要跟上时，那女人又低声训斥：“不可以跟上来。”

其实被抛下的梦做过很多次，她从没告诉过别人，哪怕在廖家待了好几年，依然时不时梦到那个场景。唯有那一天，沈晏清去到公园，把被另一群人抛下的她找回来的那天，她在梦里，拔腿追上了她本应叫母亲的女人。

她哭着追上去，即使那道身影越来越远，渐渐消失，她还是不顾一切地朝那个方向狂奔。

用尽全力，喊出了无数回梦里都没能喊出的那句话——

别丢下我。

那次从梦里哭醒以后，她再没有梦到被抛弃的场景。或许五岁那年该流的泪，终于一次性流干净了。而沈晏清那天教她的，她也都牢牢记着——不高兴了要说出口，害怕的话不必一个人撑着，想要的东西暂时没有，那就努力去争取。

她很努力地照着去学去做，可是……大概就像少时练字一般，他总能很轻易找到她的错处，反驳她的挑衅。但他自己的字帖上，写错的同样不少。

错了，就是错了。

“姐姐。”日暮渐落，薄薄的光余威仍在，小杨钢提醒她，“你的冰激凌化了。”

程隐回神，赶紧咬下一大口。晃了晃和他相牵的手，她笑迎着前方夕阳，踩在稀落碎石上。

人生是一条路，背后阴影漫漫，只能认准方向，一直往前。

大步走，再也不回头。

程隐休假休得骨头都懒了，秦皎忙了一天下班约她吃饭，她懒散地靠在椅背上，倒似比秦皎辛苦一天还累。

秦皎踢了踢程隐的脚让她正经一点，她这才慢悠悠坐好。她们坐在餐厅角落，点好菜，她去洗手间洗脸，把秦皎一个人扔下。

洗手台三个水池，程隐占了正中间那个，满手泡泡冲干净，关上龙头站直身，抽了张纸巾擦手。旁边女厕走出个人，戴着大墨镜，一身穿戴时髦至极，在程隐右边，即最靠近女厕的水池前站定。

程隐粗略瞥了一眼，没在意，扔了纸巾准备走。转身转了一半，蓦然顿住。墨镜镜框侧边缝隙，那双眼正用余光看她。水汪莹润，细眼线画得精致，眼尾含情……那是一双俏丽又熟悉的眼睛。

下一秒，女人纤纤细指将墨镜钩下些许，露出被挡住的半边真容：“好久不见。”

舒窈勾起嘴角，冲程隐一笑。

第三章

清醒又幻灭

1

她笑起来的样子和以前一样，眼角眉梢，甚至唇边弧度，除了增添几丝成熟之感，其他全无变化。还是舒窈，还是那个家境优渥气质怡雅，众星捧月的舒家大小姐。

短短对视，须臾间却像是过了许久。

程隐弯起唇，回她：“好久不见。”

舒窈把墨镜戴回去，微微侧向程隐：“先前听说你回国了，什么时候回来的？”

“刚回来没多久。”

舒窈看了程隐一会儿：“五年了吧，你一点没变。”

“是吗？”程隐说，“你变了不少，老了。”

她脸色一变。女人谁喜欢别人说自己老。

“开个玩笑。”程隐淡淡笑了下，“你这么忙，还有空听我的事？”

舒窈没答，轻轻挑了挑眉，半晌说：“你真的，还是和以前一样让人喜欢不起来。”

程隐坦然接受，笑得欢：“彼此彼此。”

没那个能寒暄半天的交情，废话说几句也就差不多了。舒窈现在是大明星，走到哪儿都有人看着跟着，程隐懒得和她耽搁时间，扔下一句“自便”，转身出了洗手间。

餐桌上，凉菜已经上了，两副碗筷秦皎都用热水冲过。程隐坐下，瞅了眼她的表情，想想还是没有把碰上舒窈的事告诉她。

不磨叽，一顿饭没多久便结束。程隐让秦皎先去取车，自己结了账再下楼。于是一个往柜台，一个直接拐出餐厅门。

服务员报了消费数额，程隐低头从包里掏钱，刚抽出几张纸币，就听柜台里服务员朗声招呼：“先生您好，有什么需要？”

程隐抬头一看，身旁多了一个男人。

“结账。”伴随响起的醇厚声音，男人递了张卡放在柜台上——黑色，无限额。而后，他侧眸看来，那张脸上，唇边若有似无浮着笑。

程隐掏钱的动作顿了顿。

“真巧，程小姐。”他打量她三秒，朝她身旁扫了眼，“一个人吃饭，没带朋友？”

程隐暗暗吸气，手里微微用力，捏得几张纸币稍有变形：“不劳舒先生费心。”

他的俊俏五官，和如今被无数粉丝追捧称为“天然美人”的舒窈，很有几分相像。毕竟一笔写不出两个舒。他姓舒名哲，和舒窈是实打实的亲兄妹。

吃饭前在洗手间遇上舒窈，原来她不是一个人，而是两兄妹一起出来吃饭。大概舒窈跟他说了，所以在这柜台前碰上，他才一脸平静毫不意外。

“这位小姐消费多少？单一起买。”他开口，服务员立刻应声。程隐当即抬头叫住：“分开付。”

舒哲朝她看来，程隐把钱摁在柜台上：“不用找，发票不要。”说罢转身就走。

“程小姐。”舒哲在后边叫住她。

程隐站了站，停了两秒才回头。

他手插兜站着，眸光熠熠，唇边弧度些微翘起：“替我向秦副总问个好。”

抿紧唇，程隐转身，头也不回地出了店门。

回公寓的一路上，程隐情绪有点低，开车的秦皎察觉到，问了好几遍都没问出个所以然来。

程隐实在不想说话，好不容易组织好措辞，话到嘴边，最后还是堪堪咽了回去。

到家后，和秦皎告别，程隐直奔卧室，一晚多梦，夜里睡得不太好，一个场景接一个场景在脑海里辗转，天亮以后头“嗡嗡”地疼。

程隐还在休假中，蹉跎着一天就过去一大半。下午两点多，沈晏清打来电话，说在楼下等她。

没有事先讲好，直接上门上得莫名其妙，程隐心下不爽，但还是收拾好下楼。

“找我什么事？”拉开副驾驶座的门坐进去，她张口便问。

这几次见面都这样，她的第一句话除了“找我有什么事”就是“找我干什么”，干脆直白地砸在脸上，砸得沈晏清都快要习惯了。

“带你去个地方。”他掐了手里的烟，踩下油门。

车开出程隐住的小区，她问：“去哪儿？”

“到了你就知道。”他卖关子。程隐懒得追问，横竖他不会卖掉她。她索性闭上眼，头往后一靠，假寐休息。

沈晏清开着车，偶尔余光瞥向她。她脸色不太好，隐约显出疲惫。沈晏清忍不住问：“没睡好？”

她听到了，鼻腔里淡淡“嗯”了声，多的一个字也没有，分明不想开口。以前他开车，她在旁边总叽叽喳喳有无数话要讲，再长的路，她都能从头说到尾。

有一回烦了，他皱眉让她安静。她不高兴，说只是担心他疲劳驾驶，还说：“你要开很久，我怕你一个人看前面会困。”

像这样闭眼不说话，车里静得骇人的境况，少得他几乎都数不出几次。

——但也习惯了。副驾驶上坐的不是她，这么几年，静悄悄的一天一天叠加下来，已经不觉陌生。

后半程依旧无言，直到车稳稳停下。从车上下来，程隐站在店门口皱眉：“你干吗带我来看车？”

沈晏清“嗯”了声：“跟我来。”

他们一进去立刻有人迎上来：“沈先生这边请。”看样子早有准备。

程隐被领到一辆车前，亮眼的红色，保时捷 911，顶配。

“你开车不快，出门代步够用了。”沈晏清说，而后从经理手里拿过钥匙，递给她。

程隐瞅了眼车身，问他：“你挑的？”

他点头。

她撇了撇嘴，半晌吐出两个字：“骚包。”

这款在超跑里不算贵，入门级别而已，不过实话实说，让她自己掏钱买，买归买得起，但也不能像他一样，跟随手挑大白菜似的。

她看了半晌，挑眉：“送我？”

沈晏清说是。她笑了下，把钥匙扔还给他：“我驾照还得折腾段时间，现在暂时用不上。”

沈晏清还是把钥匙给了她。

“那就放着，什么时候能开，什么时候提车。”

程隐想了想，耸肩，没再拒绝。来得快回得也快，用不着费其他工夫，看完车他们便开车返回。

程隐不睡了，和他说话：“你怎么这么闲？大白天不用忙？”

沈晏清道：“最近不忙。”

她撇嘴：“也就赶上我这几天休息，不然你在我楼下等到头发白，也只能扑空。”

“请假？”沈晏清侧目，“不舒服？”

程隐稍敛眸，勾起一边嘴角，若有似无地笑。不工作，避开了，还是能碰上不想碰见的人，舒不舒服有什么区别。不想回答，她往后一靠，只道：“没事。”

车一路往前开，不是开往她公寓的方向。程隐闭眼休息一会儿，睁眼见方向不对，皱眉：“又去哪儿？”

“晚上去吃饭。”

“不去。”她想也没想地拒绝。

“你不是要请段则轩吃饭？”沈晏清说，“他也在，上回跟我问起你。很久没见，正好可以碰一面。”

程隐拿余光瞅他。他说得平淡，毫无波澜，不觉得提起段则轩的名字，是在拿话尖刺心窝了？挺有趣。程隐笑着说了声好：“那就去。”

时间还早，沈晏清开车带她兜了几圈。这座城市仿佛还和从前一样，可细细看去，又似是变了很多。

程隐一直侧头看着窗外，车窗开了道小缝，外头的风吹进来，发丝被一缕一缕吹乱。

天渐渐黑下来，沈晏清接了个电话，车轮有了方向，往吃饭的地方开。五星级的金冠大酒店，高耸入云的一栋，仰着脖子都看不尽。

车停在门前，临下去前，副驾驶座上的程隐歪歪坐着，道：“话我先放在这儿，我没心思应酬，不想吃不想喝的东西谁说都不管用。”她从口袋钩出车钥匙，绕在指上晃了晃，“陪你进去，是勉强看在车和段则轩的分上。”

不在这儿吃她还能上别处，他开口邀的她，选择权就在她手上。好话歹话，难不难听，怎么说都是她的自由。

沈晏清扫她一眼，淡淡道：“你想多了。”谁会让她陪着应酬，除非是想和对方结仇。先前说得很明白，今天不过是朋友间的聚会。

讲明白了，程隐这才下车。踏进大门，她冲他挑眉一笑：“要不要挽手臂？”不等他说话，马上道，“挽一挽，再送一辆车。”

沈晏清垂眸："一辆不够你开？"

"红的再加辆蓝的，单双日错开，今天红明天蓝，多爽？"她笑吟吟说着，不知是哪里好笑戳中了笑点，把自己说乐了，笑个不停。

订好的包间在楼上，侍应领着他们推门进去，一众人看到沈晏清先是开着玩笑打招呼，看清他身旁的人，热闹的声音蓦地小了下来。

程隐直接朝段则轩走过去，笑着伸手："好久不见。"

段则轩和众人一样略愣了愣，但之前听说她回来，还和沈晏清问过她，当下比别人反应迅速。他抬手和程隐握了握，笑答："是啊，好久不见。"

手刚松开，忽听沙发上传来一道声音："程隐一来，只跟则轩打招呼，也不理我们。这是记着则轩下水捞你，我们都没捞？"

一句话，不管是对程隐而言，还是对在场其他人，都令人尴尬至极。

不过只静了一刹，沈晏清便皱眉开口："舒哲。"

沙发上坐着的正是舒哲。沈晏清喝止意味明显的两个字一出，他眉间沉了一瞬，到底还是没有再出声。

他们这帮人感情好，尤其舒哲和沈晏清。论和沈晏清这冰块亲近，段则轩都得往后排排。程隐唇边笑意淡淡，对舒哲的话不置一词。

不多时，其余人说起别的话题，气氛重新热闹起来。饭桌开席，一一入座，程隐坐在沈晏清身边，听他们闲聊，只吃不说话。她面前杯子是空的，酒和饮料都没倒，盛了碗汤小口喝着。

聊得正起劲，舒哲忽然站起来，冲她端起杯子："我们喝一杯。"

没等程隐开口同意或拒绝，他眸光微凝道："这满桌的熟人，这么多年不见，是不是得意思意思挨个走一遍？"

程隐停了筷子，不说话，侧目去看身旁的沈晏清。在车上说好了的，不想吃的不想喝的，谁都不能强迫她。

沈晏清抿了抿唇，端起杯子："我替她喝。"

舒哲蓦地把杯子放下，杯底磕在桌面"哐"的一声，酒洒了一小半："你这样有意思没？"他沉沉笑着，盯着沈晏清，"她连杯酒都不能喝？”

沈晏清还没说话，程隐把骨玉筷往桌上一摔，“哗啦”几声，是另一种脆响，比舒哲那一扔不差什么。

“舒窈不是回来了吗？”她勾唇笑，懒懒睨着舒哲，“怎么不喊你妹来陪这满桌大老爷们喝一喝？”

2

气氛僵持，一下子陷入稍显难堪的局面，在座众人看着他们三人这一连串反应，愣怔不已，没人开口插话。大家一时都不知该说什么好。

原本针尖麦芒对上的沈晏清和舒哲，目光都被程隐摔筷子的举动吸引了去。

程隐也不跟他们废话，吃饭的家伙扔了，即表示不想再待下去："这里菜品味道不错，不过可能有点不太适合我。失陪。”她站起身，淡淡扫了眼其他人，目光最后落在舒哲身上，似笑非笑，“舒先生的酒，我程隐担待不起无福消受，找个配得上的人喝吧。”

她说完拉开椅子离开位置，走了一步，又顿住脚。

“今天不太合适。”她看向段则轩，笑得温和，“改天有空我请客，希望到时赏个脸。”

段则轩冷不防被她眼神点到，慢了两拍才反应过来，点点头，但没说话，毕竟是在这样的氛围下。

语毕，得了段则轩的回应，程隐不再多留，怎样来的怎样走。大步推门而出，她朝电梯走去，走廊才过了三分之一，沈晏清就从后面追来了，没让她不要走，也没说别的什么，只是跟着她。

摁下下楼按钮，等电梯的时候，程隐侧目看他：“你出来干什么？饭还没吃完，一帮人都还在里面呢。”

“吃不吃都无所谓。”他淡淡说。

程隐翻眼皮白了他一眼：“那你拉我来干吗？”白白见了个不喜欢的人，吃了一大口闷气。

沈晏清抿着唇，没说话。

怎么说，这一群人，包括她，都在同一片长大，认识的年头不算少。但以前她跟着一起玩，总不太好。都是含着金汤匙出生的，脾气再差的都有，可不知为什么，就是没有一个和她合得来。好在后来年纪大了，情况好了些，或者是习惯了她的脾性，相处起来没有大问题，倒是能玩到一块。

她不喜欢被忽略，不喜欢没有存在感。以前是这样，但现在……或许他用错了方式，是他过于想当然了。

电梯到了，门打开，程隐提步进去，沈晏清和她一起，同乘到一楼。走到大门口，她问："你送我？"

沈晏清点头。上车系好安全带，他正要开车，她忽然变了主意："等等，先不回去。"

"你想去哪儿？"他问。

程隐拿出手机找了会儿，报了个地名给他："去这儿就行。"

沈晏清没有立刻发动车子，眉头缓缓皱起："酒吧？"

她收起手机，垂头理着衣襟，点头："嗯，坐一坐喝杯饮料。"时间还早，饭才吃几口，这个点前不着村后不着店，睡也睡不着。

"要不要吃点什么？"沈晏清没忘她刚才认真吃东西的模样。

"不了。"程隐说，"吃到一半被打断，塞不下去了。"

沈晏清没多言，在导航上输入地址，照着开。程隐挑的地方很安静，和夜店不同，更应该说是休闲静吧，环境雅致，台上有个驻场歌手唱着各式抒情歌，一点也不吵闹。

在角落位置坐下，程隐要了杯饮料，沈晏清点了杯酒，另外还要了两份水果，东西很快上齐。

沈晏清说："刚才的事不要放在心上。舒哲……我会找机会和他谈谈。"

"谈什么？"程隐拨弄杯里的吸管，"谈谈怎么才能对我敌意少一点？"说着，她笑了，"别开玩笑了。你明白，我也明白，这是不可能的事。"

都多少年了。如果说得开，当初种种，又怎么会有今天？

沈晏清蹙眉半晌：“以前是以前，现在是现在。”

程隐看了看他，道：“随你。”他爱怎么和舒哲谈就怎么谈，反正不用她开口。说实话，舒哲对她态度如何，她根本不在乎。只要别来惹她，一切都好说。

闲话几句，沈晏清起身去洗手间。中途接了个电话，不是舒哲，是段则轩打来的，问他这边情况如何。饭局上闹得不好看，一帮朋友看着也尴尬。

告诉他没事，改天有空再约，没多聊，沈晏清挂了电话出去。回到位置一看，程隐面前空了好几个杯子，再一看她的脸，两颊酡红，隐约闻到一点淡淡的酒香。

“你喝酒了？”沈晏清眉头皱起。那天在唱歌的包间里，他记得她说了一句不能喝酒。

程隐笑着，喝了酒脸上浮上些许朦胧慵懒：“是不能喝，但是想喝。”

他上洗手间，打了通电话的工夫，她喝掉了四杯鸡尾酒，靠在藤椅上，模样懒散。她脸上的表情像是累，又像是困。

沈晏清问她要不要回去。程隐在藤椅上歪了一会儿，耳边是驻唱歌手如潺潺流水般轻唱慢歌的声音，风吹了，酒喝了，坐也坐了，没什么意思。

她点点头，站起身那瞬不太稳当，脚下微微趔趄。

沈晏清扶住她：“没事？”

她摇头，挣开他，能站也能走。她大概太久没喝酒，一上车就歪着头睡了。沈晏清特意放慢速度开，让她尽量能睡得舒服。静吧离她住的地方稍有距离，开得又不快，将近一个小时才到她家楼下。

车缓缓驶入地下车库，过车库门口减速带时她似乎醒了，只是状态不对，人微微蜷缩起来，靠向车门。

沈晏清眉一拧，停好车探身过去：“怎么了？”

她蜷得越发紧，已经不是正常坐着的姿势。

“我送你去医院……”他正要发动引擎掉头出去，她伸出一只手，抓住他的衣袖。

“不用了。”她五官皱在一块，很是难受，眼睛紧紧闭着，“……楼上有药。”

一听，沈晏清立刻下车，绕到另一边，拉开车门，弯身给她解安全带，抱她出来，快步向电梯走。程隐蜷在他怀里，手攥紧了他的衣襟。

“沈晏清……”她咬牙，痛得声音发颤，“我好疼……”

“快了，马上就到，上楼吃了药就不疼了。”

这个时候的安慰听起来毫无用处。沈晏清用力揽紧她，抬眸盯着跳跃的红色数字，除了希望它变得快一些，别无他法。终于，电梯到达，门一开，他当即快步出去。

程隐的公寓是一层一间的户型，门上有密码锁——六个数字。沈晏清试了一遍程隐的生日，不对；顿了一下，输入他的生日，还是不对；又试过爷爷奶奶的生日，统统显示错误。

原本看她痛得话都说不清才不想费时间问她，不想，接连输错反而费了更多时间。程隐还是清醒的，听到错误提示的警告音，没等他问，挣扎着伸出手，摸到门锁键盘，输入密码。

沈晏清看她摁了六下——他全无印象，完全陌生的六个数字。

下一秒门开了，别的没空想，当务之急是让她吃药。沈晏清收了思绪，抱她进去，翻箱倒柜找药。

程隐蜷在沙发上，有气无力地说：“我床边柜子第一个抽屉，药在里面。”

如此一说指明方向，不再如无头苍蝇般乱找，沈晏清去拿了药，倒好温水送到她面前。

程隐吃了一颗，半杯水吞服，拿了一颗放在茶几上：“半个小时后还得吃一颗。”

沈晏清就在一旁候着，见她眉头拧得死紧，不放心：“真的不用去医院？”

她摇头，缓过来了些，说："没事。吃了药就行。"语罢自嘲起来，"都是自己作，学别人心情不好，贪那两口。"意思是喝酒喝坏了。

沈晏清眸光一凝："你的胃怎么了？"四杯，不算多，酒精度数也低，才喝这么一点就疼成这样。

她说得随意："养坏了呗。"而后闭眼，靠着沙发，手摁在肚子上，似是在等痛感消散。

沈晏清坐在旁边，没有出声打扰她。她脾气一直拧，从前在饭局上，大多数时候都不愿意喝酒，一口都不肯，其他人便觉得她有些不给面子。他只能帮她开脱，说她不会喝，然后自己代喝一杯挡过去。

次数多了，私下免不了要说一说，让她不管再怎么都不能明晃晃打人的脸，意思意思抿一口也行。她总是笑嘻嘻地说："就不喝，喝酒伤身体，万一喝死了怎么办？"

他每每都斥她胡说八道，满嘴跑火车。那时候没有想到真的会有这么一天，她只喝了一点酒，就痛得蜷成一团，痛得发颤半死。

客厅里静了许久，说不清有没有半个小时，程隐端起另半杯水，又吞了一颗药下肚。沈晏清等她喝完，把空杯子拿到厨房水池，走回来问："还疼吗？"

程隐已经缓过劲来，歪靠在沙发角，闭眼休憩。听到他的问话，睁开眼，抬眸朝他看去。

"你问胃，还是哪里？"

睫毛轻颤，那双平静的眼睛淡淡眨了眨。只是一刹，却让人觉得仿佛被看了很久很久。

"都疼，也都不疼。"她说。

3

程隐痛得蜷成一团面容扭曲的样子让人放心不下，沈晏清留宿了一晚。

他问过几次，她都不愿去医院。怕出问题，书房里有张不大的单人床，他留下屈就了一夜。

一觉醒来，程隐起床的时候，沈晏清已经走了。

书房里空空如也，床垫棉被一丝不苟地铺好，整洁得毫无半点被枕躺过的痕迹。

若不是还记得，昨晚他的存在仿佛只是她臆想出的幻觉。

在书房门前随意站了站，她只粗略看了几眼，便伸了个懒腰，趿着拖鞋去洗漱。

休息得够久了，秦皎瞎掰白送她的假期没定具体期限，再窝在家里骨头真的要散了，于是她拾掇拾掇，去了公司。

收到咒骂邮件的事只发生过一次，那之后再没碰上这么无聊的人，不过她的名声并没有因此好转。部门里人多嘴杂，有心思的不少，聚会唱歌她和秦皎黏在一块的模样落在他们眼里，后来传得风言风语，跟她想的一样难听。

程隐顶着各方不太友善的目光踏进部门，大大方方在工位上坐下，自动将那些不知名角落投来的打量全部隔绝。一休假就休好几天，在其他人眼里看来，她“恃宠而骄”的恶行怕是又要再添一笔。

她早就习惯了，一上午照常无波无澜平静过完。

午后却有人上门找她，快递公司的快递员，捧着个盒子被前台领进来。

前台调侃："不知道送的什么，不让代收，说注明了要本人亲签。"

“给我？”程隐指了指自己，同样莫名。

快递员说是，东西给她，拿了签名单就走，对于她问的问题一问全不知。

程隐看着神秘兮兮的盒子皱了皱眉，手下动作利落，三两下拆开。

她一看，盒中静静躺着的不是别的，是枚车钥匙。

昨天才得了一辆车，这枚钥匙却和她扔在公寓抽屉里的那枚不一样。车标不同，一个是保时捷，一个是兰博基尼。

这个标志她见过不少次，沈晏清那儿多得很，以前吃核桃忘记备锤子，她没少摸他的钥匙来砸壳——车的功能她不太懂，唯一印象深刻的是这些车钥匙砸核桃不太好用。

不用想，用脚趾猜一猜也知道是谁送的。拿起盒里的钥匙，程隐表情淡淡。

跟他赴宴踏进酒店门时开玩笑说挽手臂得再要一辆车，现在他就把车送来……几个意思？

她把钥匙扔回原位，拿出手机给沈晏清发信息。

“有空把钥匙拿回去。”简短一句发送，她顿了顿又加一句，“胳膊我没挽，沈总不用这么客气。”

消息发完，等了几分钟，那边没有半点动静，他一个字都没回。

旁边有同事经过，瞥到盒子里的车钥匙，惊讶不已，咋呼开：“天，兰博基尼？这是刚才快递送来的东西？”

这一嗓音量不大，却引起了其他同事的注意。男同事们大多是爱车一族，对车敏感，有人好奇：“什么兰博基尼？”

“程隐收了个快递，兰博基尼的车钥匙！”

都是拿工资的人，虽说月薪不低，平时工作出入各种场合，不是没见过世面，可真计较起来，豪车豪宅什么的离他们其实很遥远。眼下同一个办公室坐着的同事，收快递收了枚豪车车钥匙，大家颇觉新奇，纷纷过来瞧热闹。

“哪一款，什么颜色的？是顶配吗？”

“全套办下来多少钱？得跟上次万壳科技周总的车价位差不多了吧？”

“哪儿能！周总那个车型不对，贵还是这个贵……”

被一堆人围着的感觉不太好，尤其有些人见钥匙上的车标真的是兰博基尼，惊讶过后，眼里又浮起了难言的微妙。

“失陪。”程隐拿着盒子，起身离了座位。

身后讨论声音一停，在她走远后重新响起，内容亦变了个方向。

无关人等的喜恶不在程隐计较范围之内，她径自拿着东西去了秦皎的办公室。听完经过，秦皎也不知说什么好。

“你打算怎么办？要还是不要？”

“我要来当饭吃？”程隐垂眸瞥了眼扔在她桌上的东西，撇嘴。

“别人想要还没有呢。”秦皎笑她，拿起水壶给盆栽浇水。

秦皎这儿能躲清静，程隐赖着不走，说了会儿闲话，又有外卖员上门，不过这回不是找她的。

外卖员将一大盒东西搁在秦皎办公桌上，揭开一看，全是模样精致的下午茶点心。

程隐不太记人，见面不多的人忘得快，但好歹身为这个报社的员工，从外卖员嘴里说出的几个字——老板的全名，她还是知道的。托秦皎的福，有幸见过几次，三十多岁的男人，相貌堂堂，事业有成，各方面都挺好。平时各处细节都能看得出来，他明显对秦皎有意思，没想到现下连下午茶都关心上了。

秦皎却兴致缺缺，直接问程隐吃不吃，让她带走。

程隐收了调侃的心思，脸色略微正经起来：“对他没意思？”

话问得直接，她们之间习惯了直来直往。

秦皎道：“说不上。就是不想谈恋爱，没情绪。”

她浇水的动作不停，脸上表情淡淡。

气氛静下来。

程隐脸色一暗，凝眸看了她许久，忽地说：“……对不起。”

秦皎动作一顿，抬眸看她，两秒后失笑：“有什么对不起的。”复又低下头去，悉心看着盆栽里的植物，扯开别的话题，“舒窈那边的采访出来了，我看了一遍，C组负责的人回来说她身边的工作人员事儿特多，要求一个接一个，一点谈不好就要结束行程，一堆老记者被折腾得满头汗，架子比舒窈本人还大……她现在真的是大名人，排场不一般。”

程隐没说话。

如果可以，她希望秦皎永远都不要再听到那个名字脏了耳朵。然而现在，因为她的缘故一回又一回，不停出现那个姓。

舒窈的舒，也是舒。

心里沉着的大石，消不散，过不去，怎么都不能好。

程隐默然好久，仍然盘桓在先前的话题，声音低了许多：“都怪我。”

秦皎定定看她，放下手里的水壶。

“人如果倒霉，该遇上的坏事再怎么也免不了。我从不觉得认识你不好，无论以前现在。不是你的责任，不怪你。”

程隐抿着唇，心里闷，闷得难受，闷得发慌。

“程隐，我真的没那么弱。”撑在桌面的手微微用力，印出纤细五指痕迹，秦皎动了动嘴唇，而后说，“被舒哲强了又怎样？就当是被畜生咬了一口。”

下午下班，程隐没搭上秦皎的车，沈修文不知为何，突然跑来接她。开了有段时间，车驶上高架桥，程隐才问：“修文哥特地来找我，有什么事吗？”

“没事不能来？”沈修文一边握着方向盘一边笑，“我该不会搅和了你的约会吧？”

程隐轻笑：“哪有约会，我一向不招人喜欢，公司里的人躲着我还来不及，谁敢约我。”

沈修文笑着调侃几句，瞥了她一眼，忽地道：“既然不忙，怎么不去找晏清？”

“……找他干什么？”

他没答，只说：“晏清今天给你送东西了是不是？”

程隐侧目：“你知道？”

“我帮他挑的。”沈修文挑眉，“他酒柜里珍藏的三瓶宝贝归我了。”

所以，他这是拿人手短，帮忙挑完车又帮忙做说客来了？程隐皱了皱眉。

“人都是会长大的，以前再不懂事，现在也懂了。有些问题，说开了就好。”沈修文还真说起来了。

程隐失笑，没应什么，只说：“知道修文哥关心我。我有分寸。”

说话间，车开进程隐公寓楼下，慢慢停住。没有马上道别，沈修文沉默了几秒，正经起来：“你可能觉得，我是受了晏清的托才来做和事佬，事实并非这样。”

他顿了顿，又说：“奶奶还在的时候就常讲，晏清他天性闷，像锯了口的葫芦，生来就比别人少一张嘴。很多事情，不一定说得出口。”

“……你见过晏清失态的样子吗？”沈修文握着方向盘，定定看向程隐，“我见过，就在你出国一年以后。”

在大厦顶楼天台，年份悠久的名酒就着粗糙的夜风入喉，一点也不优雅。

他和沈晏清坐在地上，看夜色下满城闪烁霓虹灯影，璀璨如银河，反衬得天空沉沉如墨。

那天的夜风格外汹涌，吹得沈晏清眼里，满满都是干涩的红。

和上次一样，沈修文目送她进电梯后就走了。输密码、进家门、洗澡换睡袍……默然做完每天都做的事，程隐靠坐在床头，睡不着，又不想动。

卧室里静悄悄，和客厅里一样没有半点声响，她甚至能清楚听到自己的呼吸。呆愣了许久，她舒了口气，平躺下，将棉被拉到胸前。一整天，从秦皎到沈修文，说过的话在脑海里来来回回地回响。

程隐睁着眼，对着黑漆漆的天花板发呆。

昨晚沈晏清在这里住。她拒绝了他去医院的提议后，让他进书房休息，自己窝在沙发上看电视。她歪头缩在角落，看着看着不知什么时候睡了过去。早上醒来的时候她在自己房间，在这张床上——怎么进来的，不用想。

她记得迷蒙中自己从沈晏清臂弯到了床上，记得他似乎在床边坐了很久。别人睡觉有什么好看，她也不是很懂。只是在半梦半醒间，她记得她清楚听到他在床边说话的声音。

当时满室无声，只有昏暗床头灯映照的寂静空气默然涌动。他叫她：“程隐。”

那声音低沉，他说——

“你离开的那几年，我过得很不好。”

4

两枚车钥匙程隐留了一枚，快递送来的那枚，她揣在兜里，隔天下班后直奔沈晏清的地盘交还给他。

沈修文说和的确上心，还颇有技巧性，当时在车里讲了那么些，见她仍旧神色难言，后来就改劝说："你不要想太多，你就当是我或者居业哥送你玩的。"意思是要她收下。

她喊廖老太太一声奶奶，除此之外，和其他廖家人根本不亲。他们还不如沈家人待她一半好，哪怕严肃老成的沈居业也是真的关心过她，更别提老爱逗她的沈修文。

程隐没有拒绝沈晏清带她去看车正有这个原因。但这些身外之物，有人看得比命还重，于她而言多了却无甚作用。

嘉晟汇隆商厦很高，沈晏清的办公场所更是在上中之上。到大厦外面的时候，她给他发了个消息，没有任何凭证，门前的安保就放她进去，领她到电梯前的前台小姐更是随和，言语间隐约透出一股瘆人的恭谨。

程隐不管别的幺蛾子，静静乘电梯上去。

顶楼这一间与其说是办公室，倒不如说是私人场所，视野开阔，从透明玻璃墙望出去，外头鳞次栉比的大厦尽收眼底，室内采光优异，照得一片亮堂明彻，地上手工编织的地毯，图案纹线隐隐泛着光。

沈晏清坐在沙发上等她。

程隐毫不客气，在他对面坐下，将车钥匙往他面前的茶几上一丢："这一辆我用不上，你自己收好。"无论是发消息还是打电话让他拿回去，他都毫无反应，装死的本事倒是强。

沈晏清朝茶几瞥了一眼："刚下班？"

"废话。一下班就跑这么老远，托你的福，真是谢谢了。"

他没接话，问："晚上想吃什么？"

理所当然得让人无言，程隐没理他这话，反问："昨天修文哥是你找的？"

他说是。

“电话里说的和短信里写的，你都当没看到，就是非要我亲自跑这一趟？”

他“嗯”了声。

“……你有毛病？”

沈晏清反应平静，淡淡说：“消息回了，你现在还会坐在这儿？”话题一转，又说，“既然你没什么想吃的，我订了一家海鲜餐厅的位置，前几天二哥跟爷爷聊到说那儿的菜品不错，爷爷不方便出门，我们可以拍给他老人家看。”

“……”程隐翻了个白眼，“要脸吗你还？”又是沈修文又是沈承国，一个个搬出来压她。

他一脸淡定，说：“不要。”

程隐看了他几秒，冲他比了个中指。

沈晏清不喜欢她说脏话，比手势也不喜欢。果不其然，当即就见他微微变了脸色。

莫名地，她心里舒服了些。

那一抹略不赞同只在他眉间出现了短短一瞬，很快又平静下来。

他勾唇笑了下，对她故意的挑衅不以为然，反而勾了勾指回应：“来。”

程隐顿了顿，忽地索然无味，于是起身：“我回去了，你自便。”

刚转身，他站起来拉住她的手腕，一个轻扯将她圈到怀里。背紧贴他的怀抱，腰上箍着他的手，程隐回头，拧眉：“你干吗？”

“我点了你喜欢吃的菜。”

“你自己不会吃饭？”

“吃饭和吃饭，不同。”

“有什么不同？”想碾他的脚尖，程隐跃跃欲试。

“……约会和吃饭的区别。”他揽在她腰上的手臂很紧，但力道又不敢太过重。他道，“二哥说，追求一个人，需要脸皮厚一点。”

这话槽点多到无处下口，本该有一千个点可以笑话，程隐却顿住没动。沉默了几秒，她抬手覆在他手背上，而后握住，用力地一点一点将他的手扯下。

拿开他的手臂，从他怀里挣脱出来，程隐转过身面向他。

“沈晏清，你真的分得清感激和爱情吗？”一字一句，她问得无比认真。

“我救了你一条命，沈爷爷和沈奶奶帮着廖家照拂我长大，你没什么好欠我的。”她抬眸直视他的双眼，说，“无论愧疚还是感激，都没必要。”

遇上沈老太太的时候，原本她会被送到孤儿院，以另一种方式长大。可那份检查报告改变了一切——她的骨髓和沈晏清适配。

当时沈晏清已经被噩运突袭一年多，患上了再生性障碍贫血。他的症状轻，可以无忧活到成年，但之后是否会病变，谁都不能保证。沈家上下所有人和他骨髓配型的结果都是不匹配，唯有程隐。

无血缘关系的两个人骨髓配型成功，概率很低。她这颗从茫茫人海飘来的粟粒，和沈家孙辈行三、走到哪儿人人都高看一眼的天之骄子沈晏清，成了这寥寥无几中的一对。

自此命运发生了巨大改变，她被沈老太太送到廖家，成了廖家的人，多年来仅仅只是作为邻居的沈家对她上心万分。

沈老夫妇对她好，程隐知道。她一直拼命做到最好，念书、学习、唱戏、练字……不让廖家丢脸，也不让沈家人失望。

当沈家人问她是否愿意捐献骨髓给沈晏清的时候，她没有半分犹豫。怎么会不愿意？如果不是沈奶奶，她根本做不了“廖家人”，不知会流落到什么境地，说不定会有另一番天上地下的颠沛人生。

只是抽骨髓血，没什么后遗症，即使运气真有那么差，真的有什么不良影响，不过也就是免疫力变差一些而已。

沈晏清满十八的那年，十五岁的她毅然躺上了手术床。几天之内反复抽血，术后几个小时一动不能动，静静平躺着，度秒如年。

她担心的不是自己，而是他的结果——哪怕她早就知道，沈奶奶送她去廖家，从一开始就是为了这一天。

早在沈老太太去世的那年，被叫到病床前的程隐就知晓了自己存在的意义。

沈晏清的病是老人心里放不下的大石，这一桩如果无法解决，死也难以瞑目。面对老人临终前的遗愿，她当然点头应允，却也流着泪问，当初让廖老太太收养她，是不是只是因为这一点？

沈老太太气若游丝，吊着那一口气，许久才颤颤说："但是……但是，这些年对你好，并不只是因为这个……"短短一句话，便是承认。承认了真，也承认了假。

老太太出殡的那天，程隐没到场。在练功房里，沈晏清以口舌之快将悲痛发泄在她身上，说最不喜欢沈老太太的分明就是她，她红着眼没有回嘴，但真的不是。

在他面前捂脸痛哭，哭的是内心无处可泄的酸涩，同样也哭亲人离世。

不管最初出于什么目的，后来沈老太太的情分，哪怕只有一分真，对她而言都值得百倍相还。

人生一世，遗憾的事有很多。

唯独这一件——

用她一腔骨髓血，救沈晏清无虞，她从来不曾后悔。

和沈老太太在病床前谈话的场景，程隐还能清楚回想起来。如今对着面前病愈安好多年的沈晏清，忽觉当时心里的那些情绪，似乎都不是那么重要。

"救你是我心甘情愿的，我现在也好好活着没有任何问题，你的感激，这么多年了还不收一收？"

程隐对着脸色微微凝下来的沈晏清挑眉："至于出国的事，站在我的立场，我怨你是应当，你愧不愧疚却没有一定说法……说真的，我回来之后你的反应也太配合我了，你这样让我的恶意显得很尴尬。"

她所有尖锐的棱角，所有伸出的刺，他都一一受下。就像两个互相假装的人对着演戏，有什么意思。

“程隐，”沈晏清蹙了蹙眉，“你……”然而还没等他继续说下去，凝滞的气氛被一阵手机铃声打破。

对视两秒，程隐收了目光，拿出手机，是孙巧巧打来的电话。她摁下接听，尽量将语气放平：“怎么了？”本以为是和离婚官司有关的事，不想却是另一桩，“……你说什么？”

孙巧巧又复述了一遍。这一回她听清了，听得非常清楚——小杨钢要被孤儿院的人带走。

他的养父死了，死在凌晨黑漆漆的街道上。垃圾在车里堆得太高，易拉罐滚落，滚到路中央，他去捡的时候，被车撞得血肉横飞。

司机没有闯红灯，亦是飞来横祸。但按照规定，该负的次要责任无法避免。

司机如何赔偿如何担责自会有判定，眼下的问题是小杨钢的去留。周围邻居在处理他养父遗体一事上各都出了力，可谁都不想平白揽事上身收养一个患病的小孩。

经过街道委员会讨论，决定将他送到该送的地方去。

小杨钢这些日子都是在孙巧巧家吃的饭，如今孤儿院的人来了，正在商量带他回去的事。他的学籍在附近的小学，如果去了孤儿院，念书会成很大问题，除了距离，还有许多麻烦。

孙巧巧说本来不想打这个电话，可看他小小一个人站在院子里，什么也不说，只是红着眼睛静静看着空荡荡的晾衣竿发呆，心里就莫名堵得慌。

她不知该如何是好，情急之下想到了程隐，想问问有没有更好更妥善的解决方法。

“你等我，我马上过来，今天别让他们把人带走。”

电话里说不清楚，程隐捏紧手机撂下话，听孙巧巧应了，当即要赶过去。

沈晏清拉住她。

她皱眉，还未言，他正了脸色：“拦车不方便，我送你。”

5

程隐的急切写在脸上，沈晏清虽不知具体情况，但还是先将他们的事暂时放下，开车疾驰陪她去要去的地方。

老旧的巷子和这座城市格格不入，蜷缩在城区一角，映入眼帘的几乎都是有些年头的建筑。

沈晏清的车开不进去，后一段路用脚走，几分钟内弯弯绕绕转过巷道，跟在程隐身后，见到了那个让她火急火燎赶来的小孩。

踏进院门的时候，程隐脚下顿了一瞬。小杨钢坐在孙巧巧门前空地的大石块上，微昂着头，静静望着天发呆。这座旧房子分左右两边，一边是孙巧巧住的，另一边原本是他和他养父的家。

小杨钢看见程隐，眼里亮起些许光芒，又一点一点熄灭。小杨钢坐着没动，亦没开口，脸上有着不符合年纪的深沉和木然。只有那双眼睛红通通的，是哭过后的模样。

程隐走到他面前，像上次一样，蹲下和他说话。她抬手摸了摸他的脑袋："吃饭了吗？"

本以为在这样的时刻他对外来人会有抗拒，不想，他对程隐的触碰毫无抵触，只轻轻点了点头，说："吃了，孙姨煮的。"还是一样安静——或者说，比上一回见到他，更安静了几分。

沈晏清站在程隐身后，隔着两步默不作声地看着他。这个小男孩，身体瘦弱，脸色微黑带黄，站出去并不是会让人一眼心生好感的类型。那双眼睛倒是干净，黑白分明，澄澈得一尘不染。

他虽坐在石块上，背却绷得直直的，姿态端正。

很奇怪，只是一个照面，听他稚嫩声音回答了一句话……却让沈晏清莫名地想起了第一次见到程隐的场景。

程隐和小杨钢说了几句话，都是闲事，没有提及他养父一个字。

这件事说简单也简单，说麻烦也够麻烦，最大的问题便是小杨钢的去留。

程隐和孙巧巧谈完事情经过，稍作沉吟。

“孤儿院的事，可以先放到一边。”一直没说话的沈晏清出声。

程隐抬头看他。他和她对视，道：“学籍不动，先检查身体。他最大的问题不是去留，是病。”

沈晏清的话没错。首先要知道小杨钢得的到底是什么病，或个人，或医疗组织，尽可能找到方法将最大的症结解决。否则，一个有先天病的弃儿待在孤儿院里，既不可能被领养，孤儿院亦没有足够的条件给他治疗，最后只有死路一条。

“吃住的事我让人处理。”沈晏清对程隐道，“送回家里，或者我那儿。”

程隐想了想，接受了他一半的提议：“去我那儿。我的公寓收拾一下，书房可以给他住。”

如此说定，他们俩当即要带人走。

孙巧巧想了想，犹豫道：“街道委员会和孤儿院的人还在隔壁商量……”

“其余事情我会让人过来处理。”沈晏清一句话打消了她所有担忧。

孙巧巧原先没有太注意沈晏清，这几句下来才认真打量。见他轩昂俊朗，气度不凡，隐约透出一股迫人的气势，心知他肯定不是等闲人家。越发拘谨之中，又对他们愿意施加援手多了几分感慨和感激。

送他们出门时，孙巧巧忍不住道：“程小姐，您的好心肠一定会有好报的。”扫到沈晏清，又加了句，“这位先生……是程小姐的男朋友？”没等程隐回答，她叹着气抹了抹眼里涌上的湿意，“你们都是好人……”

程隐因她的询问顿了一瞬，下意识想反驳，错过时机没及时在话头空当回答，只得当作没听到她中间那句。沈晏清瞥了她一眼，也没开口。

屋外，小杨钢乖乖坐在原处一动未动，程隐过去牵他的手。

他抬眸，直视她问：“姐姐，他们说我要去我该去的地方。现在是不是要走了？”

“……没有什么该去的地方。”程隐说，“跟我走，去我家，你怕不怕？”

小杨钢看了她一会儿，眼里清楚地映出她的身影。他慢慢摇了摇头：“我不怕。”

小杨钢在程隐公寓住下。程隐白天要工作，沈晏清差了个阿姨过来照顾，另安排了一位司机，每天接送他上学。他的学籍暂时还在原先的小学，那地方离这片有点远，坐公交车不太方便。

小杨钢的事还没处理好，报社那边派下来新任务，程隐被安排去采访一位近年在网络上红起来的文青作家。

这位采访对象出过几本书，其中一本拍了电影，还开了一家餐厅、一家咖啡厅，养猫养狗，深得文青喜爱。在现实生活中虽然知名度不广，但在网络上拥有数量不小的粉丝，是互联网时代的“特色名人”。

程隐本来以为只是一件正常的工作，不想，约好见面之后，被对方放了三回鸽子。几次下来是个人都能察觉不对，程隐不傻，自然察觉到人家对自己的不善。

这位文青是个男的，网络用名朗察宁，也是他的笔名。在接到任务之前，程隐根本不认识他。

事出必有因，被耍了三次，第四次程隐亲自到他个人工作室楼下堵人。一楼大厅侧边有咖啡厅，她点了杯咖啡，从三点起就坐着等。

时间一分一秒过，想看到的身影迟迟不出现，不想看到的人，偏偏遇上。舒哲突然出现，悠悠走到程隐桌边，脸上噙着笑，和她问好：“真巧，在这儿也能碰上程小姐。”

程隐没起身，连动也没动一下，看他的目光极尽冷淡。

舒哲拉开她对面的位置，自顾自坐下：“程小姐在等人？”

程隐不理他。他不在意，继续道：“想见什么人，需要我帮忙吗？楼上几家公司我都熟。”

程隐正想起身走，目光落到他随手放下的小蛋糕纸盒上。

盒身上，印着一个“朗”字。

舒哲顺着她的目光低头瞥了一眼：“程小姐想尝尝？我朋友工作室用来招待客人的点心，味道很好。”他挑眉，“外面吃不到。”

滞了一下，胸腔闷着的那口气升腾，程隐反倒生出想笑的情绪。看来今天也不用等了，她和那位朗先生的确没有过节，但她和朗先生的好友——面前的舒哲——恩怨多到算不清。

程隐当即站起身。

“好久没见秦皎，”舒哲忽地出声，“秦副总近来可好？”

耳朵里血管突突跳起来，程隐僵着背脊，蹿起一股寒意。

舒哲将她的神色看在眼里，唇边笑意加深：“几次碰见，程小姐都是一个人，怎么，秦副总连陪朋友喝下午茶的时间都没有？”

程隐直直凝视着他，许久之后才开口：“舒先生这样刺激我，是忘了舒窈捂着脸惨叫的样子了？”

舒哲变了脸色。

她就这样看着他，暗潮汹涌，而后蓦地勾唇，笑意阴恻，眼里冷沉沉一片，黑得幽深，凉意骇人。

“你敢再碰秦皎，我就敢再一次——划烂舒窈的脸。”

她欠秦皎的，仅仅这一桩，就够她内疚一辈子。明明是她和舒家兄妹的龃龉，舒哲却将怒意迁怒到秦皎身上。

如果不是舒哲强了秦皎，她不会失去理智在舒窈脸颊上划出那一道长痕。如果不是脸受伤，舒窈不会抑郁几度寻死……更不会，有后来泳池边那一场争执。

沈晏清和沈修文兄弟俩一同回了沈家，沈承国在书房，先见了沈修文，没多久谈完话，换沈晏清进去。

老爷子今天精神不错，坐在书桌后头，只是张口问的第一句话便不太好：“你和阿隐，还在闹别扭？”

沈晏清不知道该怎么答。沈承国见他不出声，定定看了他一会儿，放下茶杯，又问：“最近舒家那丫头似乎回来了，找你了吗？”

沈晏清“嗯”了声。

“你见了？”

“没有。”他说，“我没空。”

“舒哲没找你麻烦？”沈承国微微眯眼。

“……没有。”

沈承国哼笑了声，对他的回答未发表意见，而后道：“舒哲那孩子，行事急躁，失分寸，欠妥当，性子一点都不像他爷爷。”

沈晏清没吭声。

本也不是为了批评舒哲，随便说了两句，沈承国的话转回程隐身上：“阿隐说结婚作罢的事，你知道吗？”

沈晏清脸色微沉，点了点头。早在她回来那时，她就和他说了。

“你有什么想说的？”沈承国问。

沈晏清皱眉，正在斟酌，又听沈承国道：“你不同意？”

他点头，说：“是。”

“那你得自己去和阿隐说。”沈承国淡笑，“这事我做不了主。当初定下，是你们两个自己点的头，现在她不愿意，没有硬摁着她的头喝水的道理。”

沈晏清抿唇，脸色沉得跟木头似的。

两个人都没说话，气氛安静。沈承国看了他半晌，忽地开口：“既然你现在这副态度……那么，当初我问你的话，你应当重新想清楚了？”

沈晏清抬眸，祖孙俩目光对视。

程隐把舒窈脸颊划破那一年，廖老太太已经去世几年，廖家人早已搬离，自然没他们的事，反倒沈舒两家差点起了隔阂。

送医的一路，舒窈号哭不止，景象凄惨。沈晏清接到消息赶过去，在医院走廊上和程隐对峙无言，抬起了手，却怎样也挥不下去。

常说公道公道，可人心都是肉长的，怎么可能全然没有偏向？对着程隐红红的眼，他抬起手又放下，到底还是下不了手，只能冷硬地扔下几个字：“马上出去，别让舒家的人看到你在跟前晃。”

在舒窈住院的第三天，他去了舒家，替程隐认错道歉，在舒窈父亲面前跪了两个小时。她爸被他竟敢上门的举动，气得用竹条狠狠抽了他三下。打的是沈家亲孙子，动了手，就是一个台阶。

后来沈承国出面，说是代已故的廖老太太赔礼道歉，一番周旋，在舒窈植皮手术伤愈后，事情便不了了之。

沈承国那时问过沈晏清，为什么要去舒家？他想了很久，回答说是因为程隐身体不够好，受不住罚——她十五岁给他捐献骨髓，手术之后免疫力变差很多。

当时怎么回答的，不去计较。现如今同样的问题，沈承国又问了一遍。

“程隐捐了骨髓救了你的命，她弄伤舒窈，我不可能坐视不理。你明知道舒家不会把她怎样，又为什么要走那一趟？”

老人捏着茶杯瓷盖，盖子和杯沿磕碰发出脆响，矍铄的双眼盯着他：“你真的想明白了吗？”

沈晏清沉默了很久，书房里一片安静。半晌，他认真开口——

“我想明白了。”

整整五年，想得有点久，但终于明白了。

6

过去的旧事，都已过去了很久。沈家和舒家的交情，最早要从两家老爷子那辈开始算起。

他们关系好，十几年的交情，多年感情延续到下一辈，沈承国的二儿子沈胥——即沈晏清的父亲和舒老爷子的独子舒定彬亦是自小亲近。

两人年龄相仿，幼时互为玩伴，一起光着屁股长大，到后来各自成家，妻儿美满。

然而好景不长，舒定彬和妻子在生下女儿舒窈后感情破裂，婚姻关系一度降到冰点。

夫妻俩家世相当，即使问题根源出在妻子行为不检，舒定彬和舒家依旧无法拿婚内出轨的她怎么样。在好长一段时间的争执吵闹后，两人达成一致意愿，决定结束这段婚姻。

在离婚之前，当时的舒太太就已搬出舒家。

某一日，舒太太和好友相见，发生了意外——这个好友并非别人，正是沈胥的妻子、沈晏清的母亲。

沈胥是不太赞成自己太太和舒太太来往的，奈何两人在婚前就是闺中密友，沈胥和舒定彬情同手足，她们的情分同样不差。

两个女人约了见面的那天，沈晏清被母亲带在身边，喝完下午茶又去半山腰的私人会所做SPA。傍晚回程，沈母开车，沈晏清坐后座，舒太太居副驾驶座陪着聊天。

车还没下山，半道和骑摩托的飙车党相撞。天翻地覆，车旋了几圈翻倒在山道边缘，舒太太还留着半条命，第一个从车里挣扎爬出来。她额角流着血，却在勉强挣扎得了生的机会以后折返回去，把年纪尚幼的沈晏清扒拉出来，费力挪开距离放下他，再度返回救他母亲。

可惜，车漏油，时间来不及，两个人一同死在了那场事故里。山路上的监控摄像拍下全程，飙车的人断了腿，两条人命也再回不来。舒太太到死还是舒太太。

自那时起，沈晏清没了妈，舒哲和舒窈也失去母亲。沈晏清和舒哲就是从那时开始亲近，后来更是好到几乎形影不离。

沈晏清知道舒哲有个妹妹，他的妹妹很小，总是哭总是哭，但谁都不厌烦，人人都怜惜她没了妈妈疼。一天天长大，舒窈越来越黏沈晏清，舒哲偶尔吃醋，后来不知为何宽了心，时不时让他对舒窈好一点。

十多岁的时候，舒窈跟她父亲去了别的城市，留下舒哲在舒老爷子身边，舒窈一年寒暑假各回来一次，出落得越来越水灵。

她有时会送沈晏清一些小东西，一次两次，沈晏清虽然试着婉拒过，却无甚效果。有时是折纸，有时是抄的诗，有时是手工做的小玩意儿……他被动收下，零零散散不知放到了哪儿，时间一长便弄丢找不见了。

有一次，舒窈抄了一首雪莱的英文诗——《爱的哲学》，送给他。

笔迹娟秀，一个一个字母写得端正。

舒哲在一旁笑嘻嘻地问他：“你觉得我妹怎么样？”

他闷了很久才吐出几个字，说：“挺好的。”除此之外不知该如何回答。

偶尔会觉得尴尬，但大多时候，和舒家兄妹的相处，就如他回答舒哲的那句话——只除了他们不太喜欢程隐这一点。

舒窈娇宠惯了，一向众星捧月，和程隐这种野猫一样的刺头儿自然相处不到一起。沈晏清只得尽量少让他们三人碰面。然而舒窈念大学回了这座城市，还和程隐考进同一所学校，碰面的次数越来越多。

发自内心地说，沈晏清一直待舒哲情同手足，对舒窈更是从来没有冷过一分脸色。如果有谁敢朝他们的痛处戳，拿他们母亲来剜他们的伤口，他一定第一个不同意。但他也觉得，既觉痛苦，就不应该在别人身上施以同样的痛苦。

舒窈在系里舞蹈比赛夺冠那回，庆祝聚会和程隐生日撞在同一天，权衡过后，他选择推了前者，陪程隐过一年一次的生日。他听说舒窈等了他很久，一整晚闷闷不乐，失落无比。

他原也略觉抱歉，不承想，护妹心切的舒哲连这一点也要迁怒程隐，在陪舒窈参加校晚会的时候，当着满场的人冷嘲她——“不过是被人捡回家的野种，装什么千金小姐。”

程隐哪是好拿捏的性子，气到颤颤握紧双拳，不甘反击，说：“我父母不详，我是野种，你们妈出轨，又能确定自己不是野种？！”

话音落了，众目睽睽之下，舒哲扇了程隐一个巴掌。程隐被耳光扇得摔倒在地，爬起来，抄起酒杯掷在舒哲头上，砸破了他的额角。

谁都没占到便宜，晚会之后背地里说程隐闲话的有，非议舒窈家事的也不少。舒窈当时就哭了，后来一个星期未去学校。

沈晏清觉得程隐固然不该提及舒家私事，舒哲更不该先以此羞辱伤人，他觉得扎心，便应该明白，别人同样会觉得痛苦。

事情没有结束，从这个冲突开始，彻底失控。舒哲将舒窈的难受算在了程隐头上，在夜场碰上和同学唱K的秦皎，又将恶意迁泄到她身上——舒哲在无人包厢的洗手间强了秦皎。

沈晏清永远忘不了程隐因为这件事在他面前崩溃抓狂的样子。那时候，她差点连他一起恨上。

他和舒哲认识那么多年，动过手的次数不多，那回便是一次，他们打了一架，冷战到几乎绝交。

再后来，程隐找他们兄妹要说法，先找了舒哲，继而一向站在舒哲背后的舒窈又站了出来。她们俩不知谈了什么，就是那一次，舒窈脸上多了一道疤。

一切都乱了，起于乱麻，结束还是一团乱麻。理不清，剪不断。

找朗察宁一探究竟，变成了和舒哲的针锋相对。程隐看着面前那张憎恶的脸，狠狠瞪着他，直瞪得眼里都要渗出血来。

忽有种时光倒流的错觉。对于秦皎一事，她说的每一个字都是发自内心的，她永远也忘不了接到秦皎电话赶到医院的场景——

一向开朗阳光的秦皎躺在病床上，又痛又怕呜咽哭着。伤口撕裂，承受着心理和生理双重侮辱。

程隐气得浑身发抖，安抚秦皎后冲去找舒哲算账。和蹒跚赴医饱受羞辱的秦皎截然相反，舒哲全然无所谓，冷笑着让她随便告，随便闹。

那天他们差点又动手，如果不是秦皎情绪不稳需要她陪，大概当时舒哲和她各自都会去了半条命。

秦皎的家境很普通，她父母都是一般职工，生她生得晚，三十多岁才怀了她，两口子勤恳老实，古板守矩地活了大半辈子。秦皎不敢告诉他们，借口身体不适在家养了一段时间，好不容易平复了心情之后，才重新回到学校。

不知打哪儿起了风言风语，秦皎被强的事，传出来数个版本，像把烫了酒的刀，狠狠在她心上又剜了一道。学校把秦皎叫去谈话，还联系她爸爸对谈。秦父中年得女，已经是快要退休的年纪，为家庭操劳半生，突闻这种消息，受刺激之下一个没撑住，血压暴升，当场气厥中风。

一场生理暴力，演变成横祸开端，不止秦皎一人，还连带着连累了她的家庭。秦父被亲戚邻里帮忙从医院挪回家照料的那天，下了一场大雨，程隐全程陪着。

秦皎奔前走后，焦头烂额地办理出院手续，领取药物细细清点，搭手抬着担架上上下下忙个不停，到了家铺床换被，还要代她妈整理小小的两居室。

亲戚邻里走后，一切归于寂静。瘫在床上的秦父只有呼吸，秦母坐在床边，一待就是许久，静静揩泪一声不吭。

秦皎手脚麻利地料理家务，没有半点异状的模样，还有心思下楼买缺了的调味料。她不让程隐跟。半道下雨，程隐想起她没带伞，还是追了出去。沿着楼梯一阶阶下去，就见拎着酱油从小卖部回来的秦皎，驻足站在楼道前。

晚上八点，黑漆漆的天空淅沥砸下雨点，平静了一整天的秦皎站在雨里，全身被雨打得湿透。她一动不动，在雨里无声大哭。

程隐在楼梯上静静看了很久，雨伞最终没有送出去。

第二天，程隐去找舒哲，却找不到人。给舒哲打了无数个电话，最后是舒窈接的。舒窈把她约出去，在一家咖啡厅的包厢里见面。

程隐清楚地记得她的嘴脸——

“事情已经发生了，多余的情绪对谁都没有好处，重要的是如何解决这件事。”舒窈还说，“你应该明白，这件事上你朋友赢不了我们。我和我哥谈过了，所有赔偿、精神损失费，一分不会少。你们同意的话，这件事情就这样翻篇过去。”

程隐那时候看了她很久，没答，只问：“为什么会有其他人知道这件事？”

舒窈稍稍尴尬，过后回答说：“我朋友来家里玩的时候听到我和我哥在书房说话。”

除了冷笑还是只想冷笑，程隐告诉她：“我不想要你们一分钱。

这件事，不可能善罢甘休。”

舒窈被油盐不进的回答激怒，拍桌站起，怒说：“她不过是被我哥碰了，有什么必要……”

后面的话程隐没有听完。

在听到“不过是”三个字的瞬间，她的理智神经彻底绷断。

挥落桌上的花瓶，瓶身砸在地上哗啦碎响，程隐当场抓着舒窈的头发，将她摁在地上。程隐握起地上的碎瓷片，方向是朝着舒窈的脖颈去的。当时程隐真的动了和她同归于尽的念头，或者杀了她，然后再去自首。

舒窈反应过来剧烈反抗。争执间，瓷片划过舒窈的脸，在她脸颊上划出一道血痕，凄厉的惨叫引来店员。现场满是慌乱，拿医药箱的拿医药箱，报警的报警……嘈杂不已。

和手忙脚乱的店员相比，程隐显得无比平静。她起身，站着俯视躺在地上狼狈的舒窈，又笑又哭。

舒哲为什么不冲她来？他们兄妹厌恶她，为什么不只是针对她？

脏。而她被逼得和舒哲一样脏。

她不后悔。

在他们两兄妹眼里，秦皎只是被生理暴力了而已，秦皎的父亲只是中风了而已。秦皎遭受的这些，还不如舒窈的两滴眼泪重要。

他们高高在上的面孔，了不起的姿态，不可一世之下，是腥臭逼人的骨和肉。

程隐把手里的瓷片砸在舒窈身旁。救护车赶到之前，她对舒窈说的最后一句话是——

“这次认清楚了吗？找我，冤有头债有主。”

有人住高楼，有人在深沟。这世上其实没有什么公平，程隐很小就知道。可无论是住高楼光芒万丈的人，还是深沟里满身铜臭的人，苦痛煎熬都是一样的。

就像舒窈捂脸痛哭的模样，和秦皎在雨夜里崩溃的样子，没有什么区别。她舒窈伤口流的血，并不比秦皎高贵。

第四章

冰雪烧灼、江河倒流

1

程隐从旧事中回神，情绪几度起伏，最终还是按捺下去，平息怒气。舒哲出现在这儿，带着朗察宁工作室的点心盒子，如此举动不过是在示意他和朗察宁交好。事情到这一步已经明了，他不过是想给她添堵，除此之外也就是像这样在她面前硌硬几句。和以前一样，真要做什么，还是不敢。

程隐不再和他浪费时间做无谓的口舌之争，拎包走人。舒哲没有不识趣跟上来，大概她那几句话里的瘆人之意足够让他稍稍收敛。

程隐打车回公寓，小杨钢还没回来，她一个电话打到沈晏清那儿，问司机去接人了没，没有的话她自己过去。

“我和二哥回家陪爷爷聊了一会儿。”他说，“现在在杨钢校门口。”

程隐没想到他会亲自跑去，“嗯”了声，没再多言。

电话里没说什么时候把孩子送回来，这一等就等到了天擦黑。

程隐给他们开门时，就见小杨钢的手上拿着两份零食，新给他买的蓝色书包在沈晏清手里，后者另一只手拎着一个大购物袋，满满都是食材。

沈晏清解释晚归的原因：“去商场买了点东西。”

程隐的视线落在小杨钢身上，看了几秒，皱眉对沈晏清道：“吃饭前一个小时不应该让他吃零食。”吃了零食饭就吃不下，这样的习惯对正在长身体的小孩不好。

沈晏清不太懂这些，听她这么说，当即朝小杨钢伸手：“别吃了，给我。”

小杨钢一个愣怔，程隐抬脚踹了沈晏清一下。她摸了摸小杨钢的头：“去房里写作业，等会儿出来吃饭。”

小杨钢没有马上去，他听到了她不赞成他吃零食，乖乖把手里的零食递给程隐：“这个……我不吃了。”

程隐笑了笑，安抚：“没事，回房间吃吧，但是吃完了要马上写作业。”

犹豫了一会儿，他心里还是想吃的，见她没有不悦，点了点头，从沈晏清手里拿回书包，听话地进房间去。

就剩程隐和沈晏清两人。平白被踹了一下，沈晏清忍到这时才皱眉：“为什么踢我？”是她说不能吃的。

“给都给了，哪有半道收回去的道理？要么就干脆不要给他买。”程隐白他一眼。吃到一半从孩子嘴里拿走，比不给还让人难受。

沈晏清默然，半晌才憋出几个字：“……这样。”

程隐懒得跟他废话，伸手去接他手里的购物袋。他没给，提步进屋，朝餐厅走。

“你去哪儿？”程隐瞧着他。

“煮饭。你不是说让杨钢马上出来吃饭？”

“……我自己来。”

他说：“东西有点多，你一个人忙不过来。”

买的全都是小杨钢想吃的菜，有几个她真的不会弄，最后还是两人一起进了厨房，各占一边，分头忙活。

程隐在水池里洗时蔬，沈晏清在一旁案板上处理肉类。想起他在电话里说和沈修文一起回家见了沈老爷子，她问："你和二哥回去见沈爷爷，他怎么样？"人到老年，身上问题越来越多。

沈晏清说："还行，精神挺足。"

"他跟你和二哥说什么了？"

想到在书房里和沈老爷子谈的话，还有牵扯忆起的从前旧事，沈晏清抿了抿唇："和平时一样，问了一些琐事。"

程隐点点头没有多问。

沈晏清道："你今天下班早？"她到公寓给他打电话的那时候，不到五点钟。

程隐洗蔬菜的动作滞了一瞬，很短暂的刹那，而后接上，仔细地将菜叶纹路清洗干净，确保里面不会藏住一点泥垢。

"组里派下来的新专题，外出采访，收工早直接回来了。"没有提被放鸽子耍了三次，没有提朗察宁，更没有提舒哲。

闲话几句，切好的食材一一下锅，沈晏清掌勺，程隐打下手，除了锅里吱吱油响、铁铲翻动和油烟机工作的声音，再无其他。

油爆虾的时候是程隐处理的，水没有沥干净，滴进滚烫的热油里，一下炸开溅到她手上。

她猛地后退吃痛叫了声，沈晏清眼疾手快，把火关了，盖上锅盖焖得严严实实。

"烫伤了没？"他拿过她的手一看，手背红了一片。

"没事。"程隐皱眉，一半是因为疼，一半是因为手被他握着。用力往回抽，没挣开他。

沈晏清打开水池里的龙头，握着她的手放到水流下冲。凉凉的，烫红处的痛感稍有缓解，但还是不够。

厨房里的事情暂时停下，转移阵地到客厅，沈晏清去拿了家用医药箱，找出药膏。白色药膏抹在手背上，沁凉沁凉，比凉水有用得多。

沈晏清执着她的手，另一手拿着棉签，微微低头，上药动作细致。

程隐一抬眸，便见他专注而认真的侧脸。手上微凉，还有被棉签擦过残留的些许酥痒。

电饭煲里米饭快熟了，浓浓的香气弥漫满室，正是万家灯火亮起的时候，那香味飘起，和各门各户的相融相汇。忽然想往后靠着睡一觉，又有些难言心情。时隔五年，被他握着手，她的第一感受竟然是不习惯。

眼睑微垂略有出神，手背上棉签拂过的感觉不知什么时候停了，沈晏清叫了她一声，程隐才回过神来。

“怎么？”她抬眸，和他直视看来的视线对上。

“对不起。”他忽然说。

程隐还没开口，他加重力道，捏得她的手指紧紧并拢，很快又被松开。

“上次带你去饭局，闹得不愉快。还有……”他顿了顿，“很多。”

程隐眸光微凝。没等她做出任何回应，说话间，小杨钢穿着棉拖鞋走到了客厅。

沈晏清和程隐双双看向他。趁这空隙，程隐把手抽了回来。

“这题不会做。”小杨钢拿着作业本，挠额头瞧着他们，很苦恼。

程隐招手把他叫到身边，蹲在茶几边教他。一道数学应用题，解答完毕，再抬眸一看，沈晏清已经进了厨房。

没多久，菜全部煮好，三人坐在桌旁用晚餐。油爆大虾煮得不太好，但也不算难吃，味道及格。饭毕，程隐收拾桌子，沈晏清带小杨钢进浴室帮他洗澡。出来时，小杨钢小脸热得红扑扑，换上了睡衣。

“时间不早了，你回去吧。”程隐看了沈晏清一眼，又摸了摸小杨钢的头，对他道，“明天上课，你该睡觉了。”

“我看着他把作业做完。”沈晏清朝浴室抬了抬下巴，“你去吧，等你出来我就走。”

程隐想了想，点头。

沈晏清带小杨钢在客厅坐下，最后几道题目不难，小杨钢不知为何，写得特别慢。写着写着，到最后笔尖不动，沈晏清低头一看才发现，他抠着脸颊，眼里扑簌掉泪。

沈晏清问：“哭什么？”

眼泪掉在作业本上，小杨钢说：“……我想爸爸。”

毕竟还是小孩子，养父就算前头带个“养”字，对他而言，那也是他朝夕相伴多年的父亲。

沈晏清看了他一会儿，把他手里的笔抽掉，扯了张纸巾帮他擦眼泪。而后抱起他，朝客厅侧边玻璃墙边走。小杨钢圈着沈晏清的脖子，被他单手抱在怀里。

沈晏清在玻璃墙边盘腿坐下，让小杨钢坐在他怀中：“看到天上的星星了没？”

小杨钢一边掉泪，一边点了点头。

指着透明墙体外，幽蓝天际中密布的星星，沈晏清说：“看着星星，你想爸爸，他就会知道。”又轻轻拍了拍小杨钢的头，“哭吧。”

小杨钢泪眼迷蒙地顺着他指着的方向看去，越哭越凶，眼泪流成了小河，但除了抽噎以外没有一点声音，满室寂静。

大概十分钟过后，小杨钢的眼泪渐渐收了。他靠在沈晏清的怀里，彻底平复下来，保持着抬头模样，红红的眼睛看着天，很安静。

“还难不难过？”

他点头。

“还想哭吗？”

他摇头。

沈晏清用手指理顺他乱了的头顶发丝：“很乖。”

两个人坐着不动，谁都不再说话。沈晏清轻拍小杨钢的背，视线也在遥远的窗外。天幕星点繁多，程隐走的那年，这样的场景他看过很多次。

其实最开始的时候，情绪并不明显，甚至在爷爷决定不再继续找她行踪的那天，他也格外平静。

昏黄斜阳照在沈家院里的藤蔓枝丫上，傍晚时分他和二哥、爷爷一起吃饭。几道家常小炒，分外入味，还记得那天的鲫鱼汤炖得格外奶白，面上漂着的葱花泛着烹炒过的油香。

他吃了两碗饭，喝了两碗汤，细嚼慢咽，平静如常。上楼时被二哥拦下，问他："还好吧？"

他摇头，并不觉得有什么不适。只是回了房间，突然静下来，在床边坐下，不知该干什么。

一抬头，时间过了一个小时。那六十分钟，他不知道是如何溜走的，茫然，想了什么全无头绪。

睡到夜半，他在熟悉的床上莫名醒来，睁着眼看天花板，脑子里空白一片。

窗外的天空布满了星星，月光洒在床边，银白如瀑。再后来，这样的场景见过很多次。总是莫名在夜半睁眼，睡不着，或者是梦到什么，无法继续入眠。

有的时候天气好，便是一天幕的星星；天气不好，阴沉沉一片，比浓重的夜色还闷煞人。

每一天都照常过着，可以正常吃饭、正常看书、正常工作、正常生活，仍旧活得好好的，过着和从前没有区别的日子。

唯独那些时不时梦醒的夜晚，和呼吸起伏经过都带着的闷重感，在用潜意识提醒他、告诉他——

你放不开，你耿耿于怀。

人的一生可能失去很多东西。眼泪的作用就是减轻悲伤，一次泪水不够，两次、三次，叠加起来，有一天也许能清理干净。

可对于他来说，太多情绪，从一开始就没有宣泄出口，只能团在心里，积于身体的某个地方。

每一分每一秒都尽力去适应，去习惯。

麻痹地任它在四肢百骸随意流窜，不动声色平静笑言。期盼或许有一天，能好，会好。

人的一生，真的、真的可能失去很多东西。第一个失眠的深夜，连自己都没想到能等到这一天。

她回来了。

时隔五年，在沈家门前再次看到她的第一眼，他便决定，无论冰雪烧灼、江河倒流，这一回，一秒都不要再浪费。

2

朗察宁的专题采访迟迟不见完稿，不仅负责的组长有疑问，同组的同事们背后也开始三两议论。

程隐当然不想拖，奈何对方不配合。

急性子的组长得不到回复，自己派人去电和朗察宁方联系。电话打过去，那边满口官腔，但态度十分明白。

“是这样，采访一旦沟通不好的话稿子就容易出问题，对我们工作室来讲，对待形象这种事一般都是比较慎重的。你们那边的负责人……我们是真的不好办。”矛头直指程隐。

组员在电话里说了好一通，甚至快用上恳求的语气，仍然无果。明明事先谈好的专题，时间也是他们选的，说不行就不行。

组长得了消息，立刻去找程隐：“同期刊栏目全都排好了，一直在等你采访朗察宁的稿子，好端端的怎么说黄就黄？！”

面对问责，程隐很沉得住气：“事情我会解决，朗察宁那边行不通的话，我会用新专题补上。”

“说得轻巧！”组长斥她，“换采访对象，既要保证人选的采访价值相同，找到能替换的又无法确保一定能约到，做好的准备也全都要推掉重来，哪有你说的那么容易！”

这是她的事情，交到她手里就得她负责，程隐没多言，只说：“我全权负责，出了问题我一力承担。”

组长气闷，然而事情到了现在这个地步，再说什么都没用：“我等着你交稿给我！”扔下话便走人。

训话时旁边有同事经过，听了几耳朵，没多久，事情就在部门里传开了。依旧是在茶水室的小隔间里休息时，听到几个女同事闲聊。

“刚刚程隐被组长骂你们看到没有？整天一副目中无人了不起

的样子终于吃瘪了，可笑死我了！”

“当然看到了，我还特意去接了三杯水，喝得我现在都想跑厕所，就是为了听组长训她！”

“她以为抱老板大腿别人谁都要怕她，我们组长一向公事公办，活该她挨骂。”

“就是啊，让她负责个专题做个采访都能搞砸，这么点小事办不好也不知道来报社公司上什么班，老板不如干脆养在家里算了，省得硌硬别人。”

“秦副总都能来，她怎么不能来？人家两个姐姐妹妹，老板就乐意宠着，咱们能怎么着？”

“哎呀……”

嬉笑取乐一句接一句，程隐在狭窄的隔断间里，没有任何反应，静静听她们发泄各种恶意。等人走光，声音彻底没了，她才从里面出来，直奔秦皎办公室。

秦皎在看文件，抬眸瞥了眼她匆匆而来的身影：“怎么了？”

程隐摇头，在办公桌前坐下，从口袋里掏出样东西，放到桌上：“早上来就想给你了，被别的事绊住拖到现在。”

秦皎拿起一看，是张银行卡：“给我卡干什么？”

“里面有钱，你收着。”

“哪儿来的钱？”

程隐说：“沈晏清送了我一辆兰博基尼，我卖了。”

秦皎捏着卡愣了愣：“新车卖二手？”

她点头。

秦皎皱眉：“你疯了？浪费钱干什么？”

“反正不是我的钱。”程隐定定坐着。

秦皎把卡推回去，不肯收。

程隐不跟她客套废话，一脸认真：“如果你真把我当朋友你就收下。不说什么欠不欠，我就是想给你。”这话说得秦皎无言，不知该如何应答。

停了停，程隐道：“找个空，我和你回去看看叔叔。”

秦父还在床上躺着，听秦皎说病情好了很多，但具体情况不是很清楚。

好半晌，秦皎才说了声好，没再推辞，把卡收下。

东西给出去，程隐正准备起身早退，秦皎问她：“刚刚你们组组长来找我，采访的事出岔子了？”

程隐抿唇，犹豫几秒，坦白道：“那人是舒哲的朋友。”

秦皎一顿，脸色沉了刹那，很快恢复正常：“换专题麻烦吗？要不要我让人给你搭把手？”

程隐不想她担心，摇了摇头，只说：“没事，我搞得定。”

幽静茶室内，桌上茶杯中飘起袅袅清香。段则轩和沈晏清分两侧对坐，喝了口茶，段则轩笑道：“今天怎么想着找我出来？”

“想起我们很久没有单独碰过面，正好有空。”沈晏清垂眸专注盯着手里的茶具，一边说，一边又冲了一杯，而后放下东西，抬眸看向他，“一直没有好好谢谢你，算起来我还欠你顿饭。”

“谢我？”他不解。

沈晏清凝眸几秒，说：“程隐因为什么理由，我就因为什么理由。”

段则轩微愣，半晌，笑了下。原来是这个，欠不欠的，事情已经过了那么久了，而且他当初跳下去捞起程隐，也是一时情急罢了。

当时大家都在室内热闹，看到她们掉水的人进来大声嚷，室内的人纷纷出去救人。但更多的是像他一样不明情况窝在角落聊天玩乐的吃瓜群众，吵嚷起来一个问一个才晓得发生了什么。

到泳池边，沈晏清和舒哲都已经跳下去了，捞起了舒窈。

Party 上人多，在屋里一个传一个，说的都是舒窈掉泳池了，要不是不知谁一嗓子号出声，说程隐也在水里，岸上的一众人还真不知道。

那会儿沈晏清一身湿透，刚把舒窈带上岸正要做心肺复苏，听到声音猛地回头，还没动就被舒哲拉住。下一秒，他当即一个跃身跳了下去。

那样的情况下时间万般宝贵，救人心切胜过其他，见舒哲拉住沈晏清别人又都还没有动作，他下意识做出了反应。

为这一件事感谢他，他觉得没什么必要。况且沈晏清已经找他吃过好多次饭了——他们的关系在这帮朋友里一直是中上程度，这几年才近了些。以前一个月单独碰不到两次面，后来沈晏清找他的次数多了，隔三岔五出来喝茶吃饭，关系突飞猛进得比前二十多年加起来还多。

仔细想想，大致就是从程隐和舒哲兄妹的事情闹大闹凶出国之后开始的。

段则轩好笑打趣："瞧你说的，饭都吃了多少次了，还欠我饭，敢情你是打算请我吃一辈子？"

沈晏清没反驳，轻笑了下，配合地"嗯"了声："不管一辈子半辈子，都是应该的。"

他都这么说了，盛情难却，段则轩不再推辞，端起杯子喝茶。

聊了一会儿，沈晏清接了个电话。不知道那头说了什么，就见他脸色凝了下来，声音也略沉了几分，他全程只在结尾说了一句："我知道了。"

挂了电话，沈晏清问："御龙湾的项目，你有兴趣没？"

段则轩愣了一下才反应过来："怎么突然问这个？"

他道："你要是有兴趣，加你一份。"

御龙湾这个项目当初竞争的时候就是人人都想要的香饽饽，最后被嘉晟拿下，多少人羡慕，又有多少人期盼着能跟沈三喝上口汤。

但都知道自己没份，关系远的搭不上他的车，关系近的比如段则轩这帮人，干脆懒得动这个心思——因为舒哲看上了这个项目，野心勃勃。

同是一个圈子的人，谁不知道沈晏清和舒哲关系好，都觉得舒哲想要沈晏清肯定会给他，谁还上赶着自讨没趣。

现在是怎么了？开口邀请的是他段则轩，不是舒哲？

“你确定？”段则轩狐疑，“舒哲那边……”

沈晏清蹙眉一瞬，淡淡说：“这是嘉晟主导的项目，做决定的是我，不是他。”

机不可失失不再来，理智很快占据主导，段则轩当即同意：“你可别逗我，我现在就打电话让人着手这件事。”

沈晏清当然不会拿正事开玩笑，点头：“行。”

嘉晟一家做当然可以，但两家最为稳妥，节省投资，回报率增加。段则轩这边完全有能力担起，沈晏清不是突然心血来潮想和段则轩合作，早就有这个想法，只是今天——或者准确地说，接电话的那一刻才决定正式定下。

段则轩是个行动派，说打电话就打电话，联系公司那边的二把手，交代了一通。收起手机，看着默然冲起茶的沈晏清，他斟酌问：“你跟舒哲……是不是闹不愉快了？”

沈晏清知道他的意思，平静道：“嘉晟和舒氏从来没有合作过，私事不影响公事。”端起杯子喝了口茶之后，忽地问了个无关的问题，“你有没有比较熟的媒体朋友？”

段则轩道：“媒体？哪一种，报社还是？”

“新媒体，网络上的，作家之类的。”

段则轩想了想，摇头：“对这方面不是很熟。”问他，“怎么，你有事？”

沈晏清抿了抿唇，说：“没事。”说完这句不再多言，拿起手机点进信息编辑界面——

“联系一个能替朗察宁的。他不接采访，找别人上。”消息发送对象，是刚刚打电话给他汇报同城报社那边情况的助理。

沈晏清又亲自去了趟小学接小杨钢，带他回程隐公寓时，程隐正好刚回家没多久。试着问了两句工作上的内容，她统统随口带过。采访受阻的事，她一个字都没有跟他提。程隐不开口，沈晏清不好主动拿出来说，默默止住话头，聊起别的。

和上一回一样，沈晏清留在她的公寓里做饭，她这次没进厨房，待在卧室忙工作的事。菜做好，小杨钢做完作业洗手上桌，沈晏清盛了三人的饭，程隐仍旧没出来。

“菜要凉了，程姐姐还没出来……”小杨钢端正坐着没动筷，眼巴巴看着沈晏清。

沈晏清递了双筷子给他：“你先吃。”而后朝程隐卧室走。

敲了敲门，里面传出一声：“进。”

拧开门把手进去，书桌前却不见人，程隐站在窗前，正在打电话。

沈晏清站在门口没进去。程隐一边说着挂电话前的闲言，一边朝他走来。在离他两步远的地方站定，通话也结束。

挂断的刹那，他瞥到一眼，屏幕上是个没有备注的号码，国际长途。

“出来吃饭。”沈晏清收了目光，“菜要凉了。”

程隐低头摆弄手机，点了点头。

他微垂眼睑，复又瞥了眼她亮着光的手机，问：“谁的电话？”

程隐抬头看他，对视两秒，垂眸，视线回到屏幕上。

“告诉你干什么。”她说，“你不认识。”

指尖在屏幕上戳点几下，摆弄完毕，程隐道：“你和杨钢先吃，我把刚刚的文档整理一下。”说罢转身走回书桌旁。

没有管沈晏清脸上什么表情，也没有注意他是什么时候退出去关上门的，程隐把工作文档保存好。然后，她拿笔在旁边立式日历上把 24 号圈起，又在下方备忘一行写了四个字，落笔清瘦纤细——

大哥回来。

3

沈晏清把御龙湾项目分给了段则轩，这事儿在一帮朋友里传开，都觉得惊讶，反应最大的自然要数“当事人”舒哲。人人都以为这个项目肯定归他，是他和沈晏清之间的事，八九不离十了，谁知最后拿下的人竟然是段则轩。

舒哲半夜三点一个电话打到沈晏清那儿，怒气冲冲。沈晏清穿着睡袍坐在床沿边，默然听着他在电话那头不满的质问，全程都很平静，只在最后回了他一句："有些事情我不是计较不起，只是以前没有跟你计较。舒哲，你心里清楚。"语气沉沉，不等舒哲回答，直接挂了电话。

旁人看来，他和舒哲的关系很好，实际上早就大不如前。没有发生那些事之前，他的确真真切切打心眼里将舒哲当成挚友对待——尽管最开始是源于对舒姨的感激。

多年来往，相处间有不适或冲突，他都会稍让一步。然而日积月累，有些东西积少成多，久了都会变质。舒哲对程隐的不恰当是矛盾之一，之后秦皎的事，更是引燃了分歧。

他无法赞同舒哲的行为，打架、冷战，期间没有半点联系。后来因为替程隐担责，他和舒哲的冷战状态半推半就打破。

不知道舒哲是不是清楚，但他心里早就有数，有些东西，从那个时候开始就变了味，更别提如今……

凌晨月光下，沈晏清坐在床边，掐了刚点燃的烟。一夜无眠。

接小杨钢这个工作，沈晏清帮司机减轻了一半的工作量。来小学的次数多了，驾轻就熟，校门口门卫差不多都认识他了。

沈晏清开车载着小杨钢往程隐公寓去，上楼前给她打电话，拨了两回都没人接。沈晏清皱了皱眉，犹豫是站着等还是去她公司。

小杨钢扯扯他的衣角："沈叔叔，为什么还不上楼？"

"楼上没人。"程隐懒，钥匙只有一枚，他又不知道门锁密码。

沈晏清试着打第三次电话，还没拨出去，小杨钢眨了眨眼："我能开门。"

"你知道密码？"

小杨钢点头："程姐姐告诉我了。"

两人上楼。电梯上升途中，收到程隐发来的消息。

"我在开会。"——内容如是说。见不便打扰，沈晏清没回消息。

电梯门“叮”地打开，大手牵小手一起走到门口。门锁有点高，沈晏清一把抱起小杨钢，让他输密码。小手在摁键上缓慢摁了六个数：861013。门“嘀”的一声，开了。

沈晏清抱着小杨钢进去，一边在鞋柜前放下让他换鞋，一边反手拉上身后的门，瞥见他脱鞋脱得费力，出声：“鞋带解开。”

小杨钢点了点头。内里蓦地传来脚步声，沈晏清神经一紧，皱眉的同时伸手将小杨钢拉到自己身后。

“你回来……”一道陌生的清润男声随着渐近的脚步响起，在看到沈晏清和小杨钢时止住。

是个男人，沈晏清皱眉。不知是不是因为背着光影，面前的男人显得过于白了些。

男人脚下趿着棉拖，看到沈晏清的刹那顿了一瞬，不过很快便回神，淡淡勾起笑：“您是……沈先生？”

小杨钢扒住沈晏清的腿，半个身子躲在他后边，小心地瞄着突然出现在家里的这个人。

沈晏清一只手搭在他背后安抚他，目光微凝看向玄关前的男人：“我是。”

男人五官俊秀，一身米白休闲装扮，合着那温和眉目，气质清隽。他迎着沈晏清的目光，自若得仿佛不是客而是主，弯唇道：“初次见面，我是容辛。”

会议开了近一个小时还没结束，几个组的人全都在场，总编一项一项工作说下来，周围投到程隐身上的目光越来越多。今天就是下一期专题截止日，马上就要进印刷厂，程隐能不能交稿，关系到整期的内容排版以及上市问题。

时不时飘来的目光意义为何，程隐不会不明白。上回在茶水间里背后议论的那些人虽不能代表所有人，但等着看她出岔子的人，在座不少。组长扔下那句等她交稿的话之后再没过问一句，更别提让人给她搭把手，如今坐在总编身边，沉沉扫过来的眼神，分明也透露出袖手旁观看她如何作为的意思。

总编讲完该讲的，朝纸上看了一眼，目光瞥向坐在最后边的程隐："下一期采访专题，负责的人是谁？"别说全部门，几乎全公司都快知道她得罪朗察宁导致交不上专题的事，这一句明知故问。

程隐抬眸："是我。"

"专题采访对象定的是朗察宁？"总编又低头瞧了眼纸上内容，看程隐目光如炬，"我听说遇到了点麻烦，结果如何？"

"我约了朗先生三次，三次他都有事临时推了见面。"

"所以呢？"总编皱眉，"今天就是截止日期，明天九点之前进厂印刷，专题你打算怎么办？"

程隐说："我另找了其他的人选。"

"微博粉丝多少？"总编问。

程隐顿了一下，道："这一位没有开微博。"

"近一年内上过什么热门节目？"

"也没有。"

"近期有没有作品，出版的书或者别的，销量如何？"

程隐抿了抿唇，说："作品都是很多年前的，销量……"

话没说完，总编把笔往桌上一扔，沉着脸打断她："你自己听听你说的这些，你听得下去吗？！"

全场寂静无声，面上严肃眼里却带着幸灾乐祸笑意的视线从各处扫来，集中在程隐身上。

程隐站起来，拿着打印出的纸张，尽管被骂，面上却仍旧一派平静："新专题我已经全部做好了，采访问答、照片、前后记录，稿子直接可以用。这是样稿，总编你可以看一下……"

"专题人选是随便定下随便可以改的吗？什么人都能做专题，还要一个组的人费心什么？"总编瞪着程隐，"你进报社公司来也有一段时间了，别的事情睁一只眼闭一只眼可以不管，但是对待工作这个态度，我看你还是回家好了！"

气氛僵持，其他人光是围观，都觉得尴尬至极。

程隐沉默了几秒，在众人注视下，拿着样稿走到总编身旁，将纸页按在总编面前。没说别的，她只是坚持重复了一遍："这是样稿。"

总编因她的举动愣了一瞬，而后生出一股不被尊重的怒意，沉着脸抓起稿子，正要训她，错眼瞥到纸上的内容，面色一顿。

所有人惊得大气不敢出，焦点集中在她们身上。等着看好戏的人更是暗暗翘首，见总编的反应，本以为程隐这次肯定惨了，不想，等了半天，没等到预期景象。

总编盯着稿子，视线灼灼像是要在纸上盯出洞来，而后抬头，看程隐的目光略有愣怔，还带着一丝迟疑和不敢置信："你新专题的采访对象，是龙聿睿先生……"

那三个字说出来，在座众人皆是一愣。龙、龙聿睿？！程隐能请到龙聿睿，还能采访到他？！

程隐点头说是："龙老……龙先生另外亲手写了手书，可以不必担心板块内容不足的问题。"

总编拿着稿子，一行行看着说不出话来，她右手边坐着程隐组的组长，同样满目愕然。就凭这一个专题，下期内容不只是没问题，而是好，好到十拿九稳。

龙聿睿先生——教科书级别的现代书法大家，一字千金，千金难求，轻易不接受采访亦不露面，十多年前出版的著作时至今日仍在不停重版。他老人家一辈子见过的大场面、大人物，怕是现在某些文艺红人上下十八辈子加起来拍马也比不上。

单论地位，如今的文艺界，不管是谁，见了他都要尊尊敬敬喊一声先生。

这是真正的艺术家。朗察宁和龙聿睿先生之间的差距，就好比土坡到泰山的高度。

4

程隐到家，最先入目的是玄关处两双男人的鞋子。沈晏清这段时间经常接小杨钢放学，来得频繁，一双是他的，另一双……心里一动，她换了鞋快步进去，果不其然见客厅沙发上坐着两个人。

沈晏清居左，右边则是另一张熟悉的脸。

“大哥？！”

“我本来想给你个惊喜，没想到差点吓到人。”容辛见她，抬眸一笑，“辛苦了，工作累吗？”

程隐眼里泛着晶亮的光，高兴得像个小孩，隐隐雀跃。她摇了摇头，说：“不累。”又问，“大哥你怎么突然来了，不是说这个月二十四24号才来？”

“画展结束，没别的事，干脆就直接过来了。”他挑眉，“还站着干什么？”

程隐笑了笑，小碎步过去，在正中的沙发坐下。两个男人一左一右，她的位置偏向容辛的方向一大截。

沈晏清脸色微沉，从她进门——准确地说，是从见到容辛开始，他周身的气压就持续低着。

“我和沈先生聊了一会儿。”容辛冲程隐摊掌指了指对面，“很愉快。”

程隐这才把目光落在沈晏清身上。他眉间弧度不轻松，脸色也凝得很。

“小杨钢呢？”她看到了又似没看到，一张口问的是别的问题。

沈晏清道：“在房间里写作业。”

程隐点头“哦”了声。

容辛笑着插话：“你的公寓只有两间房？看来今晚我要露宿街头了。”

“容先生不嫌弃的话，我那儿客房很多。”沈晏清眸光微凝。

容辛没说话，反倒是程隐开口：“不用麻烦，大哥你睡我的房间……”顿了下，接上，“我打地铺就行了，或者和小杨钢一起睡。”

因她的前半句，沈晏清唇线紧抿，待她后半句话音落下，才稍稍放平了眉头，然而心里还是不太痛快。他第一次来这里的时候，她说没有多余的房间给他。

“我开玩笑的。”容辛轻笑，“既然要回来，当然提前打点好了。”

如此，程隐不再坚持，见天色不早，换了个话题：“大哥你想吃什么？我去煮。”

“我都可以，不如你问问沈先生？”

两人视线扫向沈晏清。

沈晏清没说话，早在他们你来我往对谈时，心里就有个地方灼灼烧起来，说不出的感觉。

面前的男人和程隐关系匪浅。他从没见过，从不认识，只有一种解释——在他不知道的时间，不知道的地点，有人填补上了这五年的空缺。

“我有点事去处理一下。”沈晏清敛了神色，“你们吃。”站起身，临走前和抬眸看他的程隐视线相对，顿了一顿，到底还是放柔，“……杨钢的作业要签字，别忘了。”语毕，不再多言，头也不回地离开了公寓。

门关上，声响落下，散开好久。

“阿隐。”

程隐被这么一唤，蓦地回神收了目光：“嗯？”

容辛唇边的笑意淡了些，眸光却略略加深。

似是静了一刹，再看去，容辛的神色分明正常不过，刚刚那些似是错觉。他说起正事：“有消息了，但没有找到任何有用的东西。”

程隐脸色一凝，神情像被乌云遮蔽的阴天一样慢慢暗淡下来。

容辛将她的情绪看在眼里，安抚道：“别担心，再继续让人查查，会有结果的。”

话虽如此，但……难。程隐闭了闭眼，过了许久，再睁开，寂静客厅响起她略带无力的声音：“……大哥，我真的不甘心。”

稿子交了，期刊印刷上市，销量大好，同城晚报没有买任何推送，仍在以微博为代表的网络媒体中引起了话题。龙聿睿先生接受纸媒采访的事，被微博新闻列为一周热点推送，沾他老人家的光，同城晚报和先生一起上了一次热搜。

工作完成得很出色，这个绩效，别说同组其他人，就是组长、总编，都没人敢再拿程隐开涮。

耳根清净了，但事情没完——周末挑了一天，程隐亲自上门去拜访龙聿睿先生，以示感谢。

龙老先生住的是两层小楼，楼前有个小院，院里种花种树种菜，生活气息满满。

程隐提前打过电话，到的时候，龙老先生正在书房窗下的桌上写字。笔蘸了墨，泼洒挥毫，极尽气意。

见了程隐，龙聿睿招手把她叫到桌前："这几个字写得怎么样？"

程隐哪敢点评他老人家，只说："您觉得好就是好。"

他自个儿看了半天，摇头，把纸团成一团，而后指着程隐，嗔怪："你这丫头，跟你师父学的，心眼多。"

"训我归训我，您也是我师父，这不是把自己也骂进去了？"

程隐的师父是沈老太太，但龙聿睿教过她书法，于这一道，他也是她的师父。

龙聿睿笑斥了句"牙尖嘴利"，一边把文房四宝整理好，一边说："今天留你吃顿饭，我让人给你煮点好吃的。"

程隐刚应了句好，院里传来脚步声。龙家的帮佣领着个高大身影，到书房前敲门。

程隐回身一看，沈晏清来了。

龙聿睿乐了："你上午打来电话，半天不见人，我还以为你今天不登我的门。来得好，晚上和程隐在我这儿一块吃饭！"

他是沈老太太的好友，程隐和沈晏清小时候一起被送到他这儿来拜师，他教他们写了几年的字。他们俩都得喊他一声老师。

沈晏清上前问候，一边被程隐盯着，一边任龙聿睿拍他的肩。

"对了！"龙聿睿忽然想起什么，对沈晏清道，"程丫头打个电话来，说要谢谢我……"他一扭头，指着沈晏清冲程隐说，"你别谢我，是他打电话烦我，让我接受你那个什么采访，你有事儿跟他说去。"

程隐愣了愣。

“他助理，他那个助理打电话给我被我骂回去了，他又一天三个电话，吵得我头都大了。”龙聿睿说，“要不是看在老沈他们夫妻的面子上，我非好好教训这小子。”

沈晏清给龙聿睿道歉。龙老先生满脸不高兴地训斥，然而眼里并无真正动怒之色，否则，也不可能因为几个电话就真的点头。

程隐盯着沈晏清，蹙了蹙眉。难怪，多年没联系，她回国之后压根没敢上门叨扰龙老先生，好端端的，他老人家竟然会突然打电话给她，还是在她遇上麻烦的时候。

本来她想找容辛，还没等她和容辛开口，龙老先生这边就似瞌睡送上枕头，万分及时地来了。

原来不是巧合。

说了几句，龙老太太着人喊龙聿睿过去一趟。龙聿睿让两个小辈自己在院子各处转转，手都没顾上洗就去了，只剩程隐和沈晏清在书房。

“你给龙老师打的电话？”龙聿睿说了一遍，她还是又问了一句。

沈晏清“嗯”了声。

“你心肠越来越热乎了。”程隐挑眉调侃。照刚才那番话，他会出现在这儿必然不是碰巧。

沈晏清直直睇着她，视线不闪不躲：“热不热心肠，看对象。”

静默几秒，程隐忽地勾唇笑了下，没有对他的话发表任何意见。

站着打量桌上的东西，见有团纸在旁边，沈晏清问：“龙老师刚刚写的字？”

程隐说是：“写得不满意。”

“他习惯一向这样。”沈晏清道，“年纪长了这个习惯也没改，我每次来看他，垃圾篓里总有写得不满意的纸团。”

“你经常来拜访他？”

“偶尔，一个月一次。”沈晏清抬指，抚了抚飘到桌沿的一根毛絮，“陪龙老师聊天，有时候下棋，一待就是一个下午，经常会聊以前的事。”

程隐微垂眼睑看着桌上的纸张，听他提到过往，似是想到温馨旧事，柔和了面容。出神半晌，她敛了目光，说：“这次的事谢谢你。”不等他回答，又道，“不过下次不必了，我自己的事自己有分寸。”解决不了就不会硬揽上身，如果办不到，她不会夸海口对组长说自己处理。

沈晏清眸色加重：“下次有分寸……你的分寸是什么，找容辛？”

程隐不悦，皱眉：“找谁是我的事。”

沈晏清沉了脸色，胸口发闷的感觉又来了。他让人查过容辛的底——是个在国外名气不低的画家，经营多家画廊，同时也是商业投资人。

助理交到他手上的报告详细记录了容辛所有的资料，重要的内容不多，而他印象最深的是个人信息处写着的出生年月：1986 年 10 月 13 日。

861013——程隐公寓门锁的密码。

掌心发热，被烫的感觉隐约又冒起，看到那份资料的时候，他把半截燃着的烟掐进掌心里，狠狠捏断。

气氛僵持间，敲门声响起，帮佣进来说：“龙先生让两位去客厅。”

两人对视一眼，暂时收了话题，转移位置。

往常都是沈晏清一个人来，这回加上一个程隐，龙聿睿喜欢热闹，情绪明显高亢许多。他拉着两个小辈在客厅坐下，泡茶说话聊了一个多小时，又带他们去看自己新近淘到的收藏品，还有这段时间写下的得意作品，磨着磨着，太阳就下了山。

程隐和沈晏清当然不可能在长辈面前谈私事，直到吃完晚饭一直相安无事，彼此间倒似气氛融洽，看着挺像那么回事儿。

龙聿睿拿出了好酒招待，程隐不能喝，全教沈晏清喝了。

饭毕，龙聿睿先生醉倒，被搀扶到楼上歇息。龙老太太留他们住宿，不好打扰老人家，两人婉拒。

沈晏清喝了酒，让助理赶来开车，程隐打算自己坐车走，被沈晏清拉住：“这地方不好拦车。”

他俩并排坐在院子里的木凳上等，中间隔着距离。程隐记着下午在书房气氛僵持的那一幕，不想和他说话。

沈晏清歪头靠着木柱，一直凝神看着她。他抬手把手背伸到程隐面前："龙老师下手重，红了。"饭前喝茶聊天，龙聿睿一时兴起让他们写字，检查功底有没有退步，两个人写得都不太好，他却只拿竹板敲了沈晏清一个人。

程隐瞥了他一眼，那张俊俏面庞染了些许薄红，眉眼间酒意丝缕，绵绵勾人。他脸上不显什么，眼里隐约透着迷蒙微醺，喝得有一点醉，才会流露出这样的姿态。

程隐撇嘴，抬手在他手背上重重一拍，白他一眼："老师打得还不够。"

"啪"的一声，以肉眼可见的速度红了。

沈晏清没动，生生受了这一下，保持看她的姿势不动，蓦地勾唇，褪了平时的清冷，夜色下倒有几分浅笑如玉的味道。

他坐直身，脸上是被酒意勾起的淡淡倦意，低头拿出根烟点燃，抽了一口。烟气从他指间飘起，他侧目问："想不想尝尝？"

程隐还没说话，他递到嘴边吸了一口，侧身过去。微凉的薄唇覆在唇上，程隐被突如其来的吻弄得一怔，抬手要推开他，就被渡了一口烟气。

他的动作轻柔，不带半点欲念，只是简单的触碰，很快便放开，回身坐直。

程隐尝了口烟的味道，直皱眉："苦。"

沈晏清笑了下，抽一口，烟从唇端沁出："确实挺苦。"不知是不是夜色太浓，他的声音听起来有种化不开的愁。

安静几秒，一阵手机铃声打破寂静，程隐拿出手机一看，是容辛的电话，当即站起身。

然而才往前走了两步，还没按下接听，沈晏清忽然站起，握住她的手腕，一把将她摁着压在墙上。手一松，手机掉在地上，来电一闪一闪。

记得上一回这样，大约是她念大学的时候。她系里哪个男生不知死活，给她写了封情书。她乐呵呵地拿到他面前献宝一样给他看，那天回他公寓，还没进门，他就烦躁地将她摁在门上亲。

感应灯亮了又灭，灭了又亮。

后来，她破了嘴唇，他冷静下来，自问许久，最后搪塞自己——只是觉得她聒噪，只是不想听她聒噪而已。

那时候他不懂得正视，现在却已经清清楚楚再明白不过自己失控的缘由。

程隐背抵着墙，这个吻和之前的轻碰完全不一样，腰上紧揽的手臂，钳制着她手腕的五指，还有他的唇齿，每一样都让人无法呼吸。空气全被他攫夺了。

她用力咬了他一口，过了好一会儿才停下。

沈晏清埋头在她脖颈，气息灼热。

"程隐，"他的嗓音和夜色一样沉，"……我嫉妒得快疯了。"

5

程隐抬手撑在沈晏清胸膛前，用力推开他。

嘴唇破了的地方隐约泛疼，她平复不匀气息，蹲下身捡起掉落的手机，还没说话，屋檐下的廊灯亮了。

两人朝门的方向看去，龙家的帮佣阿姨出来，站在门前道："两位先生小姐，龙太太说晚上风寒，问你们要不要进来厅里等？"

"不用了。"程隐沉沉抬眸和沈晏清对视一眼，视线朝向阿姨，勉力扯了扯嘴角，"替我们谢谢师母，代驾马上来，请师母不用担心，早些休息。"

帮佣阿姨又问了一遍，见他们还是婉拒，于是颔了颔首回身进去。

廊灯关闭，半闭的门也关上，院里只剩挂在树上的庭灯，昏黄光线下飘着尘埃，院子里再次安静下来。

程隐扯了扯微皱的衣角，瞪沈晏清："你属狗的吗？一言不合就咬人。"

他喉间动了动，手机铃声突响，助理打来电话。沈晏清拿出手机看了一眼，皱着眉挂断，下一秒手机锲而不舍地重新响起。

抢在他再次挂断之前，程隐直接从他手里拿过手机，摁下接听：“在哪儿？”

那边声音微愣，磕磕巴巴答：“门、门口。”

程隐不废话，把手机塞回给沈晏清，转身出去。她走得快，干脆利落，不想给他半点多余时间。

沈晏清没有即刻跟上，夜色下，他的眉眼蒙上了一层浓浓的薄影。

车停在巷子外，程隐和沈晏清先后上车，并排居于后座。程隐偏头靠着车窗，闭目小憩，坐得离沈晏清极远，一路无言。助理开车，透过后视镜偷瞄两眼，越发不敢吭气。

到了公寓楼下，程隐才开口说了全程唯一一句话：“谢谢。”

下车关门，门没合上，被沈晏清从里挡住，他长腿一迈也跟着下来。

“你有什么话现在说。”程隐站住脚，皱了皱眉，“我要上楼。”

“程隐，”沈晏清喉间动了动，略觉艰涩，“跟我结婚，重新来过，好不好？”

她的无所谓，不论现在还是刚才在龙家院子里，都是一种不肯理会的姿态。

程隐眼睫颤了颤，百感交集，当初何曾想过，有一天，从前求而不得的，会有人双手奉上。

“你敢……”她抬眸，极轻地笑了下，“我不敢。”几个字清晰落地，她转身就走。

沈晏清扯住她的手腕，同一刻，电梯门“叮”的一声开了。

迈步走出的人看清眼前情景，一顿，眸光闪了闪，而后挑眉：“阿隐？”

四下静得仿佛能听到时间嘀嗒的声音，三个人，连成了一条直线。一边是容辛，一边是沈晏清，她在中间，只能选择一个方向。

掌中握着的手腕动了动，沈晏清的手被挣开的刹那，她叫了一声："大哥。"

他看着她的背影，头也不回，一步步走向容辛。

"你说晏清把御龙湾的项目给了段则轩？"舒窈皱着眉，满目不可置信。

舒哲闷闷抽着烟，声音低沉，提起这件事情表情要多难看有多难看："我是后来才知道的，段则轩那边已经开始着手，我才收到消息。"

"晏清没有事先告诉你？"

"没有。"

"你和他说过你想要这个项目吗？"

"说过。"舒哲眉头拧了拧，"提过好几次。"

舒窈搭在膝头的两手紧紧绞了绞。

"我还是小瞧了段则轩，见缝插针的本事强。"舒哲不爽。

"现在说这些有什么用？"舒窈蹙眉，"哥，你怎么就是不听我的，何必非要明着和程隐过不去！她是什么人，值得你自降身份跟她怄气吗？再者，你做得这么明显，不是等于打晏清的脸？晏清怎么可能高兴？"

舒哲没说话，嗤了声。程隐救了沈晏清一命，那又怎样？不过是捐个骨髓，如果不是沈家人和沈晏清配型不适，轮得到她？一副了不得的嘴脸也不知给谁看。

舒窈见他这副神情，知道他心下不以为然，气得叹了口气。她又何尝喜欢程隐？扪心自问，样貌、家世、学识……她哪一点比不上。

可是有什么用？程隐就算什么都不做，沈晏清的目光也总是落在她身上。而她舒窈，只能努力引起他的注意，才能在他眼里有一分存在感。

她的父亲和沈晏清的父亲是好友，她的母亲和沈晏清的母亲是至交，她哥哥和沈晏清从小一起长大，明明万分亲近，到她这儿，却比不上一个莫名冒出来的程隐。教她如何甘心？

舒窈往沙发上一靠，背后是绵软的沙发垫，心里却堵得慌。

她忘不了那一年沈晏清生日。大家给他庆生，彩带和气球缤纷十色，香槟塔高高堆起，一堆人酒酣恣意，气氛热闹得不行。作为寿星的沈晏清后半场却不见人。她备了礼物，不想和别人一起送，特意留着打算私下给他，拎着裙摆满场找他，找来找去都不见。

最后，穿过走廊，在宴会厅拐角的小房间里，她听到了角落洗手间紧闭的门后传来沈晏清的声音——还有程隐。

从小到大，二十多年来，她所见到的、认识的沈晏清，向来是自律而沉稳的。她一直觉得沈晏清面对她时那种温润，意味着她是不同的。直到那一刻她才知道，原来他还有更多她没见过亦不曾了解的模样。

他清冷平和的声音沾染欲色，喑哑低沉，在程隐的轻哼和难耐低泣之中，带着闷哼和喘息哄着："快了……忍一忍……"

那是一种无法自控的，属于男人的状态，只在他面对程隐时存在。

永远也忘不了那天的心情，她恨极了，站在黑沉沉房间里，捂着嘴听洗手间里的动静。从那一刻那一秒，直到现在，她恨极了程隐！

"窈窈。"舒哲沉默抽完了一整根烟，对她道，"你难得回来一趟，时间不早了去休息吧，这件事我会处理好。"

舒窈没应声，深深吸了口气，而后道："帮我联系晏清，我要和他见一面。"

"他最近没时间，我打电话联系不上他，让人查过了，他明天约了个医生好像有点事情……"

"医生？"舒窈打断，"哪家医院？"

舒哲报了名字。

舒窈默了默，面色微凝，说："具体时间弄清楚，明天我去医院一趟，帮我约个医生。"

小杨钢的身体检查确切安排定下。沈晏清开车到公寓楼下来接，面色平静，仿佛那天去龙聿睿先生家吃饭之后的事压根没有发生过。

他不提，程隐自然不会去开那个口。

给小杨钢换了一身蓝色的新衣服，程隐带他坐后座。小杨钢有些怕，上车后禁不住问："程姐姐，医生凶吗？"

"当然不。"程隐揽着他的肩，"有我在，不怕。"

程隐不想他紧张，从铁盒里拿了颗糖给他吃。小杨钢多要了一颗，刚接到手里就朝前递去："沈叔叔，给你。"

沈晏清回头看了眼，勾了勾唇，没接："我开车，你自己吃。"

小杨钢只好收回手，很乖地把糖放回铁盒，又问："容哥哥不和我们一起来吗？"

程隐说不，摸了摸他的头："容哥哥有事。"

两人气氛融洽地闲聊着，慢慢冲淡了小杨钢心里那一丝恐惧。前面开车的沈晏清却不太爽，容哥哥？没有对比还好，一有对比，莫名觉得"沈叔叔"三个字刺耳得很。他就这么生生跟程隐、容辛差了辈。

四十分钟后，车开到医院，程隐去上洗手间，沈晏清和小杨钢在蓝色长椅上坐着等。侧目看了看，沈晏清忽地抬起小杨钢下巴，让他看着自己："我很老吗？"

小杨钢没明白。沈晏清换了个说法："我看起来像老人家？"

小杨钢眨眼，摇了摇头。

"那以后叫哥哥。"

小杨钢愣愣道："沈叔……"

"哥哥。"

咬了下嘴唇，他别扭地小声开口："……沈哥哥。"

沈晏清满意了，抬手揉他发顶："检查完带你去玩。"

程隐回来，三人去了医生办公室。医生看过小杨钢以前的病历，表情不甚轻松，然而具体情况如何还是要检查完才知道。

为了方便检查，护士给小杨钢换上宽松的病服，领着他进第一间房时，他回头看了好几次，脸上全是惶恐。程隐站着，指了指脚下，用动作示意他，自己在这儿等他。

要检查的项目多，一样一样轮着来，特别费时。检查到一半，孙巧巧来了。她的官司很快要开庭，之前和程隐打电话时问了几句小杨钢的情况，得知今天他们来医院检查，煮了一堆东西，有肉有鸡汤，装在保温盒里带了来。

程隐哭笑不得："检查完我们马上就带他回去，不在医院待多久。"

"啊，是这样吗？"孙巧巧愣了愣，过后说，"那……那等等我带他出去玩一会儿，可以吗，程小姐？"见程隐看着她，她不好意思道，"其实我挺喜欢这孩子，他在我那儿住的几天乖得让人心疼，我也好久没看到他，正巧今天厂里放假……"

程隐想了想，道："等他出来问问他。"

一等就等了许久，检查终于做完，小杨钢穿着病服出来，见到孙巧巧挺高兴。

程隐便问他："孙姨带你去玩，去吗？"

他略有犹豫，看看孙巧巧，再看看她，想去但又不敢拿主意："……可以去吗？"

程隐失笑，轻轻拍了拍他的头："去换衣服，换好和孙姨去玩。"

程隐和沈晏清还要和医生说一会儿话，让孙巧巧带换好衣服的小杨钢先走。有些片子当天能出来，有些化验报告要过几天。暂时不好下结论，医生和他们约好，定了来看检验结果的时间。

离开了医生办公室，程隐两人去乘电梯。因小杨钢的病，她眉间微皱，刚想说点什么，才到拐角，一道熟悉的女声蓦地响起——

"晏清。"

定睛一看，前方不远站着个人，舒窈穿一身暗色，打扮得挺低调，唯独脸上那副大墨镜招眼。她扬起笑，快步走到他们面前。

"好巧，在这里也能碰上。"舒窈冲沈晏清弯了眉眼，而后看向程隐，笑意不改，"好久不见。上回在餐厅碰到没来得及好好聊，什么时候有空，一起吃个饭？"

程隐脸上疏淡，皮笑肉不笑："不巧，我没时间。"

舒窈仍笑得温和，仿若不觉她的不善，问沈晏清："你们来医院有事吗？"

沈晏清眉头拧了一刹，"嗯"了声，没多说。

"今天……"

"你们聊。"程隐不耐烦，提步就走。

沈晏清跟上，拉住她的手腕。

"晏清——"舒窈即刻转身，叫他。

程隐回头，看了看拉着自己的沈晏清，又看了看沈晏清身后两步远的舒窈，忽地一笑，唇边翘起些微嘲讽弧度："不打扰你们叙旧，慢慢聊。"

挣不开沈晏清的手，她干脆抬起另一只手去拉，然而还是纹丝不动，他不放开她。一个用力，他反而将她拉到身前，离得更近。

没等沈晏清和程隐说什么，舒窈快步走了过来。视线扫过他紧握住程隐手腕的手，她道："我最近不太舒服，晏清你能不能陪我去看看医生？我不知道这里哪个医生比较好。"顿了顿，她眸光微闪，"抑郁症状好像又复发了……"

她说话间，沈晏清的目光还是在程隐身上，一瞬不移。他看着程隐："别闹。"然后才侧目看向舒窈，眼里淡淡，"我不是医生，帮不上你。"

下一秒五指一松，却不是放开程隐，而是改握手腕的动作为牵手。不管程隐愿不愿，五指相嵌，十指交合。

"有病的话尽早治比较好。"沈晏清冲舒窈点了下头，"我们还有事，先走了。"不待舒窈反应，他牵着程隐往电梯走去。

他在前头，手臂向后，程隐被他拉着，手臂朝前，两只手相握相连。

第五章

似晦涩的暗淡星光

1

程隐被沈晏清一路牵着出了医院，到大门外才回过神。她停下脚，轻轻挣开沈晏清的手。空气里少了药水味道，刺眼阳光横亘在彼此之间，沈晏清回头。

程隐甩手腕，懒懒看他：“泡小姑娘的那一套不要用到我身上。”

沈晏清蹙了蹙眉：“没有什么小姑娘。”迄今为止三十岁的人生里，出现最多的当数她。

程隐斜扯嘴角笑笑，未对他的回答置以言辞。她不喜欢舒窈，这么多年不对头下来，尤其现在已经到这个地步，没什么需要遮掩。不管是不是当着沈晏清的面，她不愿搭理舒窈，谁都拦不住她甩手走人。以前没有逼他做过选择，现在更不会。

没来得及说话，手机响了，秦皎的电话。

程隐瞥了眼面前碍事的身影，朝电话那头“喂”了声。

今天来医院，是因为有些检查项目让医生上门无法进行，沈晏清没想到会遇上舒窈，一腔话想说，静等着程隐通完电话。

不知那头说了什么，没两秒就见程隐脸色蓦地一变。她握着手机，五指用力，微微颤了颤。沈晏清皱眉，脸上略浮担忧。

程隐看在眼里，却没心思去管去顾，喉间涌上酸涩，艰难动了动："我马上过来……"

挤出这句话，她恍然移开耳边的手机，艳阳昭昭，刹那间却莫名有些冷。

噩运时隔多年，仍然还是噩运——

秦皎的父亲情况突然恶化，没抢救过来。

沈晏清送程隐去另一家医院，程隐绷着背脊坐在副驾驶座上，脸色糟糕透顶，白得几近纸色。

气氛低沉不适合谈话，他抿着唇，一路无言。

电话那头说了什么，沈晏清不清楚，直到跟着疾跑的程隐进了医院，看到走廊长凳上埋首在膝头颓然低迷的秦皎，才意识到问题比他想的严重。

程隐快步进去，脚下满满焦心。

"饺子！"

秦皎抬头，那双看来的眼里微红没有一丝润意，干涩得让人看着就觉得疼。

"你来了。"她低低开口，声音里满是疲惫。

"什么情况？"程隐觉得喉咙发紧。

她说："早上的时候我爸突然不太好，接到我妈的电话赶回家，送我爸到医院来……"声音到后边弱了下去，渐渐没声。

程隐声线不自觉微颤："秦叔叔现在在里面？"

"嗯。"秦皎抬掌撑着额头，长发随着低头动作滑落，整张脸都在阴影下，"医院说不直接带回家，停尸间可以暂时放几天。"

程隐无言，呼吸凝重，划过胸腔，憋闷得让人透不过气。旁边门一开，秦皎被叫走，起身瞬间和程隐握了握手，彼此的掌心都发凉。

走廊静了下来，程隐站了好久，转身提步。沈晏清离得不远，听到她们的对话，已经清楚现下情况，他迎上程隐。

在他走到面前时，程隐一顿，往后退了一步，偏着头脸色难看。他没开口，她先道："我知道和你没关系。我不想迁怒你，但是麻烦让我静一静。"

舒哲。造成秦皎如今痛苦的人是舒哲，而舒哲的仇恨源头本该是她。

心里突突跳得慌，她怕自己失控，但也不想在这时候看到任何会让她联想起舒哲的人和事。

沈晏清手停在半空，她的话像一面透明的墙，生生挡住了他抬起的手。

几年之前，她来和他大吵一架，那一天她崩溃的样子他记得清清楚楚。现在她沉着，稳得住，能够将事情理智分开。同样，也不再对着他抓狂发泄。

程隐疲倦地捋了捋颊边头发，没看他，擦肩从他身旁走过，脚步声一下一下敲在寂静廊上，清晰分明。

秦皎需要操办父亲的丧事，报社给她批了假。程隐请假陪在她身边，其他地方顾不上，抽不开身，只能把小杨钢送到了容辛那儿暂住。

秦家亲朋不少，但秦皎家只有三口人，秦母沉浸在伤心之中，事情全落在了秦皎头上。除了在医院那天显得格外颓然，之后她很快撑起劲，为家事奔波。她租了个场地，有条不紊地联系各方，定下丧礼事宜。

丧礼当天，沈晏清来了，备齐祭礼，穿一身黑色前来吊唁。程隐穿着丧服和秦皎一起站在门前迎客——她的服装规制和秦皎略有不同，但也将姿态放在了亲人位置。见沈晏清到，她拧了拧眉，秦皎微微摇头，小声说无碍："不关他的事。"

沈晏清走到她们面前，凝眸看了看程隐，而后目光落到秦皎身上。

"节哀。"他顿了顿，又沉沉道，"对不起。"

秦皎抬眸看他一眼，轻扯嘴角，摇头："沈先生不必道歉。"

是是非非，她分得清楚。

沈晏清的视线回到程隐身上，她一直没吭声。他敛了目光，冲秦皎颔首，步入灵堂。吊唁完没走，他在客棚里坐下。

老板知道秦皎家里有事，提过要来，被秦皎拒绝，一整天前来的都是秦家的亲朋。

程隐陪秦皎站着，一站就站到了傍晚。天色渐晚，请来帮忙的秦家亲戚大婶在厨房准备晚餐。斜阳昏黄，夹着不知名昆虫的鸣声，一切都似笼着一层薄纱。

一天差不多要结束时，门外忽然有人进来，是个送快递的小哥，抱着一大捧白色的花。

“请问秦皎小姐在吗？”

程隐和秦皎一同看去，秦皎应了声：“我是。”

快递小哥过来，把花递给秦皎，扯下单子：“这是客人订的花，让我们六点之前送到，您收好。”

“谁送的？”秦皎问。

以为是秦家哪个没到场的亲戚订的花，不想，快递小哥道：“是一位姓舒的先生。”

抱着花的秦皎僵了一瞬。

快递小哥完成工作转身就走，程隐脸色沉下来，旁边秦皎满面发白，没好到哪里去。

气氛凝滞，下一秒，程隐从秦皎手里夺过花束，往地上一摔。没说一句话一个字，她咬着牙冲上去，用脚重重地踩，一下一下狠狠将那白色的花瓣碾碎。

沈晏清见势，过来揽住她。她狠狠踩，狠狠踩，被他圈在怀里，仍不停，气得身子都发颤。

“程隐！”沈晏清抱着她。

“程隐，程隐……”他一声声叫她。好半晌，她才停下，深深吸气，抬手紧紧攥着他的衣襟。

沈晏清抱紧她：“冷静一点。”

程隐握紧拳头，僵直身子，突然抬腿踢他。一下又一下踹在沈晏清腿上，他不动，生生受着，抱得更紧，揽着她丝毫不放松。

程隐踢他，打他，半分钟或者更久的时间，最后才慢慢颓然停下。她怅然叹气，气息滚烫，烧得喉管都疼。

沈晏清将她摁进怀里。脸颊贴着他胸膛的衣物，她闭眼，眉间紧拧。脚下是被踩得稀烂的花，耳边能听到自己的心跳声，还有他的。她不敢去看秦皎，也没了推开沈晏清的力气。

四下安静，门口忽然响起脚步声。

"晏清？"男声响起的刹那，程隐身体一僵，从沈晏清怀里抬起头朝门口看去，脸色瞬间暗到谷底。

"你来干什么？！"

"我来……"视线触及她脚下被踩碎的花，舒哲脸沉了沉。

程隐挣开沈晏清，转身看向舒哲，眼神冷凝："这里不欢迎你，麻烦你快点滚。"

舒哲皱眉，面色变了几变，终究还是没能忍住："我来吊唁，跟你有什么关系？"

秦皎在台阶上站着，身侧的手微微发颤。程隐没有回头看，但她知道，也能猜得到秦皎此刻看到他，会有多厌恶痛恨。

"快点滚——"除了这三个字，她不想和舒哲浪费口舌。

舒哲冷冷看着程隐。

见他不动，程隐一个箭步走到墙边，拿起墙边插线香的香灰罐，一个扬手冲舒哲一泼，满满一罐灰全洒在了舒哲脸上。

舒哲猝不及防被洒了一头，眼闭了又睁，脸色阴沉下来："你——"他抬手朝程隐脸上扇去。

还好沈晏清反应够快，上前挡了这一下，紧紧捏着舒哲手腕。舒哲用力，抵不过沈晏清的手劲，动弹不得。

"过分也要有个程度。"沈晏清冷脸道。

"我？"舒哲冷不防被他当面给脸色，气得脸发青，"你看清楚了没，我是来吊唁的，程隐先动的手！"

沈晏清没理会他这句。说破天去，造成这一切的人都是他，是他亏欠秦皎，即使他做再多去补救，秦皎也有决定是否接受的权利。更何况他什么都没做，甚至没有向秦皎表达过一分歉意。地上那一束花，不应该出现在这里，包括他。

沈晏清松手一推，舒哲往后退了两步。

舒哲眼都气红了，脸色糟糕得无法形容。他听了舒窈的话想着缓和一下和沈晏清近来越发紧张的关系，特意来这一趟，迎头却被两次打脸。

程隐就罢了，连沈晏清也和她一个鼻孔里出气。

“沈晏清，你真的变了很多。”舒哲冷笑。

被点名的沈晏清眼里淡薄一片：“我没变，是你从来没搞清楚。”他微垂眼睑，睇着面前比自己稍矮的人，道，“舒哲，你这是在逼我把事情做绝。”

僵持几秒，舒哲嗤笑一声：“好，沈晏清，你好得很！”一脚踢了旁边的矮凳，他沉着脸，转身走人。

2

程隐和沈晏清赶走舒哲时，秦皎没吭声，就这么僵直站了半天，直到闹剧结束程隐过去握她的手，她才摇了摇头回去休息。丧礼被这么一闹，之后和留下帮忙的亲朋同桌吃晚饭，她的脸色明显不太好。

天色渐晚，灵堂里长明灯持续燃着，秦家几个关系近的亲戚在招待室里睡下，秦皎穿着白天的丧服跪在灵堂前。程隐进去陪她，两人肩并肩同排跪坐，她守夜，外人不方便多留，聊了一会儿便让她独自待着。

程隐晚上没打算回去，沈晏清也没走，两人在另一间空着的休息室里靠墙盘腿坐下，彼此隔着半肩距离。

面前摆一张矮木桌，照例摆放着招待亲朋宾客用的茶点，茶水正烫，袅袅飘着热气。

她回国有段时间，直到今天，在这样不合适的场合和地点下，他们第一次开诚布公好好谈话。

沈晏清问："在国外那几年，过得好吗？"

"差不多。"

他抿了下唇，说："舒家的事我会处理好。"

"处理？"程隐唇边隐约翘起的弧度似是带着莫名笑意。侧目看他许久，那笑加深，她道，"我不需要你的补救。游泳池底蓝到发黑的水，我见过，我自己记得。"

她的语气很平静，越是平静，越教人闷得慌。游泳池那一桩是把双头刃，她和他各处一端，谁都躲不了。

沈晏清喉间涩然，声线压得沉了几分："那天没能及时救起你，这些年我一直都没忘。"

程隐盯着他，像是想要发笑："我真的搞不懂你。"她笑着叹了口气，"以前我觉得，我对你多少是有点了解的，后来才发现是我太自信。"

安静的休息室里只有他们两人，她平和犹如老友交谈的口吻，内容却半点都不轻松——至少对他来说是。

"事情过去，到现在这个地步，你来跟我说你对我有感情，好玩吗？"程隐哂笑，"说再多也改变不了事实。在重要的时候，你第一个想起的不是我。"

他的认真有多认真，她不清楚，但她上回就回答过，回答得很明白，她已经不敢。

程隐端起杯子喝了一口茶，敛了多余情绪，又说："我和你们沈家掰算不清，你坐在这儿，你出入我的生活圈，我可以接受。但你要是放不下和舒哲情同手足的关系，我劝你趁早和我划清界限。"她没有半分玩笑之意，"我不会放过他。"

言毕，她不想再交谈，没有给他继续开口的机会，闭上眼往后一靠，头抵着白色的墙壁仰头小憩。

陪秦皎忙活了几天，事情又多又繁杂，加上今天站了一整天，潜藏的疲倦涌来，程隐本来只是想休息一会儿，不知不觉睡着了。

时间静静淌过，浅淡白炽灯下，她睡得很沉。沈晏清默然看着她，目光细细扫过她的眉眼，而后抬手轻轻将她的头揽到自己肩上，调整姿势让她睡得更安稳。

三点多，秦皎端着热乎茶点进来，沈晏清抬眸，食指抵唇朝她比了个噤声的手势。

秦皎顿了顿，放轻步子。将热茶和点心放到桌上，她看了眼闭眼熟睡的程隐，小声说："让她去隔壁睡？"

沈晏清摇头："你家长辈在，不方便打扰。"

秦皎没坚持，说等会儿拿张薄毯来给她盖，又问沈晏清："沈先生要吃点热的垫肚子吗？"

他还是婉拒，秦皎不再多言，拿了托盘出去。

快走到门边的时候，沈晏清轻轻出声："秦小姐。"

她回头。

他抿了抿唇，冲她微微颔首："这么久来承蒙你照顾程隐，多谢。"

秦皎淡淡笑了下，转身出去。

沈晏清拿到送来的薄毯，给程隐裹上，将她从肩头揽到腿上，让她换了个睡姿。

夜沉无声，空气里都是香灰和烧过的纸钱味道。黑漆漆的天一点点变亮，天际泛起鱼肚白。天光大亮之时，程隐睡醒。

睁眼一看，发现自己躺在沈晏清腿上，背上搭着他的手，她愣了愣，撑着地板坐直身："……我睡了很久？"

他说："没多久。"

程隐看了看他，听外边传来忙活动静，低声说了句："谢谢。"说完连忙起身。

走到一半回头看，他仍在地上坐着不动，她问："不出去？"

他说："你先去，我等会儿来。"

程隐没再问，"嗯"了声，穿鞋出去。

许久，沈晏清才站起身，一晚上没动的腿酸麻蔓延，他皱眉缓了好久。

秦皎父亲的丧事办了三天，第四天下午骨灰下葬，仪式彻底结束。她的假期还没完，一时也没心思去公司，留在家照料开导秦母。程隐跟着守了全程，骨灰葬好又送秦皎到家，之后才放心回去。

小杨钢在容辛那儿没接回来，公寓里没人，天色暗下来，程隐刚洗了个澡就接到电话。来电是个陌生号码，接通一听，是段则轩的声音。他说："沈晏清出车祸了，你方便过来吗？"

程隐一愣，没来得及问清楚，又听他道："人现在在他隆成精品这儿的公寓里，你来得及就过来一趟。"说罢没停一秒就挂断，"嘟嘟"忙音一声接一声，听得她愕然不已。车祸？不在医院在家里？

程隐皱眉抿唇，打沈晏清的手机，半天没人接。想打给沈承国，又怕真有什么事吓到老人家。

思忖几秒，她拎了包出门。

沈晏清房产众多，隆成精品区的公寓是最常住的，程隐住过很多次。半个小时到达，他门上的智能锁换了，她试着输以前的密码，"嘀嘀"几声提示错误。

她顿了顿，脑海里莫名闪过嘉晟汇隆大厦亮灯的模样，犹豫着摁下她自己的生日数字——

"嘀"的一声，门开了。

程隐唇瓣抿得紧，顾不上想那些有的没的，拉开门进去。鞋刚脱，段则轩恰时走出来，"来了？"他道，"正好我有事要办，沈晏清在里边，你看着他，我先走了。"不等程隐问什么，他麻溜闪人。

进去一看，沈晏清在卧室里，靠坐在床头，静静看着书。抬头见程隐进来，他顿了顿。

程隐走到床边，将他从头打量到脚。他穿的是宽松的休闲衣物，右边脚踝往上的地方裹着一圈白色纱布。她挑眉："车祸，撞哪儿了？"

沈晏清抬了抬腿。程隐满眼狐疑——那纱布裹着的地方，能是车祸撞出来的？

沈晏清说："停车买东西，在路边被车剐了一下。"

"你这人品真不是一般的糟糕。"她睇了半晌，撇嘴。早上他有事，送她和秦皎到墓地就立刻回来了，不过几个小时，就搞成这样。而且这算哪门子的车祸？段则轩真是满嘴跑火车。

沈晏清合上书，往旁边床头柜一放，忽地伸手拉她，一扯，把她扯到床上。

程隐猝不及防被他揽进怀里，皱眉：“干什么？”

沈晏清看着胸前近在咫尺的脸，忍住俯首的冲动，说：“脚疼。”

“你疼你的，拉我干什么？”

她想动，被沈晏清紧紧揽住：“就抱一会儿。”

程隐试着从他身上起来，挣不开，闷头舒了口气，只得趴在他怀里不动。耳边清楚听到他的心跳，从胸腔里传来，一下一下节点分明。鼻尖嗅到他身上的气息，被他的手臂揽着，满满都是熟悉的清淡香味。

程隐皱了皱眉，又放平眉头，声音闷得有些模糊：“抱一下，兰博基尼可不够。”

“改成房子？”

她“嗯哼”一声，没说话。

沈晏清忽地翻身，将她压在身下。

一刹那换了位置，程隐稍稍头晕，但却很淡定。她半点不为这个场景慌乱，平静直视他的眼睛：“别得寸进尺。”

他俯首，鼻尖贴着她的脸颊，没吭声。而后也什么都没做，只是换了个位置，保持着他上她下的姿势抱她，静静抱了许久。

程隐躺得有点累，推推他的肩膀：“抱够没？”

“没。”

“吃点东西？”

沈晏清闻言，看了看她，而后松开圈着她的手。

程隐从床上起身，问：“想吃什么？”

他说：“随便，你煮的都吃。”

她嗤一声，理好头发出去。

沈晏清在房里待了一会儿，也跟着去到厨房，一条腿不方便，略显滑稽。程隐煮了一锅三鲜粥，洗净铁锅炖排骨汤。她在厨房忙活，他抱臂倚在门边，默默看。

粥比汤先好，两人各盛了一碗在餐桌边落座。气氛静谧安和，瓷汤匙和碗壁轻碰的哐当脆响，听起来也莫名悦耳。

沈晏清躁郁了许久的情绪，难得平和下来。没一会儿，程隐手机铃响，她没避他，大大方方接了，张口喊："大哥。"

沈晏清敛眸默然吃粥，没打扰。然而，她接完电话，粥喝到一半放下就要走。

他皱眉："去哪儿？"

"有事。"

"……找容辛？"

她顿了一下，"嗯"了声。

沈晏清放下瓷汤匙，侧身看向她："一定要去？"

程隐已经走到餐厅和客厅交界处，停了停脚，说："汤马上就好，你等等盛出来喝了。"其余没再多言，提步走人。

门开了又关，余音在安静公寓里拉得格外长。沈晏清坐在餐桌前，没了胃口。静了一分钟，他忽地起身追出去。

电梯在下降，他摁了几下按键，扭头往安全通道而去。脚受伤的地方泛疼，他顾不上那么多，急匆匆沿着楼梯跑下去。

这里是早些年建成的小区，近几年翻新了几次，极早时候买的这间公寓，住的时间久有了感情，最常回的"家"便是这儿。只是安全通道却从未走过，此刻倒成了他的另一条途径。

沈晏清追到楼下，天气转冷，呼出的气息氲成淡淡白气，左右都不见她。

他拔足就要朝外面去，身后忽然响起一声——

"沈晏清。"

扭头一看，程隐坐在另一边花坛前。

一丛绿枝茂密，后面稍远些是喷泉，地面上的小孔吐出水，细细一柱升到临界点，陡然弯下。

沈晏清沉沉吸气，迈步过去。

还没走到她跟前，忽见她一笑。她眼里盈盈一层，像后边喷泉中喷洒不停的粼粼水柱，也似天上层云背后晦涩的暗淡星光。

“你也有今天。”程隐静静盘腿坐在花坛前围栏的瓷壁上，笑得眉眼弯弯。

她说：“沈晏清，你也有追我的这一天。”

3

花坛后几米处，喷泉变了几种样式，水柱升起落到地面，淅沥声响规律。

“你追下来干什么？”程隐自若坐着，微微仰头看面前站着的人，“还有话没说？”

沈晏清动了动喉咙，视线凝在她身上。为什么跟下来？说不明白，一瞬间那么想了，于是就这么做了。他反问：“你在这儿等什么？”

程隐弯着眼睛笑，从花坛上蹦落下地：“坐在这儿看了会儿风景。看完觉得，也没什么好看的。”拍了拍衣摆，她摆手，“我真走了，你回吧，晚上风挺大。”

擦肩瞬间，沈晏清抓住她的手腕，侧眸看向她：“不走行不行？”

程隐沉默了一会儿，笑笑，挣开他的手：“好好养你的伤，别到处晃悠。”她大步朝小区出口行去，沿着石板步伐悠然，背对他扬手挥了挥，没有回头。

身后的沈晏清如何，程隐不去管，出了小区，拦下的士回自己的公寓。容辛把小杨钢送回来了，小杨钢在房里睡着，容辛坐在沙发上等她。

程隐趿着拖鞋过去坐下：“怎么大晚上忽然过来？”

容辛捧着热茶，浅浅笑着，道：“杨钢想你了，他想回来，我只好带他来。”顿了一下问，“你去哪儿了？”

她抿了下唇：“去看了个朋友。”

容辛笑意加深：“朋友……沈晏清？”

她没说话，默认。容辛眸光闪了闪，没有深究这个话题，他浅饮热茶，而后放下杯子，稍稍正色道：“国内这边进展不太好，派出去的人全都没找到有用的东西，线索断了。”

程隐心沉了沉。

“我们只知道资金去向和转换方式，仅仅凭这些还是不够。除非……”

话没说完，程隐却明白。除非有确切证据，否则，根本不够让舒家原形毕露。

报社不忙，程隐提前下班，干脆去小学接小杨钢放学。离打铃还有几分钟，校门口已经聚集了一堆家长。学生陆续出来，家长散了大半，却没看到小杨钢的身影。程隐看了看时间，打算去班级里找他。

这所学校不大，这么长时间都是沈晏清负责接送，她只来过一次，不是很熟。转了半圈好不容易找到——在左边教学楼第一层最里那一间，门口围了几个还没走的小朋友，还有三两个进来接孩子的家长，老师也在其中，大老远就听到吵嚷动静。

“把他家长找来！叫家长来谈，我看看什么家长教出这样的小孩！”

尖厉市侩的女声之后，是老师带着无奈的劝阻：“这位家长您别这样，这孩子平时挺乖……”

“你的意思是他乖，我家儿子就不乖了？他折断我儿子的蜡笔还怪我儿子是吧？！”

程隐皱眉，还没到门口，就听女人身边那小男孩扯着嗓子说：“他没爸爸妈妈，他是没人要的，我们都不跟他玩，他还要弄坏我的蜡笔。”

女人听儿子这么一说，阴阳怪气起来：“难怪没人教导。”

程隐脚下一顿，而后，三步并作两步冲过去。她拨开围着的几个人，小杨钢在老师身边，小脸颓丧，眼里噙着泪，泪花打转。一看她来了，他那眼泪没忍住，“唰”地落下来，又连忙抬手用袖子抹净。

程隐把他牵到身边，对老师道：“我是他家长。”

声音尖厉的女人一听，找她要说法，程隐没理，她了解小杨钢，他绝对不会无缘无故欺负人。她低头柔声问他："怎么回事？"

小杨钢往她身旁靠得更近，搓了搓眼睛，说："我画了画，他要抢我的，我不给他，他就撕掉我的画……"他眼睛微红，"我的新水彩笔全都被他拆坏了……"

小杨钢从书包里拿出那一盒水彩笔，全都不成样。程隐沉了脸色看向先前叫嚣的女人："这位家长有什么想说的？"

那女人脸色尴尬一瞬，马上又梗着脖子嘴硬道："他说是我儿子弄坏的就是我儿子弄坏的？谁知道是不是他自己拆的！"

程隐冷笑："既然你觉得小孩子的话不可信，那就找校方调监控看看。"现在的学校，每间教室后的黑板上都有监控摄像头，看过就知事情如何。

嚣张的人气势立刻弱了一半，女人眼神飘忽："行了行了，算我们倒霉遇上你们这种人。"她骂骂咧咧拉着儿子就要走，程隐毫不客气揪着她的衣领把她扯回来。

她尖叫："你干什么——"

程隐说："你儿子的蜡笔我赔，同样，你赔我家孩子的水彩笔。"

"赔就赔，没见过那点钱！"女人咒骂着去掏口袋。

程隐淡淡道："一盒六百八。"

女人动作一顿，骂道："你抢钱？！六百八，我呸！"

的确是六百八，小杨钢的水彩笔是沈晏清买的，程隐也不知道他哪儿买的鬼东西，但它真的就是这个价格。

"发票我还留着，你不信我可以让人拿来给你看。"程隐态度坚定，"你今天不把钱赔了，别想走。"

骂人的时候痛快过瘾，权当别人不计较？没这么便宜的好事。然而不是所有人都讲道理的，那女人撒泼起来，叫嚷着冲上来就要和程隐动手。

扬起的手掌到底没能落到程隐脸上——一是她灵巧避开；二是被人抓住手腕，稳稳拦下。

沈晏清不知什么时候来的，手上沉沉用力，捏得那女人手腕发红，脸上表情满是痛楚。

程隐愣了半秒。

“蜡笔多少钱，我赔。”沈晏清脸色冷沉。他来得晚没听清多少，但那扎耳的内容却正巧一字不漏听全了。

众人还在愣怔间，他一个松手，挣扎的女人霎时失了力踉跄往后摔去，踩到走廊和楼前院子的那层矮阶梯，结实倒在地上。假哭变成了真号，她侧躺在地，痛得“哎哟哎哟”迭声叫着：“我的腰，我的腰啊……老天爷……”

“你该赔的我会让人上门取。”沈晏清从口袋里抽出张名片，两指夹着对折扔在她面前，“我们家孩子该赔的也一分不少你，欢迎来找，别客气。”

他不再浪费时间，直接抱起小杨钢：“回家。”

程隐慢了半拍，提步跟上。走到操场上，她问他：“你怎么来了？”她打了电话告诉他，她会来接小杨钢放学。

他道：“经过附近，顺路过来带你们一程。”到校门口，沈晏清带小杨钢去小卖部买零食，把车钥匙扔给程隐，“你先上车。”

程隐翻了个白眼，早说过正餐前不要让小孩吃零食，他又忘了。不过还是没拦着，任他们去。

沈晏清抱着小杨钢去买糖，小杨钢不大开心，搂着他的脖子闷闷说：“我的画被撕掉了。”

“嗯？没事，回去再画一张。”沈晏清说，“我们去买新的水彩笔。”

小杨钢抿着唇点头，又说：“我画了好久。画了程姐姐、我和你……”

沈晏清眉一挑，还没说话，他又道：“还有容哥哥。”

“……”沈晏清默了一会儿，说，“以后画画，不用画那么多人。”

小杨钢抬眸：“那画几个？”

“三个。”

他认真想了一会儿，掰着手指算：“你和程姐姐……和容哥哥？”

沈晏清彻底没话说：“只能选两个你最喜欢的，你选谁？”

这个问题不是一般的为难人，小杨钢纠结许久，艰难做出决定：“程姐姐和……”抿了抿，抬起小手指在沈晏清脸颊上轻轻戳了一下，“你。”

沈晏清微微扬唇，捏了捏他的脸：“我们三个就够了，再多了你的纸也画不下。记住了没？”

小杨钢点头。

到小卖部门口，沈晏清放下他，给他一张纸币让他自己去挑零食。几次带他买东西都是这样，付钱找零，让他自己算数。

沈晏清站在树旁抽烟。隔着两三米距离，柜台前小杨钢为选同一样东西不同颜色犹豫，两手拿起来扬了扬给他看。他夹着烟，指了指左边那个。

背着书包的小身影在小卖部里穿梭，“噔噔噔”步子灵敏矫捷，这个年纪的小孩似乎都这样。

薄烟从指间飘起，沈晏清静静看着小杨钢，眉目被烟气氤氲笼住，显得有些朦。他有的时候会想，如果遗憾和错失没有那么多……他和程隐也已经有结果。

晨起有人打领结，夜归有人解纽扣，每一天万家灯火亮起的时候，踩着晚霞而回，开门有扑鼻饭菜香气迎接。

孩子或许乖巧，或许顽皮，也总有贴心的时候，会扑过来抱着腿，在身边软软糯糯撒撒娇。在这另一种可能中，他们过着所有平凡，也不平凡的生活。

吃完晚饭，沈晏清领着洗完澡的小杨钢回房间哄他睡觉。故事没讲完人已经安然入睡，沈晏清给他掖好被角，放轻脚步出去。

程隐不在客厅，厨房里也不见人影，碗筷都洗干净了，餐桌却只擦到一半。沈晏清去她房前，门是关着的，抬手轻叩两下，拧开门把一推，提起的脚刚踏进去一步，顿住。

程隐盘腿坐在地上，背对着他两手抬着正给头发绑团——上身不着寸缕，背部光裸。左边地上扔着两件衣服，一件脏了，沾上一大块酱汁，颜色深重；一件大概是干净的，还没来得及换上。

外头黑夜沉沉，她正对的玻璃墙泛光犹如一面明晰镜子，将她身上照得清清楚楚。

沈晏清开门的刹那程隐便回了头，滞顿间，两人目光相对。沈晏清眸色微沉，回过神来立刻退出去，迅速关上门。

三分钟后，程隐绑好头发、换好衣服出来。沈晏清靠在一旁抽烟，他抬眸瞥了她一眼，说："杨钢虽然小，但他还是住在这里，下回记得反锁。"

程隐乜斜他一眼，道："你以为都跟你一样？他从来敲门都要敲够三下，我不说请进就不进门。"

吃饭前，沈晏清说要和她谈小杨钢身体检查的事，两人在客厅坐下，沈晏清掐了烟，又改了主意："还是等见医生的时候再谈，说不清楚。"

程隐懒懒靠在沙发上，朝他伸手："体检报告呢？"

他皱了下眉："报告在我车上。"

程隐撇嘴："时间差不多了，你该回去了？我送你下去，顺便把报告给我。"

沈晏清动了动唇，还是依她。两人搭乘电梯下去，十几秒时间，"叮"的一声到达地下车库。

沈晏清的车停得不远，走几步就到，他拉开副驾驶座的车门，程隐坐进去，他到另一边上车。

东西递到程隐手里，程隐是个心急的，抽出纸张就着车里昏暗的灯光当即一行行看起来。

确实麻烦。

她看了两分钟，把纸塞回去，怅然："看来只能听医生怎么说……"

她刚抬眸，旁边一直默然的沈晏清蓦地伸手过来，揽着她的腰把她从副驾驶抱到他腿上。

程隐手里还拿着体检报告，张口要斥他，突然感觉坐到异物。

她愣了一下：“好端端，你……”

他掌心灼热，紧紧掐在她腰上。他的眼神、他的气息，还有这个姿态，意味着什么她很明白。

程隐刚要动，沈晏清就把她压在方向盘上，吻落下来。他唇舌炙热，狭窄车内气温攀升，空气全被攫夺，热得人头晕。

他的手从背后探上去，费了些时间解开搭扣，程隐一下没了束缚。他的手毫无忌惮，恣意作恶，急切又用力，揉得她有些发疼。

好半晌，程隐才终于推开他，手臂挡在两人之间，被咬红的唇瓣微张着喘气，皱眉：“沈晏清，你是多久没碰女人了？”

沈晏清倾身压着她抵挡的手臂，鼻尖贴着她的颊侧，咬她的耳垂。他气息深重，喉结动了动：“一直。”

4

程隐没让沈晏清继续下去，偏了偏头，没半点人性地调侃：“你这一天天的多难受，得冲多少次冷水澡？”

沈晏清咽了咽喉，眉头微皱，实在不适。

程隐推他起身，坐起来，虽然还在他腿上，好歹背后不用硌着方向盘。她朝他的小腿瞥去——虽然姿势不便看不到。

“脚好了？”

他说：“好了。”

难怪到处蹦跶。程隐说：“恢复得挺快。”用膝盖猛地一顶他腹下，他半难受半吃痛地闷哼了一声，她道，“既然好得这么快，那这儿也自己好好恢复去吧。”

言毕，程隐从他腿上回到副驾驶座，理好衣襟，拿着报告一刻不留立即拉开车门走人。

她进了电梯，身影被缓缓关上的门隔绝。红色数字一层层跳跃，最后停住。

沈晏清没走，坐在车里，沉沉抽了两根烟。

办公室里光线明亮，沈晏清坐在桌前，手夹着烟，靠着背椅看文件。不速之客突然闯进来打破安宁，舒哲气冲冲指着他道：“你什么意思？”紧随其后赶进来的助理连忙上来拉住舒哲。

沈晏清淡定反问：“什么什么意思？”

舒哲明显气得不行，脸色难看至极：“你行，你竟然这样对朋友！”

沈晏清眼睫一颤，视线扫过桌上右角的报纸，脸上依旧没什么表情，说：“生意是你自己做的，怪到别人头上没意思。”

今天的财经报纸，最新也最引人注目的内容，当属舒氏出问题的消息。几个他们筹备数年的项目都出现了纰漏，比如其中一个矿场开发案，舒氏勘测及建基地花了好长时间，到今年终于动工，近来却发现地底下不是矿，而是堆积的废料。买这块矿场，被骗了个彻底。

舒哲质问沈晏清：“你当时不要这个项目，是不是早就知道这里面有问题？我决定投的时候你为什么不拦着我？！”

最早开始接触这个矿场项目的是沈晏清，但是后来他放弃了。舒哲在得知消息之后有兴趣，接洽一番，拍板定下。沈晏清虽然没有推波助澜，但他也没有拦，眼睁睁放任舒哲去做。

沈晏清抬眸看他一眼：“成年人，自己做下的决定还要别人来负责？”

舒哲两眼发青，说：“你故意的对不对，你不投是因为你早就看出了那个项目有蹊跷，你偏偏不告诉我，故意看着我跳进火坑！”

沈晏清没兴趣和他掰扯，淡淡道：“你怎么认为就怎么认为吧。”

舒哲气极了，拳头攥得紧紧的：“你知不知道你这样做对舒氏伤害有多大？！”

不仅是矿场这么一件事，还有好几桩三年前或四年前起头的耗时久的生意，陆续进展到现在，像是莫名井喷一样，齐齐出了问题。

回头想想，每一桩每一件，其中多多少少都有沈晏清的影子。要么是沈晏清放弃的“好项目”到了他手上，要么是沈晏清觉得不错但没有投的项目，最后他投了。

舒哲挣开死死拦住他的沈晏清助理，冲到办公桌前，瞪着眼说：

“你从几年前就开始算计我了，是不是？我没想到你是这样的人！”

“我说得很明白，是你自己从来没有认清楚过。”沈晏清一派平静，直视回去。

哪怕规模再大，诚如舒氏——再深的根基也还是禁不住同时划好几刀放血，这一遭，舒氏一下子大伤筋骨。对于舒哲来说更可怕的是，这不是一朝一夕达成的，沈晏清在几年前就开始不动声色酝酿这些。

联想从前，再想到程隐回来之后沈晏清的表现，舒哲忽然想笑：“沈晏清，你为了程隐，真的恨死我了。”

“单单只是和我动手，我无所谓。”沈晏清把手里的烟掐灭在烟灰缸里，抬眸看舒哲，“但她差点死了，我无所谓不了。”

当初在游泳池边，一群人嚷嚷喊着舒窈落水，他和舒哲在角落谈话，听到后当即冲了出去。

第一时间跳下去救起舒窈，扪心自问，他对他们兄妹做得足够仁至义尽。然而旁人惊喊程隐也在水底，他动身的刹那，舒哲却扯住了他。

呛水不多的舒窈躺在地上，没做心肺复苏就咳嗽醒了过来。她已经醒了，可程隐还在水底，舒哲扯住他还不够，一拳将他打倒在地。那种时候把他摁在地上和他动手，有发泄的原因，也未尝没有阻拦他救程隐的意思。

毕竟划脸的事，舒哲一直耿耿于怀，尽管到那天，舒窈的植皮手术早已成功许久，脸上调养得几乎看不出一丁点瑕疵，舒哲却仍然对他把程隐也带到聚会上心有不满。她们俩落水之前，舒哲和他在角落就差点吵起来。

如果不是段则轩，如果不是段则轩及时跳下去，他这辈子，要遗憾的或许不仅仅只是五年。

沈晏清旋了旋倒插在烟灰缸里的烟，抬眸睇去，一字一字声音沉沉——

“舒哲，是你逼我把事情做绝。”

包间里，一众人坐着喝酒，红的白的洋的啤的，开了许多，沙发上某位问："段则轩呢？"

旁边正给自己开酒的答："他打电话去了。"

正说着，话里的主人公回来，段则轩捏着手机，眉头微皱。

"怎么了？"有人问。

他道："闹呗，头都大了。"

一群损友一听，看热闹不嫌事大，笑得欢。

"你这速度有点快啊，小女朋友才刚在一起多久，之前还追得那么费心，这就分了？"

段则轩喝了杯酒，懒得和他们扯那么多，凳子还没坐热又站起身，说："我出去打个电话。"

一帮朋友看他出了包厢，调侃起来。

"他这毛毛躁躁的也不知干什么。"

"嗨，老段现在跟着沈晏清搞项目，忙啊，人家这是情场失意商场得意！"

……

包间里在胡扯什么，段则轩不清楚。他出了门行至廊下，打了两通电话。刚收起手机，一转身，被迎面疾走而来的人撞了个满怀。

"对不起！"捂着嘴的女人皱眉道歉。

段则轩站定瞥了眼，顿了顿，她看起来莫名眼熟。再定睛仔细看清，他想起来了："你是……程隐的朋友？"叫秦什么来着，记不太清，但在程隐身边见过几回，两人关系好像很好。

冷不防听到程隐的名字，秦皎抬眸。今天出来应酬，饭局刚结束，胃不舒服她不打算参与第二摊，走到这儿没留意撞了人。面前的人五官俊朗，但眼角眉梢气质稍冷。他似乎认识程隐，她却真的不知道他是谁，遂没开口。

段则轩打量她几秒，见她脸色不对，随口问："喝多了？"

秦皎手里捏着长方形钱夹，摇头："胃不舒服。"她身上有淡淡的酒味，但脸上没有醉酒之色，看着很清明。段则轩还没再说什么，她又道了个歉，“不好意思。”而后不再多言，快步走开。

段则轩站了站，正要走，忽见脚边躺着一样东西。他捡起一看，是楼上房间的房卡，刚才似乎被她和钱夹一起捏在手里。

……

十分钟之后，秦皎的身影去而复返。段则轩在走廊入口倚着墙抽烟，眉目在烟气笼罩下，比大多数时候柔和几分。见她回来，他两指夹着房卡，漫不经心地冲她晃了晃。

秦皎快步走到他面前，伸手去拿，捏住了一端，另一端他却不松手。

他挑了挑眉，调侃：“这么粗心可不好，别坏了大晚上的美好约会。”

秦皎去厕所吐了一会儿，上楼到房门前才发现房卡不见了，前后将近十分钟，本以为下来不一定找得到，没想到他竟然等在这儿。

她本来想说谢谢，然而一听他这语气，心生不悦，道谢的话到嘴边霎时生硬起来：“哪一条规定写了，一个人不能住酒店？”

对着不怎么熟的人也这么轻佻，他那双眼尾上挑的多情眼睛，此刻再看，显得更加不正经。秦皎用力把房卡抽回来，转身走人。

孙巧巧的官司已经准备完毕，开庭日期定下，程隐接到电话特意亲自去了一趟。她见天忙活，报社的事忙不赢，额外还有这一件接一桩的。然而沈晏清知道她的性子，决定的事谁都拦不了，只能撒开了让她去——这也是当初陪她到孙巧巧家，没有阻止她插手小杨钢的事的原因。

星期五下午，小杨钢放学早，沈晏清早早去接了他，本以为公寓里没人，门一开，却在客厅沙发上看到端坐的身影。

“沈先生。”容辛坐在右侧，面前放着一杯冒着热气的茶。

沈晏清脚步顿了一下，牵着小杨钢进去。想到外面的门锁密码，心里蓦地又不痛快起来。

小杨钢跑过去喊了声容哥哥，容辛柔声问他学校的事，他一一答了。沈晏清在他头上轻拍一下，让他进屋写作业。

没了孩子在场，两个男人隔着茶几面对面，气氛稍沉闷。

“容先生很闲？”沈晏清先开口，“这么悠闲真令人羡慕。”

容辛哪里听不出他的话外之音，不仅不气，反而笑得更甚：“沈先生说笑。太多年没回国，要处理的事情挺多。换作在国外，像阿隐说的，那才是真的每天清闲得发慌。”

沈晏清沉了沉面色。听他说起这些，比知道密码的六个数字是他生日还要更硌硬。

“明人不说暗话。”容辛敛了笑意，直视沈晏清，“沈先生何必大费周章派人调查我，想知道什么，干脆亲自问我不是更好？”

原来他发觉了。沈晏清迎上他的视线，没否认。

5

容辛的母亲是混血，他身上有四分之一的外国血统，十多岁的时候就随父母出国，一直在国外生活。

和程隐见的第一面，是在他第一次去的陌生街头。其实准确地说，头一眼不能说是见面，因为她从他身旁撞肩跑过去的时候，宽大的帽子挡住了脸，他根本没有看清她长什么样子。

说起来很巧，从小生活在富人区的他那天心血来潮出去采风，车兜兜转转绕了很多地方，意外去了那条街。

助理提议要走，被他拒绝，在国外生活那么久，那条略显脏乱的老街对他来说是个新世界。他走走逛逛，去便利店买水时顺便买了个面包，便宜小巧，是他从没吃过的低价食品。

而后站在店外拍下四周环境，一个人突然从身边飞快跑过——抢走了他手里的塑料袋。

身边的助理和他都被突如其来的情况弄蒙了。开车远远跟在后头的保镖立即下车追去，十分钟不到，找到了人。

他和助理乘车，车子缓缓开进街巷，他还记得那天半道忽然下起了小雨，地面略有泥泞，从车上下去，脚踩在地上，鞋子边沿很快就脏了。

巷子角落里躺着一个人，他的两个保镖站在旁边。助理撑伞陪他过去，阿根廷籍的保镖拎着拿回来的塑料袋，操着略带口音的英文说："不是我们动的手，先生。我们到这儿的时候有几个男人正在打他，想抢他手里的东西。我们把人赶跑了。"

这一区杂乱，鱼龙混杂什么人都有，各种案件高发，很显然，地上的人抢了他的塑料袋，转眼又被人抢了。

容辛饶有兴致地打量地上的人——衣服好几层，厚重臃肿，但是不太干净，身形有些奇怪，即使穿得这么厚，还是显得过于瘦弱。

他走近一步，地上的人蜷缩起来，身形微微发颤，声音弱得只剩一口气。她说："不要打我……"说的是中文，而且蜷缩的人，是"她"不是"他"。

听到那道细嫩的声音，他怔了怔，在外的华人华侨很多，没想到在那种情况下会遇到一个。他蹲下，试探着撩开了挡住她大半张脸的连衣帽。

那是他和程隐的第一次见面。她脸色苍白，面无血色，脸上有刚刚挨过打留下的伤痕。

他问她："你叫什么名字？"

她没有答，在他问第二遍的时候才睁开了眼。他看到一双极尽绝望又极尽挣扎的眼睛，蕴含的东西太多，多到令他失神看了好几秒，甚至没在意她不回答他这件事。

然后，他从保镖手里接过塑料袋，拿出已经变形的面包，擦干包装上沾上的水递给她。他跟她说的第二句话，只有两个字——"给你。"

一切从不太美好的意外遇见开始，他给了她吃的，给了她住的场所，让她安顿好，带她回去留她在他身边工作。

她一开始不喜欢说话，总是沉闷很长时间，但相处中一点一滴的细节却透露了很多东西。一个游窜在穷人区食不果腹的外国人，被他带到他生活的环境里，丝毫不露怯，也没有半分不适应，明明和之前是天壤之别的环境，她像是早就习以为常。

直到很久以后，当她开始信任他，他才一点一点了解了她的过去。而越是了解，就越是无法抽身。

“她没有留学，到国外安顿下来找了份简单的工作，只是运气太差，第三个月时老板被检方起诉公司倒闭，她丢了工作，住的地方又被偷渡的别国人盗窃，随身行李除了衣服被盗一空。她交不出房租，厚着脸皮和老板拉锯，每天躲进躲出，为了解决生计想尽了各种办法。”

容辛声音缓缓，朝着沈晏清笑，像执起了一把刀故意往他心里插。

“人到了低谷，什么都能豁得出去，挣扎求生的感觉你懂吗？我不懂，你大概也不懂，但是她懂。”

什么样的苦她都吃了，甚至连小白鼠也尝试过。

程隐的胃就是因此弄坏的。那一次凌晨，她出现了不良反应，小便失禁，加上那一段时间有上顿没下顿的不规律进食，胃被强烈刺激之后，剧烈痉挛。

她捂着痛到令人出冷汗的胃，身上穿的牛仔裤和床单统统都被失禁流出的小便浸湿了一大块。

程隐和他形容过，那是一种像个低等生物一般毫无尊严的感觉。

再后来，她痛昏被送去医院，胃出血急救。她是外国人没有医保，后续支付不起费用，胃出血症状一停只能立即离开医院。

提起这件事时她已经是容辛的助手，容辛问过她，办法有很多，为什么她不选容易好走的那些？她没说，后来他才知道，她选难走的路是因为她躲在太阳底下，不愿被刺眼亮光发现。

容辛被勾起了无限好奇，他很想知道，究竟是什么样的旧事，能令她哪怕连命都豁出去，也要与之撇清关系。

一天一天的相处，时间越久，她肯说的越多，他知道了一点，慢慢地知道了很多，最后知道了全部。

从此，如鲠在喉。

程隐这个人，心里装了太多东西，又决绝得过头，因为自责觉得自己会连累秦皎，就能毫不犹豫放下多年感情和她断了联系。因为想和沈家撇清关系，就能忍住异国他乡的种种境遇咬牙撑下去。不得不说，她真的够狠，狠得让旁人都替她难受，替她心颤。

容辛说了这么多，端起杯子喝了口已凉的茶。

方才听到的内容，令沈晏清眸色变了好几回。他没说一句话，握在膝头的手，手背暴出了青筋。

“她回来是为了什么？”好久，他才艰难问出声。

容辛轻笑：“想知道你得问阿隐，如果她愿意告诉你的话。”他的表情和沈晏清的脸色正好相反，轻松得有些可恨，他道，“她不想说，那这就是我和她的事——我们的事。”

他故意咬重“我们”两个字，如同一柄重锤砸在沈晏清心上，听起来万分迫人。

秦皎和程隐难得约了一次不算下午茶的下午茶，地点在程隐的公寓。丧礼结束许久，秦皎已经恢复正常工作，生活回到正轨，前两天还代表公司去参加了一次饭局。

程隐怕她给自己太大压力，毕竟她父亲刚走不久。她倒是很平静，说没有压力，只是停了一下，忽然道：“我想辞职。”

程隐拈着点心一愣：“为什么？好端端的干吗想辞职？”从未听过她对工作有什么不满，这个想法实在突然。

秦皎说：“没有，和好不好无关，我只是想做点别的事。”她道，“我想自己开公司。”

“开公司？”

“是。我刚入这一行的时候就想，希望有一天能自己开公司，自己做主。”秦皎说，这么多年，她觉得时机成熟了。

程隐问：“那资金……”

“这些年我自己攒了一些，还有你给的那张卡里的钱，注册够了，起步运转也够了。”

程隐听到她不见外愿意用自己给的钱，心里高兴：“只要你开心，想去做，不管你做什么我都支持你。”喝了口热水，她又说，“不够的话，我把另一辆车也卖了。”

秦皎失笑：“得了吧，沈晏清巴巴地上赶着送两辆车，到你手里留都留不住，你好歹多捂一会儿。”

她们聊了几句，小杨钢被作业难住，拿着练习册从房里跑出来问作业怎么做。程隐耐心地教他，他伏在茶几上一字一字写完，转身小跑回房继续做作业。

秦皎问：“这孩子挺乖的，他的事你打算怎么办？”

程隐说：“归宿暂且不提，当务之急是他的病。”和医生约见面的日子还没到，一切要听医生说了才知道。

见她神色不轻松，秦皎没再往下说。

在程隐公寓待了一下午，傍晚的时候，沈晏清来了电话。程隐和沈晏清答应了小杨钢，要带他去游乐园玩。秦皎本来想走，被程隐一道拉着。

三人乘电梯到地下车库一看，来的不止沈晏清，还有段则轩。段则轩开的车，咬着烟坐在驾驶座里侧目看来，沈晏清在车门边站着。

小杨钢和秦皎先上车，跟在后头的程隐脚下不稳，没注意绊了绊。沈晏清急忙扶住她。

程隐刚要说谢谢，他一伸臂把她往怀里带，手稍稍揽上她的腰，她被迫贴在他胸膛前。他这动作，还有他盯着她看的眼神，紧凝而奇怪。程隐不禁皱眉：“你干什么？”

6

程隐总觉得沈晏清有话想说，但等了一会儿，他什么都没说，只是默默松开手。程隐摸不着头脑，皱着眉上了车，索性把他的不对劲抛到脑后。

小杨钢很开心，叽叽喳喳不停地说话，秦皎显得有些沉默。程隐注意到，一边逗着小杨钢一边朝秦皎看：“怎么不说话？”

秦皎笑了下说：“坐车头晕，不想说。”

程隐皱眉，她从来不会晕车。

开车的段则轩忽然插嘴："秦小姐晕车？需不需要我开慢一点。"

秦皎扯了扯嘴角道："不用费心。"

他这一开口，程隐才想起他也在，看向段则轩问："你怎么也来了？"

他挑眉："不欢迎我？"

"哪儿会。"程隐笑，"我只是随便问一问。"

段则轩说："下午我和沈晏清去谈正事，刚好在一块，听说你们要去玩，没什么事就一起跟着来了。"

沈晏清在一旁没说话。

程隐暗暗挑了挑眉，他们俩最近似乎走得很近，回想上次，也是段则轩打电话来说沈晏清"出了车祸"。

车上一番闲谈，到了游乐场，沈晏清去买票。段则轩和秦皎说话："秦小姐还晕吗？"

秦皎态度冷淡，答了两个字："不了。"要多简略有多简略。

程隐看在眼里，略觉古怪，秦皎脸上虽然没有过多情绪，但细微表情泄露了她的不耐烦，她很少这样。

没来得及问什么，沈晏清回来了。四个大人加一个小孩朝游乐园里面去，小杨钢第一次来，兴奋得不行，他以前看电视、听同学说过很多次，亲身体验却是头一回。程隐这个年纪，对游乐场已经没了兴趣，但看到他脸上的新奇和笑意，多少还是觉得这趟来得值了。

小杨钢想玩的项目很多，都是程隐陪着去的，她玩到后来有点累，小杨钢去坐旋转木马时，她实在撑不住，摆手让秦皎陪着上去。

段则轩走开去抽烟，走开一会儿的沈晏清端了两杯饮料回来，一杯递给她，说是热牛奶。

程隐喝了一口，皱眉还给他："太甜了。"

沈晏清说："热的暖胃。"

再暖味道不对，她还是不肯喝："不要。"

沈晏清没强迫她，接回手里，问她："吃饭了吗？"

她说没有。沈晏清蹙了蹙眉，说："要不然我们先去吃了饭再来。"

“你有毛病？”程隐斜他，“来都来了玩到一半去吃什么饭。”

沈晏清没吭声，牛奶拿在他手里，他端起，就着她喝过的地方喝了几口。不多时，秦皎带着小杨钢从旋转木马上下来。几个人沿着游乐园往前走，碰上游戏摊子，奖品是高高挂起的各种巨大玩偶。

小杨钢想要，程隐瞧见他的眼神，拉着秦皎一起去帮他赢奖品。在两个男人意料之外，她俩玩游戏玩得极好，你追我赶还比上了。小杨钢拍着手哇哇咋呼，连声说：“姐姐好厉害！好厉害……”

秦皎玩到一半停下来，摸着他的脸颊笑道：“当然啦，姐姐我以前可是玩这个的高手。”

程隐呛她：“不害臊，你有我厉害？”

在旁全程围观的段则轩来了兴趣，他不知来干什么的一路光看，也没走人，此刻一听插嘴道：“你们以前经常玩这个？”

程隐说：“不算经常，以前读书的时候流行，都说和喜欢的人约会首选就是游乐园。”

语毕，程隐顿了一顿，笑意微敛不再说话，默然回身继续和秦皎玩游戏。约会首选游乐园，可她和秦皎，谁都没在青春期好好谈过恋爱。

往前是碰碰车，小杨钢入场去玩时，秦皎抽空去买喝的。沈晏清想抽烟，身上没了，段则轩烟盒里只剩最后一根，给了他，拍拍口袋去买烟。

到游乐场里的零售窗口，秦皎付了钱站在那儿等。

“一包烟。”段则轩把钱递过去。

秦皎见是他，往旁边挪了一步。段则轩皱了皱眉，道：“秦小姐的反应是不是过重了些？就因为之前我一句不恰当的调侃，这么唯恐避之不及。”

秦皎说：“你想多了。”她一脸冷淡，明明对他第一印象不好，却也不承认。

段则轩张口刚要说话，突然一个东西砸到脚下，吓了他一跳——定睛一看是个冰激凌。

秦皎也惊了惊，衣服稍稍被溅到几滴冰激凌。她和段则轩一起侧目看去，一群年轻女孩，中间一个满面愤怒的漂亮姑娘正瞪着他们，冰激凌就是她扔来的。

那姑娘大步冲上前来，满含敌意地看了看秦皎，而后瞪向段则轩：“你不理我就是为了陪她？你告诉我，你和这个女人什么关系？”

段则轩话到嘴边，忽然想起和她分手了，皱眉：“有必要交代吗？”

姑娘气得胸膛起伏，抬手就要去扇秦皎，被段则轩挡住。

“你护着她？段则轩你现在就护着她？！”她用力挣扎把手抽回来，眼里浮上泪，返身到朋友那儿拿过其中一人手上的饮料，扬手就朝秦皎砸了过去。

这次段则轩想挡没挡下，塑料杯破开，秦皎身上湿了一大块。那姑娘扔完饮料，没给别人半点反应时间，红着眼转身走人。

秦皎更无辜，无端被人扔了一杯饮料，身上湿淋淋，忍了好久才忍下火气。

“没事吧？”段则轩还没碰到她，就被她猛地挥开。

秦皎扯了个没有温度的笑：“段先生有空，与其关心我房卡掉没掉，不如多关心关心自己的私生活。”

她也转身要走，段则轩猛地拉住她。他没料到会碰上前女友，还被人以莫名其妙的态度一通质问。秦皎这个态度情有可原，但他也火大。

段则轩眉头皱得死紧，有火没处发，只能自己往回咽。他把外套脱下，不顾秦皎抗拒，往她身上一披，拽着她的手腕就走。

“我送你回去！”

他惹的祸他负责，行了吗？

程隐和沈晏清一人抱着一个玩偶带小杨钢转，沈晏清接到段则轩的电话说秦皎不舒服先送她回去，程隐担心追问了好久，确定没事才放心。

又玩了半个小时，两人带小杨钢去吃饭。一通折腾下来，回家已过了九点。小杨钢在车上睡着了，沈晏清抱他上去，轻手轻脚地放到房间床上。

程隐换好拖鞋在柜前倒水喝，放下杯子时，他从背后抱上来。

程隐皱眉，以为他又要亲她或者烦她，不想，他只是抱着，埋首在她颈窝，什么都没做。

程隐顿了一下，眉头皱得更深了："你干什么？"

"就一下。"他说。

程隐不知道他搞什么鬼，只觉得他今天很奇怪："你又犯什么病了？"

没听到他回答，灯光从头顶照下来，满室寂静。

他横在她腰上的手用力，那微微皱起的眉，和低闷的声音一样沉重："怎么办……你是真的，对我很失望。"

程隐的假是跟秦皎一起请的，销假回公司上班却比秦皎还晚，又悠闲地过了几天，才整理好精神去报社公司报到。和往常一样，是个没什么特殊的工作日。程隐默然坐在位置上处理自己的事情，快到中午的时候，却听办公室里传来一声惊呼——

"我的天！邮件，你们收到邮件了吗？！"

从这一声起，陆陆续续有人附和，而被勾起好奇心去查看邮件的人，看完内容也随之咋呼起来。

隐约的议论声里，那几个敏感的字眼，传达出的信息让程隐神经紧绷。立即打开邮箱，她也收到了。

鼠标往下拉，越看，背脊升腾起的冷意越甚。那是一封和秦皎有关的邮件，内容全是关于秦皎当初事件的八卦。

当初这件事情在他们大学传开之后，论坛里各种议论，虽没有明确的证据证明，但因为后续发生的秦皎被请家长甚至家长在校领导办公室昏倒的事，所有人都确定了这件事肯定是真的。

八卦热传的时候，还有人在论坛里上传了一张偷偷拍到的秦皎躲在校园角落哭泣的照片。

邮件里的内容都是当时论坛帖子的截图，而那张照片，现在也在这封邮件里。

“天哪，真的假的？秦副总……”

“她看着那么厉害的一个人，竟然也……”

“好吓人哦……”

办公室响起一阵又一阵窃窃私语的议论，犹如当年场景再现，程隐听着传入耳边的那些话，攥紧了拳头。

不知道别的部门是否也收到了群发邮件，消息传得很快，半天工夫报社上下几乎都知道了。

秦皎今天有事没来，人不在报社。程隐顾不上请假，沉着一张脸直接出了报社，脸色寒得可以吓死人。

从报社赶到秦皎住的公寓，一路上打了几个电话，不是在通话中就是没人接。好在她知道秦皎公寓的密码。

“饺子——”

急匆匆进门一看，秦皎就站在客厅落地窗前，环抱双臂静静看着窗外风景。听到开门的声响，她悠悠转身，脸上一派平静：“你来了。”

程隐喉咙干涩，往前迈了一步，不等她说话，秦皎淡淡扬起笑：“我已经知道了。老板打了电话给我。”平和的态度，仿佛面对的非议只不过是无关紧要的一件小事。

从那时到如今，这些年，秦皎内心的想法和改变没人知道。程隐也不知道，唯独能看见的是眼前——当初那个躲起来大哭的稚嫩小姑娘，现在已经不会随便再哭了。

第六章

岁月却报以痛吻

1

秦皎的公寓，整体上是清新浅淡的色调，唯独地上，因为记得程隐喜欢木地板，地上是不太搭调的深棕色。她煮奶茶的手艺很好，浓浓的香味飘满室内，配上两个小蛋糕，甜味在嘴里沁开，一整个下午都会舒适起来——如果没有邮件这件事的话，的确可以说是一个怡人的午后。

程隐吃不下，秦皎精心烘焙的点心明明甜得很，入口却觉得莫名泛着苦，强迫自己咽了两口，喉间仿佛有刺鲠着。

茶点没怎么动，她们肩并肩盘腿坐在落地窗前，聊到过去，聊回现在。程隐的脸色越来越晦暗。

“你会不会怪我……”程隐的声音细如蚊蚋，或许是知道答案，没等秦皎回答，她垂头，发丝滑落挡在颊边，自问又自答，“如果你怪我就好了，为什么不……”

秦皎侧眸：“说什么傻话。”她伸手将程隐揽过来，程隐没有半点抗拒，侧身埋首在她肩头。

“比起你问我这个，我更想问你为什么要自责？”秦皎叹了口气，“如果早知道，当初你出国前我就会拦住你。”

那一年糟乱荒唐，程隐说要出国留学，她真的以为是留学，还为程隐能想开松了一口气。临行前，程隐拉着她把从前念书时常去的地方统统走了一遍，说了很多平时不会说的话，还把积攒下的钱全都给了她，当时就应该留意到的，如果注意到反常，就不会有后来的久别。

“……我真的好恨。”从肩头传来的声音低闷。

秦皎抿抿唇，拍了拍程隐的背。窗外明亮天光，和她们第一次有交集的那天一样。

在遇到程隐之前，秦皎完全是另一种模样。从小内向腼腆，别人多跟她说一句话就不自在得不得了，于是总被人左一点右一点欺负。

高一和程隐同班，程隐话不多但性格不好惹，再刺的刺头碰上都要绕着走。开学两个月，她们毫无来往，如果不是轮到一起值日，她们大概永远不会有关联。

下着雨，一放学同组的两个女生马上脱了校服，里面一套私人衣服花枝招展，拿着粉扑在走廊窗边补妆。整条走廊，还有廊前一块校内停车场，全成了秦皎一个人的任务。两个女生好不容易动两下手打扫卫生，结果却把垃圾桶碰翻，半桶垃圾倒在水沟里。

她们两手插兜，翻着白眼瞧秦皎，说：“看什么看，垃圾倒进水沟里不知道用手去抠啊？！”

她尴尬得手足无措，还有点害怕。最后是拿着扫把的程隐一脚把易拉罐踢到她们面前，站在后门边冷嗤，说：“你们怎么不用手抠呢？倒是净让别人做这种事。”

那两个女生敢欺负她，不敢欺负程隐，被呛得哑口无言，老老实实把自己弄翻的垃圾收拾得干干净净。不知道算不算解围，但程隐没有和她说话，皱眉扫了她一眼，然后就转身回教室继续扫地。

她从那天开始注意起程隐。她发现这个人很奇怪，成绩挺好，可是话少，乖戾，实在不好相处，对那些三三两两聚在一起聊八卦、聊男星、聊学校男生的女生没有兴趣，总是独来独往，谁都不搭理。

再有交集，是有一次下午第一堂课之前，午休打扫教学楼的人把卫生用具落下，拿回来的活又落在了她身上。她去教学楼后找回扫把和垃圾桶，程隐忽然出现在墙头，一条腿跨进来，看见她明显愣了下。

程隐就那么骑在墙头，问她为什么在那儿。

她答了。然后程隐像前一次一样皱起眉，说："你怎么总是被人使唤？"

再然后，班里换座位，好巧不巧她和程隐同桌。谁上课无聊拿橡皮扔她，程隐直接把整个笔袋砸到他脸上；谁在她的椅子上做手脚让她摔倒，程隐连课桌带凳子一起给他扔到门外；谁往她抽屉里放装满垃圾的塑料袋，程隐当着全班人的面把塑料袋里的垃圾抖出来倒在他课桌上。

没有人再敢捉弄她，没有人再敢欺负她。她们来往渐多，但她还是对程隐知之甚少。

程隐爱去她家，她爸爸严肃古板，却很喜欢程隐，每个周末她都会带程隐回去，她爸会让她妈张罗些菜特意煮给程隐吃。

第一次在她家过夜的时候，程隐耍赖从她爸那儿讨了半碗米酒，喝完脸红扑扑的，晚上她俩并排躺在床上，程隐说："好羡慕你，如果我也有家就好了。"

她知道程隐心里有事，但不敢问。直到后来某一天，晚上九点程隐突然发消息给她，说："你来接我好吗，我身上没带钱。"

她按地址，去到一个看起来很高大上的酒店外。程隐穿着时装裙子出来，一句话不说，直直走到她面前抱住她。

从那晚起她才知道，乖戾嚣张什么都不怕的程隐，原来在另一个环境里有着另一种日常——会有人过生日时，所有座位独独少程隐一张椅子，或者餐具，或者盛蛋糕的盘子。会有人前一刻笑脸相迎，下一秒程隐身边陪着的人不在，立刻换一副表情。他们不停地用各种细节差别对待她，去告诉程隐——“我们和你不同”。

在她不知道的地方，不知道的圈子，程隐就是那个“被按着头蹲下用手去水沟里抠垃圾”的人，在心理上一直历经这样的暴力。因为程隐感受过痛苦，所以更加懂得别人的痛苦。

做比说难得多。程隐总教她只要还击就好了，然而有些事，哪里是还击就能解决的？就好比程隐自己，用了十多年，也仍旧没能够摆脱恶意。

“我不会放过舒哲。”程隐埋在秦皎肩头，咬牙说，“哪怕豁出命……”

秦皎扳过程隐的肩，和她面对面：“没有什么比好好活着更重要。就算没办法制裁他，也要好好地过，答应我。”死胡同不能钻，否则一辈子除了累，还是累。

程隐半晌没说话，秦皎皱眉，捏着她的肩用力，又重复一遍：“答应我。”

许久，程隐才低垂眼睑，喉间沉沉应了声：“……好。”

秦皎松气，听她答应竟放松下来，尽管此刻报社里邮件传得满天飞。顿了一顿，秦皎告诉她：“沾有舒哲体液的布料，我没有扔。我当时把东西交给了那年搬到近郊的科研实验室保存，在他们提供的环境下最多能保存九年。”

秦皎抿了抿唇：“我一直想，如果有一天，我有能力为自己讨回公道，我一定会站出来。但我不知道九年够不够，又能不能有那天……”九年过去五载，如今一切还是茫茫。

程隐眼睛亮了一瞬，又沉下来：“一定可以。”

握住秦皎的手，程隐深深吸气，说：“我一直没有告诉你我为什么回来……没有别的原因，舒家！舒氏有猫腻——”她捏紧秦皎的手，“他们在国外洗钱！”

发现这件事是个意外。程隐和容辛参加某个私人画品拍卖会的时候，看见一幅画被人以不合理的高价买走。之所以说它不合理，是因为那幅画只是某个有名作品的仿品，真正的真品去向一直众说纷纭，而仿品的价格远远超出了正常值。

虽然有消息透露说，买方对这幅画期待很高，所以给价爽利。然而这种“由于我觉得它是真品，所以我愿意多花点钱”的态度并不能说服容辛。

因为真正的真品容辛见过，他的外公是个收藏家，那幅画很早的时候就进了他外公的收藏室。碍于财不外露的道理，一直很低调。

一开始以为买家是个有钱没品位的主，后来才发现根本不是这样。作为画家，和画相关事情接触的概率比普通人大得多，容辛参加好几次不同国家不同地区的不同画品拍卖会，都发生了类似的情况。高价买不值得买的画，而出售方是同一个英文名字。

容辛察觉到其中有猫腻，但与己无关，只是内心多了计较并没打算去管。好巧不巧，之后某场拍卖会结束后，无意间却在某间酒店撞见两个人碰面，一个是当地有名的拍卖师，当天结束不久的拍卖会就是他主持的，另一个则是程隐认识的人。

程隐当时脸色都变了，她说：“那是舒家的管家，我见过他。”

听过她所有从前旧事，容辛当然知道舒家是个什么东西，也了解这两人会面意味什么。而后派人去查，沿着舒氏这个方向深入，果然顺藤摸瓜发现了很多东西。

舒氏的钱大概并不全部干净，是以要费尽心思把钱弄干净。

比如被他们发现的这一方式——拿出一幅价值没那么高的画拍卖，派人花高价买回去，通过买的人一来一往，见不得光的钱过了明路，就成了有“正当来源”的钱。

“但是证据不够。”程隐拧了拧眉，对秦皎说，“我回来也是为了看能不能在国内找到他们更多的马脚。”

她去留学是个借口，原本是想，远离这里，远离那些人，去别的地方过安稳生活。后来的遭遇以及遇上容辛，全都在她意料之外。是天意让她碰上这些，天意要她知道舒家的龌龊。自己送到她面前，她没办法置之不理。如果不是为了这件事，她不会回国。

一切都是天意。

秦皎听程隐说完这些，眼里略有怔然。程隐握着她的手让她放松，说："我一定要让他为他的所作所为付出代价。容辛会帮我的……我救了他，他不会敷衍我。"

程隐请人去查，给同城晚报员工的工作邮箱群发邮件的人是谁，不出一天就查到了结果。拿着查到的资料，她乘车前往段则轩的公司。

在门口打电话给段则轩，不消两分钟便被放行，程隐到楼上办公室，沈晏清碰巧也在。

"你怎么会……"

段则轩含笑打招呼的话没说完，就看见程隐快步走到他办公桌前，一把将几张纸拍在他面前。

"麻烦段总看看，这位是不是你女朋友？"程隐眼里冒火，语气冲得很，教段则轩愣了愣。

沈晏清见势不对，坐直身子。段则轩看过纸上的内容，皱了皱眉看向程隐："我跟她已经分手了。什么情况？"

纸上印有照片，那张脸他不陌生，小姑娘的脾气和名字"张予绢"完全相反，上回还在游乐园冲他发了一通火，连累了秦皎。

程隐似笑非笑："段总好大的魅力，分手的前女友飞醋都吃到天边了！"

沈晏清站起身，走到她身旁，被她挥手甩开。

段则轩拧眉："怎么回事？"

"你的前女友给我们报社所有部门群发邮件，现在秦皎已经不能正常上班了。"程隐冷笑，"我麻烦你们这些人眼神能不能好一点，什么女人都下得去手，你也不嫌倒胃口！"

段则轩脸色一变，还没说话，沈晏清问："……是那件事？"

"能不能不要打哑谜？"段则轩半带怒气半带不悦，"说话说清楚。"

程隐深深吸了口气，心口熊熊烧着一团火。沈晏清是知道的，自然一猜就猜得到，段则轩虽是同一个圈子的，但并不清楚，还不如当年学校里那些八卦学生知道得多。但不管知道还是不知道，现在整个公司都拿这件事议论秦皎，在秦皎的生活圈里，它成了公开的伤疤。

“是。”程隐压抑怒气，眸色和语气一样沉，“舒哲强了秦皎，现在我们公司所有人都知道当年的这件事——”她冷冷看向蒙住的段则轩，“这些全都是拜你那个前女友所赐！”

这件事那个张予绢是怎么知道的，暂时还不得而知，可能人为告知，也可能是她对秦皎进行了深入调查。不管是怎样，邮件是她发的，事情是她做的，这一点确凿无疑。

程隐忽然觉得累，把纸团成一团扔到段则轩面前，不想再说什么，转身就走。沈晏清拉住她，程隐用力挣了几回，挣不开，火气更旺。

不想要他们高高在上的施舍，她只希望他们这种活得恣意又了不起的人，能稍微有一点点人性，稍微体谅一下别人，不要再给处境本来就很难堪的人增添更多麻烦。伤疤上撒盐并不好受，对他们来说只是无关紧要的小事，可是对很多人，可能是又一种严重打击。

程隐越发用力挣扎：“放手！”

“这件事我们会处理……”

“滚——”用力一挥挣开了他的桎梏，手指却不经意甩到他脸上，擦着脸颊而过，留下了不深不浅的指痕。伴随着那道清脆的声响，室内陡然安静下来。

“程隐你冷静一点。”段则轩在旁出声。

她也不想这样。程隐闭了闭眼，呼吸起伏剧烈，挥过他脸颊的手想要握紧，又惶惶松开。她不想撒泼，不想失去理智，不想迁怒谁。可是看着秦皎一再陷入低谷，一次又一次被推进泥潭，她真的很难控制自己。

静了许久，程隐觉得喉咙发干，想提步出去，还没动，沈晏清忽然抬手——揽着她的脖颈，将她搂进怀里。桎梏再度覆上，他横臂在她腰上，一点一点用力，将她抱得很紧很紧。

“相信我。”他的唇瓣贴上她的额头，一抬眸还能看到他嘴角侧上方的指印。他说，“程隐，相信我一次。”

程隐去找段则轩刚过没多久，邮件事件就越演越烈。不知是他们报社哪个部门的人，看戏不嫌事大，去八卦论坛上发了个“扒一扒”。

匿名的人想要吐槽“我的灭绝师太女上司”，然而帖子不知从什么时候开始跑偏。发帖的匿名者将邮件内容一起发在了帖子里，看帖的网民里有常混娱乐版的，跟帖没多久就有人惊讶：“这个舒哲是舒窈的哥哥吗？我怎么记得以前扒过舒窈的背景，她不是有个哥哥就叫这个名字？”

跟帖的网民们霎时对匿名楼主吐槽这位被强的上司平时如何冷面如何不近人情没了兴趣，纷纷开始了深入扒皮。越扒越引人注目，不到几个小时时间，帖子盖成了高楼，回帖众多。

他们不仅扒出了这位“舒哲”正是当红明星舒窈的亲哥哥，也把当事人“女上司”扒了出来。

晚上，潜伏在各大论坛蹲八卦的某些营销号把楼里内容整理一番，发到了微博上，立刻引起议论。

网友们骂的同时连带舒窈一起唾弃，一时闹得动静不小。舒窈的粉丝们当然坐不住，很快行动起来。程隐知晓网络动态的时候，ID名为“舒窈反黑组”的粉丝站发出声明，表示坚决捍卫偶像名誉，要与恶意抹黑的黑子斗争到底。

舒窈的一众粉丝在粉丝站带领下纷纷反呛：

“不说那人是不是真的是我们窈窈的哥哥，就说事件本身，看描述人家一个什么都有的高富帅，吃饱了撑的针对她？又没有漂亮到什么程度！”

“啧啧，又是KTV又是高富帅，联想起来真的很微妙呢……”

“真那么坚贞你怎么不自尽呢？想死还死不了？这女的真是婊气满满，错全在男方身上了，自己一点问题都没有，厉害厉害，好一朵清清白白的绝世白莲。”

“说不定是想追高富帅失败了，只能反咬一口呗。反正嘴长在她身上，站在弱势一方卖卖惨就多的是人同情。最恶心的是一帮人跟风起哄，听风就是雨，还跑到我窈的微博下骂，我窈真是莫名其妙飞来一口锅。呵呵，现在的网络暴力［再见］。”

甚至到最后，出现了这样的言论——“谁知道是不是那个秦皎先勾引人家的，装什么装。”

2

那些话字字戳心，有一群人，在看不到的网络虚拟世界里肆无忌惮地用语言攻击别人。程隐气得手发抖，于他们而言只不过是云淡风轻的一句话，对别人来说，却是难以言喻的伤害。

她甚至想把手机捏碎，更想把屏幕里一个个站在制高点若无其事施加二重伤害的人捏碎。她没有把这些内容给秦皎看，只暗暗希望秦皎不要关注也不要在意网络上的动向。

段则轩打来电话，他和沈晏清把罪魁祸首揪出来了。程隐和秦皎驱车过去，秦皎开的车，她面色和平时一样镇定自若，只是周身气压稍稍有些低。

到那儿一看，门口守着些人，房间里除了沈晏清和段则轩没有旁人，张予绢坐在地上，脸上略白，看着稍显颓然。她见程隐和秦皎进来，眼里闪了一瞬，别开头去。

“人在这儿。”段则轩站起身迎向她们，扫了眼地上坐的人，眉头拧了拧。

张予绢脸色青一阵红一阵，怒道：“段则轩！你为了她……”

“你闭嘴。”段则轩淡声冷斥，沉沉瞥了她一眼。如果说之前是真的对她有过好感，那么现在同样是真的感到恶心。

秦皎反应很平静，从进门到站在张予绢旁边打量她，始终像条无波无澜的小溪。

张予绢不知是被段则轩的话气到，还是被秦皎居高临下的视线惹怒，撑着地就要起身。段则轩没给她碰秦皎的机会，抬手挡开，她一下又跌坐回地上。

段则轩蹲下身，直视她的双眼，表情阴沉骇人："跟你分手是我的事，你有气为什么不来找我撒？"

"你……"张予绢被他的眼神吓到，视线飘忽，仍强撑着嘴硬，"我们才在一起多久你就变心？她不要脸，我当然不会放过她！"

段则轩气笑了："我变心那是因为我善变，我喜新厌旧，可以不？"短暂笑意很快敛回，他拍了拍张予绢的脸颊，说，"不是走在一起就一定有亲密关系。退一万步说，就算我和她有什么，那也是我的事。"

自进门起没什么反应的秦皎几不可察地皱了皱眉。

段则轩没再废话，站起来问秦皎："秦小姐想怎么处理？"

"我想怎么处理都行？"秦皎挑眉。

段则轩说是。张予绢脸色一变，随手抓过旁边玻璃茶几上的杯子就往秦皎的方向砸。段则轩眼疾手快拉了秦皎一把，秦皎撞进他怀里，两人视线一对，段则轩触电般松了手。

程隐在秦皎旁边，见秦皎被拉开，便自己往边上挪了一步，前后脚不经意稍有磕绊，沈晏清不知什么时候过来的，在她身后稳稳扶住她。

肩撞上他的胸膛，他握住她的手腕一托，低声说："小心。"

程隐抿了抿唇，从他掌心抽出手。

段则轩彻底被张予绢惹毛，把门外的人叫进来，捉着她两只手，绝了她再作乱的可能。

随着秦皎一步步靠近，张予绢脸上的慌乱再也遮掩不住，求救的目光投向段则轩，然而后者被她又是邮件又是死不悔改一连串行为折腾下来，早就没了耐心。

秦皎站在她面前，定定看了十几秒，对旁边的保镖道："给我倒一杯饮料。"

黑衣大汉依言去了，不多时，端了满满一杯果汁过来，分量扎实。

在张予绢最后不死心的唾骂中，秦皎抬手，从她头顶将果汁一点一点倒下，浇了她半身。把空杯放到茶几上，秦皎颤了颤睫毛："你那天泼我的饮料，现在还给你。"而后看向程隐，撇了撇头，"走吧。"

段则轩一顿："就这样？"

"就这样。"秦皎说，"我没有什么糟践人的恶趣味。不过网上的那些东西，还需要段先生费心一下。"冲段则轩颔了颔首，她不再多说，和伸来手的程隐十指相握，出了房间。

到会所大门口时，程隐问："不生气？"

"气，当然气。可是气她有什么用？"秦皎扯了下嘴角，"参天大树不倒，斩尽再多旁枝也只是徒劳。"

程隐用力握紧了她的手。

会所房间里，保镖松开张予绢，她顶着满头湿漉漉的饮料滑坐在地。沈晏清靠在一旁，盯着程隐两人离去的门，默默抽烟。

段则轩再次在张予绢面前蹲下，她眸光盈盈，可怜兮兮地看他："则轩……"

轻笑一声，段则轩摇了摇头，眼中浮上同情："还不觉得自己丑？"

空有皮相，其心肮脏，可悲。冷冷收了目光，不再理会她，段则轩接过保镖递来的白毛巾擦了擦手："送她回去。"

张予绢微微惊愕了下，段则轩站着垂眸侧扫她一眼："既然你发别人的私生活邮件这么不以为然，想必应该不觉得有什么。"

一听这话，她脸色猛地变了。段则轩懒得理她，和沈晏清一起出去。张予绢可不是什么省油的灯，真要扒起来，她的私生活大有能做文章的余地。秦皎宽厚放她一马，到他这儿可没那么便宜。她不是揭秦皎的伤疤大肆宣扬吗？那就让她尝尝同样的滋味，感受一下伤口被公之于众的感觉。当然，能不能算伤口还两说，毕竟她不自爱干的事儿，都是自主为之的。

段则轩一边想着，一边惊觉——他之前竟然看上了这样的女人！

网络上有关秦皎的事，声浪在慢慢减小。段则轩和沈晏清派人公关，尽可能将事情压了下来。沈晏清打来电话，和程隐说：“先把焦点转移，后续会做一些处理。”

程隐答：“知道了。”

他又问：“你们在公司？”

程隐说是，她陪秦皎来递交辞职信，顺便也辞了个职。

沈晏清道：“我来接你。”不等她拒绝，就挂了电话。

程隐拿着手机看了一会儿，转身进去。秦皎在办公室里收拾东西，她在公司待了很多年，一夕要走，尽管早已计划好了自己创业，难免还是有些怅然。

程隐正陪秦皎伤神，有人敲办公室的门，回头一看，一个穿制服的女员工站在门口。秦皎的事之所以会闹到网络上，就是因为公司里某些上蹿下跳巴不得别人不好的人在搅浑水，今天来收拾东西，还有些人在背地里议论纷纷。是以，程隐的表情并不友善。

姑娘和部门其他老资历比，是个才进报社半年的新人，被程隐这么一看有些怯怯的，但还是踏步进来。她走近了，程隐才看到她手里拿着个盒子。她递到秦皎面前，说：“秦副总，这个是我自己做的蛋糕，送你。”

秦皎挑眉：“送我？”

姑娘点头，咬了咬唇，说：“之前我好几次项目出错，都是秦副总你把我叫来指导我……否则，不知要捅多大的娄子。”

秦皎默了默，接下蛋糕：“谢谢。”

她笑了下，侧目看程隐，不好意思道：“里面有一份是给程隐你的。”

程隐顿了顿：“我？”

“之前周莉莉要我帮她加班，我真的不知道怎么办才好，谢谢你帮我解围！”她吐了吐舌头，说完和秦皎道别，马上一溜烟跑了。

程隐和秦皎两人面面相觑。没过多久，又有人进来，是个戴眼镜的男同事，平时话不多，拿着本和他外表形成反差的粉色手账交给秦皎，简单一句：“听说秦副总要辞职，祝秦副总以后蒸蒸日上，前程似锦。这是我自己做的册子，给您留个纪念。”

除了他，陆陆续续又来了好些人，不同部门，甚至有的不在这层楼，或含蓄或直白地向秦皎表示祝福。前后半个小时，办公室才终于静下来。

程隐和秦皎互相对视，彼此弯了弯嘴角。秦皎的箱子装满了东西，除了她自己的物件之外，其余都是来送行的同事送的。虽然重，却教人舍不得放手。

程隐和秦皎乘电梯下楼，沈晏清正好打来电话，说：“我到了门口。”

她俩往门口去，行至大门外，还没来得及找沈晏清的车在哪儿，突然拥上来一帮年轻姑娘围着她们。

“你就是秦皎？”为首的女孩气势汹汹地瞪着她们，手指就快戳到她们眼睛上。

程隐不悦，一把挥开。下一秒，十几个女孩拉开背后背着的包，从里面掏出鸡蛋。

程隐皱眉，刚想拉着秦皎往边上避，然而不比她们早有准备动作快，扬手就有东西砸来，程隐下意识地把秦皎往背后一拉。

“啪”的一声，鸡蛋碎裂的声音响起，却没有预想中恶心黏腻的触感——被沈晏清挡了。

他站在程隐面前，微拧着眉和她对视，砸在他肩头的鸡蛋碎开，蛋黄和蛋清沿着肩膀往下淌在他纯手工西装缎面上。沈晏清不为所动，只抬手别了别她耳边的鬓发，说：“你往旁边躲。”而后回身看向一群小女生，道，“用鸡蛋砸人属于人身损害，人身损害是犯法的，知道吗？”

舒窈粉丝确实多，其中不少小女孩，追星追得魔怔了，什么都敢做，面前这帮人就是。

沈晏清不跟她们浪费口舌，招手示意不远处的大厦保安，或许是他气势太足，愣怔的保安忙不迭跑了过来。

“看着她们，一个都别让走。”沈晏清淡淡敛眸，在她们变白的脸色中，打了个电话。什么助理、什么律师、什么处理……全是她们日常接触不到的东西。

她们想什么，沈晏清不管，处理好事情，走回程隐面前。可喜可贺的是，程隐总算对他有了点好脸色，递了张纸给他擦肩膀。

他送她们俩回去，先到秦皎住的地方，再是程隐公寓，他厚着脸皮跟上去，坦然得很。

刚进屋，程隐就把他摁在沙发上坐下：“别动。”她跑去浴室拧了块湿毛巾，出来给他擦脏东西。坐车的时候，在后座的她发现他头发上沾到了一些蛋液。

程隐站着他坐着，让他侧头对着自己，垂眸认真细致地给他清理。清理完刚要回浴室，沈晏清抬手抱住她的腰，脸颊贴在她小腹上。

程隐僵了一下，两秒后慢慢放松下来。

“今天晚上和舒窈有关的新闻会全网推送。”沈晏清说，“我知道，对女人下手很卑劣。”

段则轩让人查到，张予绢在游乐园遇上他和秦皎之后，当晚去酒吧买醉，和舒哲一帮人碰上，舒哲和她说了会儿话。虽不能确定这件事和舒哲有关，可追根究底，源头还是在当年，还是因舒哲而起。网络上那些骂秦皎的言论，以程隐和秦皎的关系，她心里会有多难受可想而知。

对女人下手的确很卑劣，但是，是他们先扔掉的底线。

3

程隐被沈晏清抱着，过了好一会儿才抬手，五指穿过他的头发，在已经弄干净的地方轻拢搓捻——没什么意义的动作，如同她辨不分明的茫然心情。

静了许久，她声音稍低，说：“我现在没心情想别的。”秦皎的事最重要，和他的那些纠成乱麻的一团头发一样，清理起来费心又耗力。

沈晏清听明白了她的意思，动了动喉咙：“现在没有，以后呢？”

或许是这几天网络上的事情太折损精神，又或许是那天打到他脸上的半巴掌仍然记忆犹新，程隐难得心平气和：“你有没有想过，你现在纠结的这些，只是因为习惯被改变一时难以接受。如果我还像以前一样，你觉得你心里这些感觉，愧疚也好、新鲜感也好，又能维持多久？”

沈晏清皱了皱眉：“你是这么想的？”

程隐没说话。沈晏清一个用力把她扯到怀里，她被拉到他腿上坐下，视线不闪不避，坦然和他对视。

“我很明白我在做什么。”他说。

程隐眼睫颤了一下，还是没开口。良久，她撑着他的肩起身：“我去把毛巾挂了。”不回答也不再提先前的话题，走向浴室。挂好毛巾，她侧头一看沈晏清跟到了浴室门前。

“你干吗？”

“洗澡。”他说，“我让助理送干净衣服过来，他在路上。”

程隐看了看他肩头干涸变硬的蛋清痕迹，发丝浸润清理过，但也并不完全干净。他这么怕脏的一个人……她往外走，把浴室让给他。

沈晏清进了浴室，门关上，不多时里面传来哗哗水声。程隐在柜前冲热奶，喝了半杯，他在里面叫她，浴室里没有沐浴乳了。她从放生活用品的柜子里拿了瓶新的，敲浴室的门。

本以为只会开条小缝伸手，不想，沈晏清“唰”的一下直接将门大敞开。他腰上围着浴巾，水珠顺着胸膛往下淌，发丝微湿，满室笼着白蒙蒙的氤氲热气，手臂和腹上肌肉水迹显得像是湿腻汗意。

差点被热气扑得后退，但更晃眼的是他这模样，程隐顿了下，皱眉：“干吗不穿衣服？”

话一出口，就看见他挑眉的表情，自己立刻意识到不对——洗澡穿什么衣服。

沈晏清好整以暇地看着她，嘴角撇了撇，邀请：“一起？”

程隐瞪他，把沐浴乳塞到他手里。他接了，淡淡说：“以前也不是没看过。”

他们彼此了解，程度之深。

曾经两人一起去北海道度假，房里的大温泉池就在玻璃墙边，墙外白皑皑一片全是厚厚的积雪，雪光照得屋内无比亮堂。满室热气升腾，他们从池里到池边再到床上，最兴起的时候，一开始到结束便是天昏地暗。

她总能令他丢了冷静矜持的一面。

屋外是茫茫一片白，冰雪呼啸刺骨；屋内是缱绻热意，满室回荡。

……

程隐知道他在想什么，懒得和他说话，握着门把手直接把门关上。十分钟后，沈晏清洗完出来，还是之前开门看到的那样，只在腰间围了条浴巾。

程隐让他进她房间吹头发，别在面前晃悠。而后门铃响，助理送来干净衣服，程隐透过猫眼瞧了瞧，把门打开。

“沈总晚上穿的和明天穿的都在这儿。”助理把手里两个纸袋交给程隐，笑容拘谨又有些说不出的感觉，没等程隐说什么，立马告辞。

程隐顿了顿，一句话没说上。

晚上八点，微博上各大营销号先后放出和舒窈有关的爆料。从前没被人细扒出的她的家世背景，这一回被抖了个底朝天。不止她自己，包括她亲兄长舒哲以及几个堂表亲在内，也都被推到风口浪尖。

奢靡、龌龊、物欲横流，当大众拿着放大镜探寻的时候，哪怕是一个小污点，也成了极大缺陷。更何况舒家人行事都带一种嚣张风格，出格的事没少干，挨骂挨得不冤。网友们的关注点从秦皎一事上转移，纷纷议论起舒窈。

和目前娱乐圈当红的各个小花不同，舒窈是彻头彻尾的空降兵，一不是科班出身，二不是从底层摸爬滚打起来的，一入行就担任主演，各种资源纷至沓来，让人艳羡不已。

她有好家世并没有错，但问题出在她从小被人捧惯了，带着舒氏的资本支持进入娱乐圈，一路顺风顺水，环境过于优渥，高高在上的态度得罪了许多人。别的艺人的粉丝，早有很多看不惯她，事情在微博上霎时闹得沸沸扬扬。

舒窈的粉丝一开始气势汹汹要跟“黑子”撕到底，然而对面并非一小拨人，也不是哪一家艺人的粉丝在黑她，有先前舒哲性暴力的爆料在先，她得罪的是大众舆论。粉丝使出浑身解数在舒窈微博下刷正面留言，最终还是被网友的言论全番盖住——

“只要有钱就可以当明星，只要有钱就可以随意踩别人，这个社会真是畸形，和你同过台的那些明星哪一个都比你强，你真恶心。”

“像你们这种为富不仁的富二代都会遭报应的！”

“天哪，看了八卦才知道，原来你们家的人这么恶心，你表哥撞伤路人拿钱砸人，态度那么恶劣，你们怎么不去死呢？！”

……

仿佛一个轮回，她们先前对秦皎施加的言语暴力，尽数返还到了舒窈身上。舒家当然不会坐以待毙，处理起来才发现，没有他们想象中那么简单。如果是一般娱乐圈势力还好，花点钱公关就过去了，但这回不同，背后主导的人是沈晏清，除了他，还有段则轩的人在推波助澜。

明面上段则轩和舒哲是没什么仇，但之前沈晏清把项目给他没有给舒哲，他觉得是正当竞争，舒哲却不这么认为，他们俩之间早就生出了些不愉快的苗头。而这次张予绢发邮件的事很大可能是舒哲在夜场教唆，既然舒哲都推他下水让他难做人了，他也没必要给舒哲面子。

几厢角力起来，舒家落了下风。舒窈的爆料在全网各大影视APP、新闻网站及论坛推送，微博被彻底攻陷。

舒哲一通电话打到沈晏清这儿，对于他的怒火，沈晏清很淡然：“我只是把你做的事情做了一遍而已。”

舒哲顿了顿，痛斥他低劣拿舒窈开刀。换作几年前，沈晏清大概会自我反省一下，如今已然平静：“己所不欲勿施于人，这句话我很早就对你说过。”

舒哲不知听进去没有，沈晏清猜他没有。他沉默了几秒，口吻极悲痛地问：“你真的要这样吗？好歹……”

沈晏清没听他打感情牌，直接挂了电话。好歹？好歹什么？是要说他妈救了他，还是要说他们多年朋友情？

沈晏清敛眸，拉开抽屉，从里面扯出一条绿色的宝石项链。这是当年，舒哲的妈妈把他从车里扒出来之后，从脖子上扯断塞在他口袋里的。

摸着光滑的宝石表面，他勾唇无声嗤笑，而后轻轻扔回去。无论是救命的恩情，还是多年感情，哪一样都很可笑。

程隐的事情很多。小杨钢的病情确诊，先天基因缺陷导致血液遗传疾病，需要做骨髓移植手术才能确保无虞。国内有这个技术，但要等骨髓库匹配看看是否有相合的捐献者，之后才能确定手术方案。

至于手术费用，对一般人来说可能略棘手，于沈晏清，不过是洒洒水的小事。相处了一段时间，他对小杨钢有些感情，钱的事不需要别人操心。

另一边，孙巧巧的离婚案开庭，一审判决下来，婚内财产平分。她前夫不服判决，申请上诉。

除了小杨钢的事，孙巧巧这边其实不需要程隐过多费心，但一桩桩一件件，哪怕只是听也难免教人劳累。从同城晚报离职后她本该无比清闲，实际没能好好歇一天。

没几天，又是沈老太太忌辰，沈承国身体不适不便走动，阖家上下在家里过忌辰。去墓园祭拜的事交给了沈晏清，他问程隐去不去，程隐当然不可能拒绝。

沈老太太的墓在郊区，从市区去，车程好几个小时，十点多出发，中途吃饭，到墓地的时候已经是过午两点多。天公不作美，一场倾盆大雨落得措手不及，没有伞，加之园里没有遮蔽，什么东西都摆不了，沈晏清和程隐只能窝在车上，等雨势小下来。

闲聊，沈晏清说："我听说段则轩入股了秦皎的公司。"

程隐捧着手机"嗯"了声："我知道。"

秦皎本来打算进行一轮融资，段则轩不知是觉得给她添麻烦不好意思还是怎么，跑去扔下了五千万。

她盯着手机看得入神，沈晏清忍不住侧目："你在看什么？"

"秦皎演讲的视频。"程隐还是没抬头。

在媒体这一行，秦皎名气还是有的，这回旧伤被挖出来，微博上闹得沸沸扬扬，认识她的同行就更多了。前几天有所学校邀她给同专业的学生上堂演讲课，考虑到新公司发展需要，秦皎应下。

程隐正在看的这段视频就是在演讲现场录制的，今早在媒体从业者的朋友圈里大范围传开。视频里的内容是学生提问环节，有个不知是不是舒窈粉丝的女生，似乎对秦皎满怀恶意，在现场问了一个极度不合适的问题。

那个女生问秦皎："听说你被强奸了，是真的吗？被强奸这件事对你来说有什么影响？"

全场静了几秒，所有人都感觉尴尬。倒是作为当事人的秦皎，不急不缓淡淡笑了下，回答："如果你上过生理课，那么应当知道，生理行为需要两个人才能进行，非自愿情况下同样。假如你毕业后想从事媒体这个行业，我想会有很多采访的机会，我有没有被强奸这个问题，不妨等你接触到舒先生的时候，亲自问问他。"

和女生略显不怀好意的尖锐相比，秦皎笑得平静而优雅："你可以问问他承不承认做过这件事，承不承认犯过罪。我也很想知道。"

恰到好处的回答，既没有承认也没有否认，云淡风轻间把恶意挡了回去，既巧妙又无可指摘。

舒哲不承认，那就是问问题的人无理失格，不该。

问问题的人要想站住脚，用这个来戳秦皎伤疤，那就得舒哲承认。但关键是……舒哲敢承认吗？他敢不敢承认自己是罪犯，敢不敢承认曾经犯过罪？

4

程隐把视频看了一遍又一遍，完全忽略旁边的沈晏清。一个在眼前的大活人还不如图像里的秦皎有吸引力，沈晏清觉得憋屈。好在程隐看了三遍觉得够了，终于收起手机。

车窗外雨下个不停，她抬指叩了叩玻璃："不知道要下到什么时候。"

"下一阵应该就停了。"沈晏清从烟盒里抽出根烟，打火点着。

程隐瞥他："你能不能少抽点。好歹命是我救回来的，不糟蹋你浑身难受？"

沈晏清顿了一下，"嗯"了声，随后拿下唇间的烟，拇指和食指搓了搓刚点着的烟尾，把火星子搓没了。程隐瞧见他被烫黑的手指，皱了皱眉。

外边下着雨，车内空间狭窄，有些闷，沈晏清打开车载音乐，稍低的音量缓缓淌着，算是消磨。他忽地问："你和容辛是怎么认识的？"

歪着头的程隐听他问起这个，眼尾朝向他："问这个干什么？"

她不愿意答。他停了停，说："容辛全都告诉我了，你和他怎样见面、怎样认识，又是怎样做了他的助理。"

"……你知道还问？"

没回答，沈晏清眉间沉沉，不带半分反问，是平静叙述的口吻："你的公寓门锁密码是他的生日。"

"是。"程隐坦然承认，态度自若得令他心口微微发闷。

"你以前记性不太好，秦皎的生日都记不住。"她房里桌上常年放着台历，包括爷爷奶奶的生日，全都要在日期上圈个红圈，不然一定会忘记。

"记着记着就记住了。"程隐道，"你的生日不也是念多了就记住了。"

沈晏清扯了扯嘴角，轻笑了声。以前她只记得他的生日，现如今多了个容辛，提起时也能平静拿来类比。不再问，他拿起纸袋里的保温杯，旋开瓶盖给她：“喝一点。”

热气腾腾，是出门时准备的牛奶。程隐不想喝。

“胃疼不是开玩笑的。”他硬塞给她。

程隐被迫接下，浅浅酌着，一边喝一边说：“我有按时吃药。”喝了半杯旋紧瓶盖，放下，对他道，“你没必要这样，又不是你造成的。”

他不答，问：“试药的时候怕不怕？”

“有什么好怕，又不会死人。”她笑，抬手捂了捂胃，“不过没办法，可能我这个人运气比较差，倒霉的概率比别人大一点。”

人活着不就是好坏参半，总有坎需要迈。很多时候觉得撑不过去了，等到过去之后再看，其实也就那样。当时的痛苦是真的，后来的云淡风轻也是真的。

程隐瞥见他沉沉的脸色，敛了些许笑意，说：“你别同情我，我不喜欢这样。”

沈晏清“嗯”了声，转头朝向左边，盯着车窗不看她。身侧的左手手指轻颤，到底还是拿起了先前搓灭搁在一旁的烟，重新点燃咬在唇间。

车窗开了条缝散烟气，外面清新的雨水味道溢进来，程隐调大音乐声量，一点一点大过雨声。

雨一直下到五点多，淅淅沥沥终于停了。

程隐和沈晏清下车，从后备厢拿出准备好的东西。地面湿泞，没有水泥的地方积了一个个小水坑，他们避着走，进了墓园，石阶长长，沿着上去转了好几个方向，来到一片墓碑间隔空旷的地方。

刚下过雨的地面微湿，程隐单膝跪下，膝盖落地的地方立刻印出一圈湿迹。黑白照里的那张脸和记忆里一模一样，程隐用袖子擦干净上面的水珠，垂眸默默摆放祭品。

沈晏清在墓碑前说了很多话，烧出来的香灰都在提前备好做容器的盒子里，他说完看程隐，程隐摇了摇头："我没什么想说的。"

天黑下来，大概是因为天气原因，墓园里没有什么人，除了入口处的守园人，静得可怕。

程隐和沈晏清沿着来时路往回走，石阶微滑，沈晏清伸手给她，她婉拒。下到一半时，有块地儿特别滑，她差点摔倒，沈晏清眼疾手快握住她的手，攥得紧紧的，后半段一直没松开。

在墓园里待了一个小时，天黑得早，加上天气原因，周围已是一片黑沉。下过雨路滑，沈晏清开得不快，沿山而下。

开了四十分钟左右，车忽然停下，引擎怎么都发动不了。玩手机解闷的程隐抬眸："怎么了？"

沈晏清说："我下去看看。"

绕到车前检查一通，他回到车上，眉头紧皱："车坏了。"

程隐问："那怎么办？"

他点开导航，他们所处之地前不着村后不着店，距离市里还有三个小时车程。他拿出手机给助理打电话，把定位发过去，让人开车来接。

只能等着，好在车里别的系统功能没问题，沈晏清把前后车灯打开，防止别的车辆看不清撞上来。晚上气温降低，他调大暖气，车窗关得严严实实。车内照明灯略暗，他把保温杯递给程隐："饿不饿？喝一点。"

程隐摇头："这个又不饱肚子，喝多了还得上厕所。"

他没有强塞。车里安静，过了一会儿，他蓦地开口："你还怨奶奶？"

程隐闻言侧目，看着他："我从来没有怨过。"她敛眸，说，"我倒是怕她怪我。"在墓前不说话不是心里梗着什么，是不知如何开口。

双臂环抱，她闭了闭眼，道："把我座位降低一点，我想睡会儿。"

沈晏清看了看她，倾身过去。她皱眉："干吗？"

他解了她的安全带，一只手穿过她膝窝下，另一只手伸到她腰后，把她抱到自己腿上侧坐。程隐手撑了撑他的腿："这儿坐着没有更舒服。”

沈晏清揽过她的脖颈，揽她进怀里，让她的头靠在他胸前：“睡吧，暖和，等车来了我叫你。”

她皱眉：“我不冷……”就算冷，把暖气开大一点就好了。

他抬手抚她发顶，声音轻轻：“别想那么多。以前也好以后也罢，今天就当是个特例。”

程隐想动，本想拒绝，在他轻拍背的动作下，犹豫着，到底还是没动，一点一点放松下来。

沈晏清说让她睡，却不安静。

“记不记得以前，你总是喜欢让我在大街上背你。”

一起出门，走路走到一半，她老是借口说累非要他背。他不肯，她就蹲着不走，引得路过的人纷纷侧目。青涩年纪不如现在老到，每回他都因为她被人看得害羞，然而她是真的刀枪不入脸皮厚得很，他沉着脸走开，不管走多远回头，她还是岿然蹲着耍赖。

他只能折返回去，斥她：“你是地痞还是无赖？！”

她闷着头不理，到最后总是他妥协。他无可奈何地蹲下，她就喜滋滋扑到他背上，变脸速度无人能及。

说好背一条街，到了她却不肯下去，死死趴在他背上讨价还价：“下个路口，再下个路口我就自己走！真的！”

然后一条街，又一条街，结果一路从头背到了尾。

……

“记得。”他胸腔微震，程隐听得笑了下，“好多次我差点以为你会当场刨个坑把我埋在那儿。”

沈晏清也笑，说：“我就应该把你埋在那儿。”

她鼻尖蹭了蹭，全是他身上熟悉的淡淡香味。每次在他背上，她轻嗅他的脖颈，他都会沉沉说一句别动。然后，她稍稍克制一些，却还是忍不住欣喜，晃荡着腿被他背着从街头走到街尾。

“其实我很讨厌走路。”程隐闭上眼，“你喜欢走路，我只能跟着。”

走多了，找到了新乐趣，渐渐觉得也没那么讨厌了。他被气红的脸，还有走出去好远又倒回来时脸上的纠结，甚至站在她面前问她要不要脸皱着眉的表情，每一样都生动得让她心里像开了花。

沈晏清拍在她后背轻哄的节奏乱了几秒，又重新接上。

程隐睁开眼，说："我想听曲儿。"

"想听什么？"

"《牡丹亭》，《皂罗袍》那一出。"

"车上没有。"

她说："你唱。"

沈晏清默了默，起了个调。才一开口，程隐就笑了，赶紧让他停下："算了算了，不为难你了。你这嗓子真是倒得彻底。"

他"嗯"了声："太久没练过，差不多都忘了。再加上抽烟坏嗓，不比以前年纪小的时候。"

"说得好像你以前唱得比我好一样。"她吐槽。

他轻扯嘴角，摸了摸她的头发："是，我哪有程老板唱得好。"

"别。"程隐赶紧把话堵回去，"我可当不起这一声。"

"老板"是梨园里的称呼，他们撑死了只能算是业余的。

周围一片漆黑，只有路旁伫立的白色路灯默默亮着，不知什么时候又飘起了雨，澄黄路灯下照出细斜一片，好像和一切隔绝。别的什么都没有，没有值得忧心的、没有值得烦恼的，只有潺潺如流水般安和的当下。

程隐在沈晏清怀里动了动，换了个舒服的姿势，而后清清嗓，哼唱起《皂罗袍》那一出，她也太久没唱了，有些调掐不上去，零零碎碎不成样子。

唱过"良辰美景奈何天"，唱到"雨丝风片，烟波画船"，唱不下去了。

沈晏清静静听着，问："怎么停了？"

"不想唱了。"她说。下一句"锦屏人忒看得这韶光贱"凝在喉咙里，不想往下唱。

沈晏清抿了抿唇，收紧搂在她腰上的手，说："不唱就睡吧。"

程隐"嗯"了声，把脸埋在他怀里。两人都不再说话，静谧得仿佛能听到车窗外淅沥的雨声。许久。她抬手抱住他的腰，叫他："沈晏清。"

"嗯？"

她声音闷闷从他怀中传来："我已经学会游泳了。"

一字一字像锐利尖刺，扎得他心头微颤。他抿紧唇，俯首在她发顶印下一个吻，闭上发烫的眼："……嗯。"

5

在路上等了三个小时又四十分钟，沈晏清的助理来了，前面一辆车，后面跟着一辆拖车。沈晏清叫醒睡着的程隐，换了辆座驾，平稳回程。

助理坐副驾驶座，沈晏清和程隐坐在后面，程隐靠着车垫慢慢又睡了过去。沈晏清看她头不时一点一点的，把她揽到怀里。半梦半醒间，她下意识换姿势，最后枕着他的肩，整个人蜷在他怀里。他脱了外套罩在她身上，全程未动一下，连胳膊也没抬分毫。

天快亮的时候到了程隐公寓楼下，沈晏清送她上去，看着她进房间躺下睡好才走。他下楼，在电梯前站了很久，被她枕了几个小时的手臂发麻，肩头都是她的香味。

孙巧巧的前夫二审起诉，法庭维持原判，判决他将财产分割一半给孙巧巧，事情至此尘埃落定。守得云开见月明，孙巧巧出了法庭当场大哭，事后打电话给程隐，邀程隐和沈晏清去她那儿吃饭，对他们这段时间给予的帮助表示感谢。

自从小杨钢养父意外去世后，孙巧巧就在四处找房子打算搬离之前住的那个地方，然而不是环境糟糕就是租金偏高，始终没找到合适的。也是赶巧，恰好厂里的职工宿舍空出来一间，她工作认真上进，考虑到她的条件，便优先分给了她。

周末，程隐和沈晏清带着小杨钢去了孙巧巧住的宿舍，一间一居室，虽然不大，但胜在干净整洁，收拾得舒适温馨。小杨钢之前已经来过一次，这回很乖巧地端着小板凳和塑料椅子，坐在电视机前边看动画片边写作业。程隐叮嘱了一句别离得太近，就去厨房帮孙巧巧做饭。

孙巧巧说没有让客人动手的道理，却架不住程隐的坚持。

沈晏清跟在后头进来，看了几秒，直接从程隐手里拿过蔬菜，自己动手替她忙。程隐被挤到一旁，两手湿漉，莫名问道："你干吗？"

他手里搓着丝瓜，瞥她："你这是给丝瓜做按摩？"

"……"她只好甩干水，站在一旁看。

沈晏清的动作虽然不太熟练，一看就不是经常下厨房的人，但有条有理，菜洗得细致干净。程隐看了一会儿，被他赶到客厅去休息。

陪小杨钢看了会儿电视，没多久忽地听到"啪"的一声，厨房里传来孙巧巧的惊呼。程隐忙不迭起身进去，一看，饭煮到一半，水管忽然爆了。沈晏清避开得及时，但上身衣服还是湿了，湿漉漉地贴在身上。

孙巧巧赶忙拿废抹布团塞住了喷水的地方，打电话让物业来修，见沈晏清一身狼狈，她不停道歉，翻出没用过的毛巾给他擦。

程隐问沈晏清："要不要回去……"

他看了看上了半桌的菜，全是孙巧巧的一番好意，于是摇头："不太湿，没事。"

毛巾捂着吸水，稍稍干了些，孙巧巧帮不上沈晏清什么忙，找出吹风机给程隐，收拾完厨房里的狼藉继续煮剩下的半桌菜。

程隐和沈晏清在唯一的一间房里，让他在靠背椅上坐好。开了冬天取暖的暖灯，热烘烘的黄色灯光照在他们身上，吹风机嗡响不停。程隐蹲在他面前，热风调到最大挡。一路向下，吹着吹着他忽然"嘶"了声，握着她的手把吹风机移开。

"干吗？"她被迫停顿，抬眸向上看他，不解。

沈晏清吃痛眉间皱了一下，低眸略有些无奈。

程隐顿了顿，反应过来，抬手猛地又砸了一下。

沈晏清闷哼了一声，握住她的手，不让她走。她瞪他：“你怎么走到哪儿都……”

沈晏清也冤枉，这种情况，是个人都会有反应。

程隐不听他狡辩，抽回手把吹风机扔给他，让他自己处理。她出了房间，没多久沈晏清也出来，衣服半干未干，勉强穿着。

一顿饭吃得还算融洽，饭毕回到程隐公寓，沈晏清身上的衣服彻底干透了，他在客厅里教小杨钢做作业。有他看着小孩，程隐睡了个午觉，傍晚起来一看，一大一小两个还在茶几前。喝牛奶的时候注意到沈晏清脸色似乎不太好，她皱了皱眉：“你没事吧？”

他说没事，拧了拧眉心，问：“晚上想吃什么？”

她还没答，手机响了，是容辛的电话。通话完，程隐抿了下唇回答沈晏清先前的问题：“晚上我有事。”

“去见容辛？”

“嗯。之前就和大哥说好的，一直忘了。”

沈晏清没说话。程隐也不多言，回房一会儿，出来时换了套衣服。

沈晏清瞧着，心里不是滋味，没话找话：“杨钢怎么办？”

程隐早就想好了，一边理头发一边说：“送他去秦皎那儿，我给秦皎打了电话。”

沈晏清睇着她，视线从她脸上到身上，心里不痛快得很，忍不住抿唇——见就见，打扮什么。

程隐没察觉他的心思，坐他的车把小杨钢送到秦皎那儿，就地让他回去，自己拦的士去了容辛的公寓。

容辛的厨艺很好，在国外的五年，他时常为她下厨。程隐给他做助手之前，他做西式餐点比较多，程隐不挑食，但更偏好中餐这一口，后来他便学了些手艺。

他找程隐其实没什么事，只是有些日子没有一起吃饭，刚回来的时候说好要给她弄好吃的，当下闲了便兑现。晚上煮的都是清淡的菜式，照顾她的胃。另外还烤了一只鹅，鹅是照西式料理做法烤的，鹅肚里塞满了裹着浓稠酱汁的甜果子。

整个公寓都飘着香味，容辛的公寓是暖黄色调，哪怕不开暖气只是亮起灯，澄澄一片就教人觉得心里热融融的，和他这个人一样。

程隐光着脚窝在沙发上，他脱了烘焙手套，冲了杯热奶端来给她喝："没休息好？"

她的脸色有些疲惫，说："还好，就是事情比较多。"

容辛让她注意睡眠，在她旁边坐下，问："你和沈晏清一起去扫墓了？"

程隐说是。

"怎么样，聊得还好吗？"

蓦地想到车坏了停在路上的那几个小时，她眸光闪了闪，敛下神情，捧着杯子说："就那样吧，没聊什么。"

容辛没追问，看着电视，忽地说："你觉得这里灯光颜色如何？"

程隐抬头瞧了一眼："挺好。"

他笑说："记不记得你刚来的时候，有段时间晚上一直睡不好觉，别人要黑，你要亮，灯越亮越好。"话里的刚来当然不是指这儿，而是他在国外常居的住所，程隐在那儿也住了五年。

她说记得。容辛道："我把所有灯换了一遍，后来你入睡正常，又嫌灯光太亮刺眼，我只能又让人来把灯拆了重装。"

程隐弯了弯唇，侧着额头在他手臂上蹭了蹭："我是个麻烦精。"

容辛抬手拍拍她的脑袋，叹着气笑："是哦，你可麻烦了。"

聊了几句，程隐坐端正，把牛奶喝完。容辛起身去厨房看晚餐如何了，出来时见她懒懒歪在沙发上，想起另一件事："祛疤药还在用吗？"

程隐闻声回头，说："用完了。"

"再准备一点？"

"不用了。"她说，"疤早就消得差不多了，现在几乎看不到，而且就那么一小块。"

容辛问："找医生来看看？"

程隐凝了凝眸，视线回到电视上，摇头说：“不用了，反正还不是那样。”

见她如此态度，容辛没有坚持。鹅快烤好，香气越发诱人，两人并肩坐在沙发上看节目，静等着烤炉响。程隐搁在茶几上的手机忽然振动响起铃声，她垂眸一看，来电显示是“段则轩”三个字。想到上次他打来说沈晏清脚受伤的事，程隐顿了顿，而后才摁下接通：“什么事？”

开门见山直接问，她的语气还算正常。之前秦皎因为他前女友遭罪，她确实迁怒了他一回，后来事情马马虎虎勉强解决，如今他是支持秦皎事业的大股东，她对他的态度稍微回暖了一些。

段则轩带来的依旧不是什么好消息，他说：“沈晏清病了。”

“病？”

“对，发高烧。”

程隐顿了顿：“我不是医生，你打给我干什么？”

“他不肯吃药。”段则轩无奈道，“我拿他没办法，你来看看。”

程隐还没说话，他道：“就这样，我告诉你一声，该怎么办你们自己解决。”说完立刻挂了，耳边响起嘟嘟忙音。

容辛就坐在她旁边，自然听到了段则轩的话：“沈晏清病了？”

程隐“嗯”了声，四下安静，只有电视节目的声音。她坐着不动，没一会儿忽然站起身。

容辛握住她的手腕：“不要去。”

程隐垂眸看坐着的他，他说：“你是来陪我吃饭的，你记得吗？”

她喉间动了动，许久没说话。好半晌，她才“嗯”了声：“我……去厕所。”说完匆匆往洗手间走。

容辛脸色平静，默然看着她的背影被门隔绝。

烤炉里传出烤鹅的香味，还有裹着酱汁的果子的味道，甜腻甜腻，沁满了整个室内。

第七章

只愿她平安喜乐

1

公寓里很安静，段则轩抽完一根烟，把烟尾掐灭在烟灰缸里，无奈道："你记得吃药，别折腾了。别真的折腾出问题来。"

沈晏清躺在床上，只说："你有事就去吧，我有问题会打我助理电话。"

段则轩还有应酬，不能在这儿陪沈晏清太久——上回也是他在这儿，总掺和别人的事，显得他很闲似的。他叹了声气，留下一句"好好休息"，就离开了沈晏清的住所。

这里隔音效果很好，在房里听不到外面大门关上的声音。沈晏清静静躺在床上，身上一阵阵发热，白天在孙巧巧家洗菜时水管爆裂，淋了半身水，大概是因为那个受凉冻着了。

盯着天花板看了一会儿，静得发慌，耳边甚至出现嗡嗡轻鸣声，他闭上眼休息，不知过了多久，昏昏沉沉就快要睡着的时候，门铃响了，一阵一阵地响。

沈晏清缓缓睁开眼睛，身体不适大脑有些迟钝，愣怔了很久才反应过来，撑着起身，趿着拖鞋去玄关处。程隐知道他公寓的密码，应当不……透过猫眼一看，外面的人的的确确是她。

门打开，程隐站在外头，沉着眼朝他看来，两只手各提了一袋东西。

程隐是从容辛那儿来的，半路上去老字号粥铺买了粥，外加一份汤。

她没说话，凝视着沈晏清的脸色，白得不同寻常，病恹恹的模样，和以往的健朗是两个极端。他穿着睡衣就出来了，脚下趿着一双拖鞋，没穿袜子。

有几秒安静，彼此对视，谁都没说话。沈晏清忽地虚弱笑开，嘴角扯出心满意足的弧度，倾身低头，将额头压在她肩膀上。隔着衣服，程隐都能感受到那股灼热烫意，烫得吓人。

“你来了。”他闭了闭眼，呼吸和体温一样烫，拂过她脖颈，热得让人发颤。

程隐站着不动，两手拎着东西像木桩一样戳着，任他靠在她肩头。她说：“你怎么不病死算了。”

沈晏清有气无力地笑了下，说：“嗯，快了。”他抬手抱住她，一点一点将她抱紧，像个巨大的火炉把她箍住，一丝一毫逃离的机会也不肯让她有。他叹着气说：“你再不来，我真的要死了。”

程隐让他抱，还是不动，问：“为什么不吃药？”

他声音轻飘飘虚弱无力：“吃了药，你还会来吗？”

“不一定会来，但是你死了我一定会来。”

他对她的恶狠狠不以为意，闭着眼埋头在她肩胛，连眼皮都是烫的：“可是你现在来了。”

程隐有点生气：“沈晏清，你越活越回去了。这种蠢事也做。”

先前零零散散的精神又聚回来，他笑：“我倒是想活回去。”

说多了也是气，来都来了，程隐懒得跟他再废话，挣了挣让他放开自己：“进去，在门口站什么，还嫌风吹得不够多。”

他不肯松手：“再抱一下。”

程隐皱眉，不想惯他这臭脾气，又挣了挣，然而才动了一下，他脚下晃悠站都快站不稳，要不是把力气都压在她身上，差点就要摔倒。她扶住他，马上不敢动。

在门口耗了一会儿，沈晏清终于消停。进了客厅，程隐把手里东西放在茶几上，回头一看，他站在她身后："还站在这儿干吗？回去睡觉。"

他摇头："我想在这儿。"

眼睛都快睁不开了。程隐皱眉，白了他一眼："我就看你烧成傻子要怎么办。"说是这么说，她还是只能强行把他摁在沙发上，让他靠好。

程隐翻出家用医药箱，找出退烧药，倒了杯温水让他吃药。他头歪靠着沙发，动都不动。她没办法，只能把他揽到怀里，托着他的下巴喂他。好不容易喂他把药吃了，他往她怀里蹭。

"苦。"他说。

"你又不怕苦。"

"现在怕了。"

"……"程隐把他往沙发上一扔，"那你就苦着吧。"

她把药箱放回原位，杯子洗干净倒扣在铁架上，回到客厅时，他还是强撑着不闭眼。程隐不悦："你到底要干什么？"

他说："不想睡。"

"你可以再作一点。"

他不说话，朝她伸手。她站了半晌，不理他，走过去在沙发上坐下。

沈晏清看了她一会儿，忽然站起身。程隐抬眸："你不是说不想睡？"

他"嗯"了声，没答话，进了卧室不知去干什么，没多久又出来。一走出来，程隐就知道他要干什么了。他抱着被子和枕头，往沙发上一放，还有一根不知打哪儿来的粗布绳。他拿起她的手，在她腕上系了个结，绳子的另一端缠在自己手上，绑起来，而后才躺下，盖上被子。

意思大概是要睡。

程隐愣了几秒，抬手："我来看你死了没，你就是这样对我的？"

他闭上眼，说："别走。"

“你这是圈禁犯人？”

他没睁眼，手伸过来，轻轻扯住她几根指头，声音迷糊低下来：“你走了怎么办……”

没再往下说，程隐觉得他真的病得不轻。她晃了晃手，腕上系着的布绳不紧，随便一解就能打开。能开，但是没开。

程隐靠着沙发，静谧之下慢慢也睡了过去。再睁眼是被热醒的，沈晏清把她圈在怀里，两个人侧着身子面对面躺在沙发上，她居里侧，他在外侧。他的手臂紧紧环住她，没给她半点动弹的空间，不知道什么时候两人睡成了这样。

程隐醒了，沈晏清也醒了，两个人坐起身，一看时间，睡了一个小时多一点点。她缓了缓，侧目瞥他一眼，抬手探他的额头：“还烧不烧？”

他顿了一下，把额头完全抵到她掌心里。还是烧，但药起了作用，好歹没那么烫了。

程隐起身，把拎来的粥和汤热了一遍，端来给他吃。他默默吃着，她惦记小杨钢，不知道人在秦皎那儿乖不乖，打了个电话过去。

说了两句秦皎便把手机给了小杨钢，那头听到秦皎似是要去客厅做什么，和小杨钢说让他打完电话把手机拿出去，程隐开了免提。

小杨钢问：“姐姐你在哪儿？”

她说：“我在沈叔叔这里。”

喝汤的沈晏清抬头，插了句嘴：“是哥哥。”

小杨钢听到他的声音，提高声音叫了一句：“哥哥！你在干什么？”

沈晏清放下汤匙，往程隐身边凑近，回答电话那一头：“哥哥不舒服，生病了。”

“生病？”小杨钢的声音略带疑惑，“生什么病了？”

“发烧，很难受的病。”

听沈晏清这么说，小杨钢顿了顿，而后宽慰：“我以前也生过病，难受的时候呼呼一下就好了。”

沈晏清忍不住笑起来：“好啊，你给我呼呼。”

“我们隔得这么远……”小杨钢别扭了一下，又说，“程姐姐帮我给哥哥呼一下，很快就会好了！”

程隐拿着手机一直默默听他们你一句我一句，听到这话，斜了眼沈晏清。他倒是笑得欢，觍着脸把额头凑到她面前。程隐推他的脸，把他推回沙发扶手上。

“好了。”程隐对电话那头道，“你写完作业洗澡，乖乖睡觉，把手机给秦姐姐。”

小杨钢还是坚持：“姐姐你呼了吗？哥哥有没有好一点？”

又不是神仙。程隐无言，只好骗他：“呼过了，他好得很。”

小杨钢扬声叫了两句沈晏清，后者立马从沙发起来。

“哥哥你好一点了吗？”电话那端问。

迎着程隐斜他的视线，沈晏清说：“好了。”话音落下，下一秒，他猝不及防轻轻在她唇上啄了一下。

程隐一顿，沈晏清噙着笑意，对电话那边道：“你程姐姐给我呼过了，去睡吧，乖。”

2

小杨钢和程隐、沈晏清两人通完电话，乖巧地捧着手机还给秦皎。秦皎顺手摸了把他的头，把倒好的热牛奶递给他，让他去客厅里喝。门铃突然响起，在浴室梳洗的秦皎洗好脸，快步到玄关处一看，外面的人是段则轩。

段则轩带了几份文件来给她，进门往客厅去，两人在沙发上说话。秦皎边翻阅边和他聊：“有事段先生为什么不白天谈？大晚上跑一趟。”

“正好顺路就过来了。”段则轩道，想起耳闻的一些事情，问她，“你工作上是不是遇到了什么问题？”

她头也没抬：“没什么问题，都是一些常见的小事。”

“有什么麻烦的可以找我，好歹也有我的一份。”

秦皎应了声，但明显含糊，没把他的话放在心上。她专注瞧着文件，段则轩则盯着她看。说来挺让他挫败，虽然她接受了他入股，但她一个人包揽了所有事情，根本不联系他。

一旁喝完牛奶的小杨钢坐在茶几前在本子上涂画，段则轩瞧见，问秦皎："这孩子就是程隐和沈晏清照顾的那个？"

秦皎说是。

段则轩来了兴趣，逗小杨钢："你叫什么名字？"

小杨钢抬头，说："我叫杨钢，叔叔好。"

"不错，挺爷们的名字。"段则轩点点头，看了看他的画，"你在画什么？"

"程姐姐和沈哥哥。"小杨钢指着另一张单独的说，"这一张是秦姐姐。"

段则轩一顿，琢磨着不对劲："哎，你怎么喊他们哥哥姐姐，喊我叔叔？"

小杨钢看着他，没说话。秦皎正好翻完文件，打断他们没有营养的对话："好了，牛奶喝完你该去睡觉了。"又对段则轩说，"时间不早，段先生回吧。"而后不同段则轩客气，牵着小杨钢送他回房间睡觉，让段则轩自便，自行离去。

段则轩看他们往里走，叹了口气。忙了大半天，大晚上跑到这儿来送上门给人嫌弃，他真是没救了。

沈晏清生病的第二天，容辛那边给程隐传来消息，说舒家的事有了眉目。前一晚照顾沈晏清，程隐在他公寓待了一夜，睡的沙发，天亮回自己住所还没顾上怎么休息，一接到容辛的电话，立刻赶去。

关于舒家洗钱的事，容辛这边掌握了他们在国外运作的一些途径和人员名单，但账目以及更深层次的证据暂时没有。调查方向换到国内有一段时间了，这回终于发现了在这边负责替舒家暗地里操作的人的踪迹。

一秒钟时间都不耽搁，程隐和容辛当即出发，怕打草惊蛇，只敢暂时先去那人所在城市的邻市等待消息。程隐走得急，只在上容辛的直升机之前，给沈晏清打了个电话，让他照顾几天小杨钢。沈晏清追问她去哪儿，她只说有事要出去几天，没多言。

到了以后先到酒店下榻，公寓式的大套间，有三个客厅和数个卧室，程隐一进屋就在最里面的沙发坐下，看着窗外凝神。容辛让她吃点东西，她没胃口，吃不下。

如果这次能顺利找到那个人，就能顺藤摸出很多瓜来，将线索证据整合一下提交检方，舒家再无可逃机会，也没了缓冲时间，她一直梗在心里对秦皎和秦皎爸爸的歉意，就能稍稍减轻一些。

可在结果来临之前，等待是最无力且最煎熬的。

容辛陪着她在沙发上坐着，端起咖啡喝了一口，和她聊了很多别的话题转移她的注意力，免得她胡思乱想。说着说着提起沈晏清，他问："昨天你去看沈先生，他的病怎么样了？"

程隐抬了抬眸，说："就那样。"

昨天她到底还是去了，晚餐匆匆吃了几口，他特意烤的鹅也没有动。

容辛说："你知道我为什么没有拦你吗？"

程隐看他。他道："就像回来之前我说过的那样，趁还能做的时候，想做的事就要去做，免得以后后悔。你想做什么，我都没意见。"

程隐默了默，说："我没有想什么，我只想让舒哲尝尝报应的滋味。"

容辛睇她："你不想什么，是因为在意伤的事？如果伤能治好……"

她打断："没有什么如果不如果。我知道我的伤治不好，医生说得很明白。"她抬手摸了摸腹部，很快移开。

提到这个，容辛情绪有些低沉，抿了抿唇："要不是为了我……"

"意外谁能料得到？要是料得到，那一天我们也不会出门。"程隐笑了下，扯动嘴角，"生不了孩子就生不了孩子吧，也没什么。听场音乐会也能遇上麻烦，说到底是我自己运气不好。"

腹部的伤口愈合，外部没有一丝疤痕，留下的创伤却是永久性的。

容辛没说话，不再提这个话题。见她脸色实在不好，他道："你先去睡一会儿，有确切消息了我立刻叫你。"

困意上涌，程隐没再拒绝，起身去了卧室。

傍晚时分，天色黑下来，程隐睡到自然醒，睁眼对着灯光滞怔许久，清醒后第一件事就是去找容辛。容辛在小厨房里做了吃的，听她追问进展，如实相告：“还没有消息。”

她脸色明显失落起来。

“别急，一定会有结果的。”容辛安慰她，转移她的注意力，把煮好的晚餐交给她，“帮我端到桌上。”

两人在桌边坐下，容辛让她先安心进食，已经到了这一步，心急也急不出结果。程隐无法，只好敛起情绪，专心吃东西。两人有一搭没一搭说着话，吃到一半，房间门铃忽然响了。

程隐当即扔下餐具，容辛按住她：“我去看看。”

程隐跟在他后面起身，他到门前，透过猫眼往外瞧了瞧，却没开门。以为有什么问题，她小声问：“怎么了？”容辛回头看了她一眼，表情微沉，摇头：“没什么。”而后打开房门。

门外站着的人是沈晏清。

沈晏清大剌剌进来，反手把门一关，一副不速之客的做派，却全无不速之客的自觉。

容辛脸色沉了沉，道：“沈先生盯我盯得真紧。”能找到这里，说明他必定是派了人看着。

沈晏清道：“容先生说笑了。我只是有事来出差，刚好住这儿，碰巧又得知容先生也在，过来拜访一下。”

微愣的程隐回过神来，问：“你怎么在这里？”

沈晏清还是刚才的说辞：“出差。”

她怎么可能会信？

沈晏清不在意他们信不信，换了个话题：“屋里闻起来挺香，吃饭？我来得真巧，在容先生这儿讨口饭吃，容先生应该不会不许？”

容辛已经从初初不悦中恢复正常，神色平静，淡淡笑了下：“当然不会。”

沈晏清毫不客气地往里走，程隐没跟他一起进去，拉着容辛到一边角落，用只有两个人能听到的音量说：“沈晏清也来了，事情会不会……”他目标这么大，万一被舒家察觉……

容辛说：“这个无碍，查的人很小心，没人会联想到我这边。”

程隐这才稍稍放心。于是三个人在桌边落座，容辛很沉得住气，把煮的东西盛了一份给沈晏清，完全当他是个普通客人。沈晏清更是一点都不见外，吃得斯文。

之前也不是没有三个人碰过面，但这回程隐莫名觉得有些尴尬。两个男人间更是无声涌动着暗流。恰时，容辛的手机响了，打破了沉闷气氛。起身前，他递了个眼神给程隐，程隐立刻看懂——有消息了。

这里隔音效果很好，容辛去了外间，一点声音都听不到。程隐没了吃东西的心思，坐立不安，直到容辛扬声叫她，她立刻把餐具放下，快步过去。

怀抱着期望，但很可惜，容辛拧着眉跟她说的是：“行迹断了，那人似乎是察觉到什么，傍晚的时候我们的人扑了空，跟丢了。”

霎时，她的一颗心像掉进了冰窖，冻硬以后沉入更冷的水下。难道真的拿舒家没办法？

眼见就要成功的事，突然又迎头给了个不好的结果。秦皎受的难，还有她爸爸一条活生生的人命，就只能是他们一家的悲剧吗？

容辛见她脸色唰地难看至极，担心她心里过不去，伸手想要握握她的肩：“阿隐，你……”

还没触碰到，程隐忽地抬手，“啪”的一声狠狠扇了自己一巴掌，一个鲜红的五指印立刻浮起。

“你干什么？！”容辛着急地捉住她的手腕。

她并没有下一步动作，疲惫的眼里夹杂着自责，轻轻挣开他的手：“对不起。”说完提步朝外走，“我好累，我去休息一会儿。”

程隐没有告诉沈晏清，她和容辛来这座城市的目的。沈晏清没问，吃完晚饭愣是在他们房间里待到半夜一点钟——非常不礼貌的行为，然而他却似无知无觉，将粗莽进行到底，直到容辛穿着睡袍坐在他对面含笑看了几近半个小时，他才不得已离开。

因为满怀期望而来却得到了糟糕结果，程隐一夜睡得不太安稳，梦里都是纷纷扰扰。天刚擦亮，六点还没到，又被突然跑来的沈晏清吵醒。大清早，他一下一下摁门铃，就快要把门戳出个窟窿。容辛开的门，一张温和俊脸难得凝着煞气。

“早。”沈晏清提着满满两袋早餐来的，“容先生应该还没吃早饭？我特意让人去买的，都是本地最有特色的老字号早餐店，味道非常正宗。不用谢。”

他就这么拎着早餐光明正大地进门，在看到左边一间开着的卧室里，床铺有睡过的痕迹，而程隐打开另一扇紧闭的门从里探出头来，他的脸色才蓦地缓和了几分。

程隐干脆也不睡了，三人坐在桌边吃早点。九点不到，容辛忽然接到电话，要返程，不仅是回程隐常居的城市，还要回国外一趟。

“这么急？”程隐略诧异。

容辛说是：“外公那边出了点事。”

程隐没多问，和他一起相处了五年，她对他家里的事情其实不太了解。人丁兴旺又是扎根国外的大家族，想想比沈家还麻烦。

容辛和她一起来的，当然也一起走。事情没能完满，这座陌生城市也没了留的必要，正好回去帮秦皎忙新公司的事。然而才刚和容辛讲好，程隐一出去就被沈晏清拦下，被他拉进了厕所。

“你干吗？”

他锁上门，盯着她说：“这附近有一个我们公司前年做的项目，原生态村落，民宿条件很好。”

“所以？”

“一起去。”

程隐想也没想就拒绝：“没空，你自己去。”说着就要推开他，开门出去。

沈晏清扯过她的手腕，把她扯回原位，自己靠着门亦是一动不动。程隐没了耐心，拧眉瞪着他。没等她开口，他道：“你刚回来的时候提的那件事，还记得吗？你说我们结婚的事作罢。”他顿了顿，“我同意了。但是好歹在一起过，当初你说要嫁给我，全家人在一起吃了个饭。五年时间不长也不短，开头过了场面，结尾也该过个场面。”

他凝视着她，眉间沉郁，脸色是前所未有的郑重认真：“去民宿住两天，就当正式分手，以后没有结婚这回事。”

3

沈晏清话音落下之后，气氛僵滞了几秒。程隐没有立刻回答，喉间卡着什么，想说话一时却又说不出口。周围闷闷的，静得仿佛能清晰听到自己的呼吸声，合着心跳节拍，一下一下鼓噪。

沈晏清沉沉看着她，无言间没有移开目光。程隐缓了缓脸色：“我没空跟你玩这些无聊的把戏浪费时间。分手旅行，赶时髦吗？你爱找谁找谁。”

她垂眸提步要出去，沈晏清没让开，平淡一句话就让她止步：“你是不想，还是不敢？”

程隐迎上他的视线，眼里沉沉。又静默几秒之后，她不悦反驳：“谁不敢。”

沈晏清轻扯嘴角笑了一下，似是就在等她这句话：“好，那我当你答应了。”随后让开，一拧门把，让她出去。

来时没带什么东西，容辛轻装简行立即要动身返程，谁知程隐突然跑来和他说，不跟他一起回去了。他明显怔了一瞬：“你不回去？”

“嗯。留下多待两天，以前没来过，在这儿随便逛逛。”

她的解释过于随便，说话时神情亦不对。以对她的了解，容辛看出来她不走必定有别的原因。他没有过多追问，只说：“你决定了那就留吧。记得随时和我联系，安全第一。”

容辛走了，程隐一个人待在大到过分的房里发呆。沈晏清说的话一直盘桓在她心里，在厕所的那番简短对话，虽说所谓“分手之旅”的事半谈定，但她不想现在就去。

没多久门铃响起，离开去处理正事的沈晏清回来了，程隐把门打开，没看他一眼就往回走。沈晏清不在意她的冷淡，跟在她身后进屋："中午吃什么？我让人给你做。"

程隐："看到你就没胃口。"

他笑了："是吗，那是我的罪过。"

程隐不想和他在房间里待着，坐了一会儿起身。

沈晏清问："去哪儿？"

"出去逛逛。"

沈晏清没多问，跟上她。之前说的民宿的事，他没追着提，静静跟她一起下楼。出了酒店大门，程隐要拦出租车，还没等她招手拦下，沈晏清开着车停在她面前。他降下车窗，不说话，就那么看了她半晌。

等了几分钟，不知是不是因为她面前有这辆车的缘故，始终没等到的士，程隐最后还是只能上了他的车。开到这座城市最有名的老街，程隐让他在路口停下："就在这儿放我下去，沈先生回吧，谢谢你送我。"

莫名别扭生硬的语气，让沈晏清扯了扯嘴角。程隐不管他，下了车从头沿着街一直往前逛。看见喜欢吃的东西，停下脚买一份尝尝。沈晏清跟在她身后，她假装不知道，忽视他的存在。

走到一家饰品店前，程隐被一堆亮闪闪的手工饰品吸引了目光，首饰很漂亮，做工别致不落俗套，她站在摊前看了半天，挑了两条颜色不同的项链，一蓝一绿。

她付完钱，才刚要走，猝不及防被一阵大力扑倒——伴随着一道响亮的瓷片摔碎声以及周围其他人惊呼的声音，她被沈晏清扑倒在地上。他压在她身上，手肘撑着地，以一种圈着她的保护姿势。

程隐愣愣地被他拉着站起来，他皱眉轻训："你背了壳出门吗，沉浸在自己的世界都不注意周围？"

楼上小跑下来一个人，摊子老板训斥了几声，赶紧拉着人过来和程隐道歉。楼上阳台放了花盆，刚刚老板的家人在楼上不小心碰到，花盆砸下来，要不是沈晏清推开程隐，她头上就要开花。

老板弯腰连连：“对不起对不起，这位客人，真的很对不住……”

沈晏清蹙眉：“弄伤人可不是开玩笑的事。”老板理亏，一句反驳的话也不敢说，不住道歉。

程隐见沈晏清的裤子弄脏了，问：“你没事吧？”他说没事。

老板很不好意思，手忙脚乱另外包了几样饰品要送给程隐，向沈晏清赔礼：“先生真的不好意思，差点弄伤你女朋友，是我们的不对，你们别介意……”

沈晏清没接，看程隐：“你要这个吗？”

程隐不想白拿别人的东西，摇头，对老板笑了下：“我没事。”她刚说完，下一秒就见沈晏清掏出钱递给老板，把东西收下。他塞到程隐手里：“行了，你继续往前走，长点眼睛别老是出神。”

程隐捏了捏纸袋的编织绳，看了他几秒：“沈晏清，走吧。”

“……去哪儿？”

“去哪儿？去你的民宿村。”程隐瞥他，而后默然敛下眉眼。

去住两天，回来之后，她和他之间没有结婚这件事。彻底了结，如他所愿。

下午，沈晏清的司机开车送他们去嘉晟集团开发的民宿村，就在这座城市周边两个小时车程的地方。两个人都坐后座，上车后程隐特意和沈晏清拉开了距离，紧靠着门。沈晏清看在眼里，没在意。

车开了没多久，沈晏清抬手拧了几次眉头，看着似是格外疲倦。程隐忍不住问：“你昨晚没睡？”

他“嗯”了声：“睡不着。”怎么可能睡得着？想到她和容辛待在一个房间里，他彻夜辗转根本没办法入眠。一合上眼睛，心里一片烦躁，灼灼烧得他万般难安。挨到五点多实在忍不住，于是让人去买了早点，以此为借口敲他们的门。

程隐从包里拿出一副眼罩给他，他接过一看，眼罩上印着卡通图案，他露出了些微抗拒表情。

“这是秦皎给我准备的，怕我有的时候睡觉睡不好，戴上能舒服一点。”她道。

沈晏清犹豫了一会儿，默默戴上。

一路无话，到后来程隐也睡着了。醒来一看，她和沈晏清的距离不知什么时候拉近，头碰头睡在一起，一个激灵马上清醒。

民宿村的环境很好，入目一片山清水秀，可以消遣的地方看着不少，只是没什么行人影踪，程隐看着窗外奇怪：“为什么人这么少？”

“这里的消费是会员制。”沈晏清说，“并不完全对外开放，所以清净。”

车开到两人住的地方，是栋两层的别墅，前后共有两个院子，种着树，栽着花，架了一架缠着花藤的秋千。别墅一层是客厅和厨房，二层有两间卧室，浴室占了一半面积，温泉水引到上头，有个鹅卵石砌成的池子。

在别墅里转了转，稍作休息，沈晏清带程隐出去逛，两人换上了更简便易行的运动鞋。逛着逛着，行至某条石头小道上，程隐的鞋带松开，不留神脚下一绊差点摔跤。沈晏清默然扶住她，待她站定，蹲下给她系鞋带。

程隐低头看他蹲在面前的身影，抿了抿唇：“都到这里了，还做这些干什么。”意指来这一趟的目的，他亲口说的，分手之旅。

沈晏清给她系好结，站起来：“回去之后，结婚的事情才算完，现在是分手之前，分手之前就是还没分手。这里也没有别人，拉开距离给谁看。”说着，牵起她的手拉她往前走。

程隐甩了甩，纹丝不动。他没回头，悠悠迈着步，声音淡淡：“牵着不会摔。”

一前一后这样拉着，走到离住处距离稍远的区域，有一片泥田，两人并肩。程隐没想到连田也有：“这是种什么的？”

沈晏清说：“莲藕田，可以下去体验收获的乐趣。要不要去？”

程隐看着那一田的泥泞，果断摇头。沈晏清笑了下：“看到这满田的吃的……时间也不早，晚上你煮饭？”就这一堆堆泥也能联想到吃的，程隐腹诽，嘴上说："你来准备食材。"

他开始脱外套脱鞋，面前就是食材，可不能浪费。

沈晏清把外套递给程隐让她拿，她接了，这一天抱怨格外多："乱七八糟的东西就给我。"

他说："重要的东西也可以给你，你要吗？"

"行啊，我想要你的命，你给吗？"

他一边拆领带一边笑："别说命，命根子给你也行。"程隐踢了他一脚。

沈晏清真的下了田，没多久，民宿村的工作人员赶过来给老板指导，还给程隐端了一把椅子让她休息。程隐坐在岸边看他在泥里来回走，蹚得两条腿都是泥泞，白衬衫袖子更是一早就脏了，骨节分明的手黑黝黝的失了本来面貌。就看那背朝天的样子，说他是坐在嘉晟顶层日理万机的沈大老板，怕是没人会信。

莲藕不是很好拔，折腾了将近一个多小时，天都快要黑了，沈晏清才拔下小半篓藕。他踩着泥上岸，脸上沁着汗，胸前衬衫湿了一片。他拿着根三截藕冲她挑眉："晚上吃藕？"

程隐撇嘴："你才吃藕。"

大丰收，满载着喜悦，两人沿路返回。沈晏清一身泥巴走在程隐旁边，程隐抱着他的衣服，帮他拎着鞋。他一进门，踩得门前的红色大鞋毯上登时印出两个泥脚印。程隐啧了声，瞪他，眉头倒竖起来。

"我先去冲个澡。菜都送来了，你进厨房吧。"他也是个爱干净的人，在泥浆里打滚这么久，还淌着一身泥走了半天，早就到了极限。难得和她单独相处，在这样一个仿佛与世隔绝的地方，没有外人打扰。拔完藕之后手臂酸涩，但心里却是松快平和的。乐从心起，沈晏清走之前抬手在她脸上印了个泥巴印，气得程隐叫了一声。

程隐找到菜，在厨房里先洗了把脸才开始洗食材，准备好要切菜的时候，身后传来脚步声。

"晚饭准备得怎么样了？"

听到沈晏清的问话，程隐回头："我……"只一眼，就被吓了一跳，话登时转了个弯，“你干吗不穿衣服？！”

他头发微湿，光着上身，下边就只有一条白色的浴巾，随意围在腰上。腹上紧实的肌肉和腹下清晰的人鱼线，还氤氲着水汽。

4

沈晏清对她的反应不以为然：“洗澡为什么要穿衣服？”

明明已经洗完澡，却还能把话说得理直气壮，程隐奈何不了他：“你出去，别在厨房碍眼。”

“不要我帮忙？”

她道：“你离我远一点就是最好的帮忙。”

沈晏清笑着揉了揉湿发，没多说，转身出去。

程隐在厨房做饭的时间，沈晏清的助理来了，带来了一筐新鲜的蔬菜和水果，全是村里蔬果棚子里现摘的。听到声音，程隐出来看了看。沈晏清随手从筐里拿起一个香瓜递到程隐面前：“尝尝？”

程隐别开头：“没洗也怼人脸上。”他立马挪开，掂在手里把玩。

助理没什么事，东西送到，和沈晏清说了两句话，不多时就走了。他一边走出别墅大门，一边感慨良多。

他跟在沈晏清身边很多年了，从来没有见过沈晏清像这个样子。除了公事，沈晏清的私事很多也是他处理的，跟着的时间越长，越是知道这个人看着不显，实际上有多薄情，又有多难以接近。

记得曾有一回，他陪沈晏清出席朋友间的聚会，地点在某家会所的包厢里。沈晏清去露了个面稍坐了坐，和几个认识的人碰杯喝了点酒没多久就要走。

当时没走成，被强留下多待了一会儿，有个不会看眼色的女人便起了心思，大着胆子凑上去，端着酒娇滴滴地凑到沈晏清旁边，一身丰乳肥臀晃荡着往沈晏清胳膊上挨挨挤挤，端酒送到沈晏清嘴边。先喝酒，喝完酒再干什么，大家心里都清楚。

沈晏清没有半点怜香惜玉的做派，周身气压一下就低了，把酒倒在桌上，杯子倒扣立在那儿，推开旁边的女人，手里的烟掐在朝天的杯底上，任凭先前一堆人费口舌说了多久，也再不肯待下去。临走前，沈晏清递了想扒上来的女人一个沉而冷的眼神，吓得她脸刷白当即瑟瑟起来。

出了会所的门，沈晏清就把外套脱下扔给了他，他还没说话，就听到沈晏清不爽地说了两个字："烧了。"

从那以后，一圈朋友，类似这样的聚会很少再找沈晏清去，即使沈晏清去了，也没人敢往这位大爷身边凑。不仅是私下，这种情况在生意场上也不少，想要讨好沈晏清的人很多，大多都将马屁拍到了马腿上。

还有一回谈合作，正式上谈判桌之前约在射击俱乐部消遣，对方负责人闲谈到后来，聊起男女关系，夸夸其谈自命风流，说什么女人不过是随便就能换的衣服，东拉西扯大放厥词。

沈晏清没回话，十发子弹，五发打在自己的靶上，而后握着枪方向一移，剩下五发"砰砰"一连将对方靶子上红心旁打出了一圈洞。

枪口冒着烟，沈晏清的眼神泛着另一种极端的冷，对方负责人被吓傻，仿佛那几枪不是打在靶子上，而是打在他身上。沈晏清淡淡瞥了那人一眼，把枪一撂，扔下对方扬长而去——之后的合作，自然是换了人谈。

这样脾气古怪的时候很多，作为跟在沈晏清身边的助理，他有的时候也会想去猜测沈晏清的想法，但不论怎么琢磨，还是弄不太明白。

要说在寻欢场不寻欢是对女人没兴趣，但听那个愚蠢的负责人大放厥词把女人贬得一文不值，沈晏清又显得很阴沉骇人，可要说尊重女人或是别的什么……他又是亲眼看过沈晏清如何对待舒窈的。

舒窈作为舒家大小姐，实打实的名媛，还是个粉丝众多正当红的大明星，沈晏清对她的态度，实在冷淡到令人发指。要说冷淡也罢了，不仅冷淡，还特别出格——

前年夏天，舒窈飞到澳门找沈晏清。彼时，和嘉晟集团几个高层在澳门谈事的沈晏清工作一天之后明明有大把时间，却避而不见，丝毫不理会放下架子在别墅门口等的舒窈，带着几个高管去澳门赌场里消磨时间，宁愿在麻将桌上和自己员工玩无聊的牌，也不见她。

那位大小姐从五点等到七点，天气阴沉，七点半开始下雨，他接到电话去沈晏清耳边提醒，告知：“舒小姐还在等，她说沈总您要是不去见她，她就一直等，等到您愿意见她为止。”

沈晏清当时怎么的，翻着手里的牌，连眼皮都没抬一下，一副冷淡口吻：“哦，那就让她等着吧。”

一桌人屏气敛息小心翼翼陪沈晏清玩了一夜牌，舒小姐等到半夜，被身边随行的工作人员劝回去，第二天还有工作，坐清晨六点的飞机走了。沈晏清连别墅都没回，也没给她打一个电话，早上牌局结束，扯了扯领带，喝了杯咖啡，搭直升机又飞去海岛忙下一桩事情。

跟在沈晏清身边这么久，见到的沈总从来都是忙得连喘气空隙都没有，对男女之事更是兴致缺缺冷淡得像功能障碍一般的工作狂。像现在这样，除了正事，恨不能把所有时间挤出来时时刻刻守在一个女人身边……在亲眼看到并见识过程隐面前的沈晏清之后，他才敢相信。

几十分钟之前看到的那个下田去拔藕、沾了满腿满胳膊泥巴还捧着莲藕冲岸上女人笑得欢畅的沈总，真的打破了这么多年来他的认知。

助理咂舌想着，太不可思议了，他差点就惊掉下巴。

别墅里，程隐做好了菜，正在尝最后一道汤的浓淡。沈晏清把一盆水果全部洗干净了，倚在门边静静看她做饭，也不知有什么好看的。饭上桌，三菜一汤，他吃相斯文，进食慢条斯理，吃下去两碗饭。

饭毕，程隐打开院子门，在前院站了会儿。天上突然放起烟花，一朵一朵颜色艳丽的巨大火花，刹那照亮半边天空。她仰着脖子看，沈晏清推开门迈步出来，在她旁边站定。程隐问：“漂亮吗？”

沈晏清反问：“你觉得漂亮吗？”

她盯着璀璨烟花一瞬不移：“漂亮。”很快，几乎是话音落下的同一瞬，烟火放完，夜空又恢复沉寂，空气里似乎能闻到远方飘来的烧灼味道。她脸上有一瞬怅然，收了表情转身回屋。

沈晏清在原地站了站，抬头扫过天边，皱眉，而后给助理发了条短信，也跟着进屋。

程隐上二楼，换了浴袍去浴室里洗澡，偌大的温泉池里引满温泉，就在玻璃窗边。夜色大好，她趴在池沿边，能看到外面盈亮的一轮月亮。水波漾漾，热气升腾，惬意和疲倦相交织，她趴着，不自觉闭上眼浅憩。

身后突然传来声音，引得她下意识一惊。伴随着下水声她猛地回头，就见沈晏清健硕的身躯沉入水中，在池壁座位坐下，将手里拿着的小木盆放在水面漂荡，盆里是洗过的果子和一壶清酒。

浴室的门是推拉门，没有锁。

程隐往后靠贴着池壁，眼里的迷蒙散了大半："你干什么？"

他道："泡澡。"

程隐围着浴巾，但浴巾之下什么都没有，同在一个池子里，感觉很别扭。她当即起身要走："你泡吧，我回了。"还没上岸，就被沈晏清拦腰抱回去，池面顿时砸出水花来。她的背贴上他光裸的胸膛，身上腾地烧起一股热意。

还没反应过来，恰好同一时刻，天际突然炸开一朵又一朵烟花，比先前在楼下看到的那场还更壮观。

"你看，烟花。"他的气息喷在她耳边，撩得她缩了缩脖子。

她回神，抿了抿唇开口，有些微怒意："你说来住两天，不仅是所谓的分手旅行，现在的意思是还要和我'回忆旧情'是吧？"

"……没有。"他皱了皱眉，把下巴抵在她肩窝，"我只是想和你待一会儿。"

窗外烟花接连不断地放着，有着调剂的东西，气氛没那么煞人。他的声音太低沉，程隐一时没有动，僵着身子，深深舒了口气。也不敢动——她坐在他腿上，她身上只有这一层白色浴巾，他也只有腰间围着的那一条浴巾遮挡，不仅能感受到水温，彼此身上的热度更是万分明显。

这个姿势太过亲近。勉强撑着看完了一场烟花，程隐扯开他的手，说："你自己泡，我泡够了。"

这回沈晏清没有强留她。她湿漉漉的脚步声渐远，浴室里只剩他一个人浸在热气腾腾的池子里。许久，他拿起酒壶，喝了半壶清酒，木盆随着水波，在池子里轻轻摇晃。

从浴室泡完澡出来，沈晏清下楼，去了一楼书房。吃完晚饭的助理折返，拿着一沓文件来给他过目。沈晏清一一批阅处理完递回到助理手上，助理要走，被他叫住。

他皱了皱眉，问："派去查的事，有消息了吗？"

闻言，助理神色一凛，答："暂时还没有。国外我们不太熟，各方面处理起来相对麻烦。"

沈晏清"嗯"了一声："你多留心。"

助理点头说是，脸上没有半分玩笑之色。对待正事的时候该严肃就严肃，这是特助的必要素养，然而更为关键的是，这件事涉及的问题很棘手，搞不好就是要命的节奏，他作为沈晏清的心腹，又是经手这件事的人，若是出事必是他首当其冲，他不得不严阵以待。

沈晏清没别的事要说，嘱咐："舒家的事有进展了，第一时间告诉我。你回去吧。"

助理走了，沈晏清独自在书房坐了一会儿，指尖在桌上轻敲着，"笃笃笃"一声声敲在寂静夜里。他如今掌握的，只能要舒家七成的气血，如果不能彻底解决，留下后患无穷，还不如按兵不动。

虽然舒哲母亲对他和他母亲的救命之恩，是个根本算不上恩情的意外，但恩情不在，他本也没有必须置舒家于死地的必要，可是……

可是对于程隐而言，舒哲是她心里永远的刺，不拔出这根刺，她这一辈子都难以真正开怀。为了程隐，他只能这么做。

前半辈子，人人都不欠什么，只有他，既欠程隐又欠舒家的，如同重负，让他从来不得轻松好眠。然而世事难全，因为他没有及时取舍，才造就了今天这一切。

如今，情义千斤，他到底只欠她一个。既只欠她，便只还她。她喜乐、平安，后半辈子心上少背一道枷锁，能轻松多一分，哪怕只是一分，再如何他也甘愿了。

5

从一楼书房回到二楼房间时，程隐已经睡下，闭着眼沉稳入梦。沈晏清怕吵醒她，轻手轻脚从柜子里拿出一床被子，在她旁边躺好。

隔壁有房间，但他没让人整理。程隐是真的疲意来袭，沉沉睡着没被惊动，然而身后有人抱上来，体温灼热，没多久就被热醒。

沈晏清关了灯，屋子里黑沉沉一片，她先是被身后的触感惊了惊，而后反应过来是他。没回身，就着侧躺的姿势，她半带困意地问身后的人："大晚上不睡觉，你又闹什么？"

"没闹。"他道，"你安心睡。"

"你身上这么热我怎么睡得着？"

闻言，他往后挪了些许，手臂还是横在她腰上没有动。

程隐动脚往后蹬了蹬，稍有些用力地踢在他腿上，语气略带朦胧睡意，态度倒很明白："我不会跟你做什么，你死心吧。"

沈晏清轻笑："你别多想，我没别的意思。"不再过分纠结这个话题，他帮她把被子往上拉了拉，掖好被角，"睡吧。"

身后有个男人抱着，这种存在无论如何也无法忽视，不过女人和男人到底不太一样，无端兴起的时候比较少，况且程隐是真的困了，身子僵了一会儿，被困意打败，慢慢放松下来入了梦。

梦里祥和，除了隐约传来的那股灼人热意，她睡得比往日还安稳些。

沈晏清却一晚没睡好，也是自作自受，软玉温香抱在怀里，一抱就不舍得撒手，一夜都不得好眠，前前后后起了三四趟。

隔天，程隐起来时沈晏清已经不在房里，她去洗漱好，下楼想倒水喝，拿起桌上的电水壶晃了晃，里头空空如也，前一夜烧好的凉开水全没了。沈晏清在厨房里弄早餐，她抬头问："壶里的水怎么没了？"

沈晏清瞥来，看了眼就移开目光，轻咳一声，没答话："……嗯。"

她听得莫名其妙，只得接水重新烧一壶。

午饭后，沈晏清和程隐两人出去逛。民宿村很大，模拟农家的原生态项目众多，均可供选择。但程隐对体验农家生活没有兴趣，不想下田里、不想去果棚，稍远一点的海边也不愿意动身。

去看海的提议被拒绝，两人在路边闲坐了一会儿，四周静得能听到虫鸣的声音。

忽地，沈晏清拉着她起身走到前方的公交车站牌前。没等她说话，很快，民宿村里的专线公交车开来，程隐被他拉着上了车。车上没人，他们俩坐在后排。

程隐问："干吗突然上来？这是要去哪儿？"

沈晏清说："不去哪儿，看看风景，这辆车可以把整个民宿村逛一遍。"这里的专线公交车是半代步半观光的作用，在民宿村里全部绕一遍大概要用二十多分钟。反正没什么事好做的，也算一种消遣方式。

程隐看了眼除了他们空无一人的车厢，又问："为什么没有别人？"

"这个时节客人不多。"

她"哦"了声不再多问，百无聊赖地看向窗外。一时没人说话，静得发慌。

以前一起上学的时候，通常司机都会送他们俩到学校附近的路口，再徒步过去。一个星期中有一半的时间，两个人也会自己搭乘大众交通工具去学校。

一开始无所谓，怎样出门对他来说都是一样的，她要坐公交车便坐公交车，她要坐地铁便坐地铁。

只是后来有一回，程隐在地铁上差点被人占便宜，后来两人就极少去和人潮挤了。

那天人格外多，人潮把他们俩挤得分开了一些，地铁才运行没多久，她身边的中年大叔就开始不对劲。或许是心里有鬼的人表现不自然，总之他第一时间就发现了。

他从一片拥挤中快速挨过去，狠狠踩在那个大叔脚上，在人挤人的狭窄细缝中捏住对方的手腕。体虚的中年男子，力气还不如他一个高中生大，他又是常运动的，那人被他捏手腕捏得痛到脸色都变了，人多得没地方躲，挣不开他的手，就差叫出声来。给够了教训，他松手朝对方递去警告眼神，那人灰溜溜地挤在人潮里走远了。

甩开脏东西后，他让程隐贴着车厢站，自己站在她面前，挡了背后那些乱七八糟的人。她没心没肺，到站后笑嘻嘻的，一脸欢快地和他扯东扯西，还问他为什么沉着脸。他一句话都懒得跟她说。那之后，上学再也不坐什么大众交通工具，无论她怎么说，他每天都让司机在门口等着。

年轻时想事情浮躁，太多时候不肯去往深了探究。他总是一边觉得，她没什么特别的，只是因缘际会这一辈子彼此之间才有了牵扯，然而一边又总是不受控制地做些理智之外的事。

每每那种时候他都会特别烦躁，于是不停地在自我挣扎中寻找让自己安心的借口，逃避得越久，错得越深。

“你在想什么？”程隐见沈晏清出神，忍不住问。

沈晏清没有回答，忽然提起另一个话题：“你最想做的事是什么？”

“什么？”

他说：“这么多年，有没有什么事是你最想做但没来得及做的？”

程隐顿了一下，抿唇说：“没有。”

沈晏清道：“我有很多。”

公交车平缓向前，窗开了些许缝，风轻拂在脸上，令人生出睡意。奶奶去世的时候，他不该迁怒她，他应该把情绪收一收，给她道歉和她说清讲明；她跑出去半夜回来，他的语气应该缓一点，再缓一点；给她做的那碗面，应该要煮得更好吃一些；在外聚会别人给她难堪，他的态度应该更加强硬，而不仅仅只是缓解当下不顾根源……

他应该明白的，她长期处于压抑环境，心里积压了太多东西；他应该要注意到，当她收起晦暗面永远只是像向阳花一般朝他靠近的时候，他更应该承认那些如波澜骤起般因她而生的一点又一点的异样心情。

有太多太多遗憾，全都和她有关。

外头晴空大好，丽日高悬，沈晏清被风吹得眼睫颤了颤，只说了一句“有很多”，但具体是哪些，他没有宣诸于口。

程隐看了他一会儿，见他没继续往下说，皱了皱眉。

沈晏清敛了情绪转头和她四目相对：“你知道我现在最想做什么？”

程隐摇头。沈晏清抬手，把她的头揽到肩膀上，她下意识想躲开，却被他摁着不让动。

“靠一会儿。”他的手掌贴在她脸上，掌间血管里血液急速流动，仿佛能听到轻微心跳的声音。

车开过窗外一棵又一棵笔挺的绿树，飞快向后只留下道道掠影。

“以前早上去上学的时候，碰上有位置坐，你老是想把头靠在我肩膀上。”他笑了笑。但是很少成功，十次里有八次都会被他推开。这个姿势太亲昵了，那时候他很抗拒。

沈晏清的手在她脸上轻轻拍了拍：“现在让你好好靠。”顿了顿，说，“不是满足你，是圆我的心愿。”

假装这一趟前行的短途，触及的是当初不敢直面自己内心的时刻。只可惜，公交车驶向的终点，去不到学校门口，也回不到那个时候。

晚饭是沈晏清和程隐一起做的，吃饱后两人出门散步消食，溜达了快一个小时，要回去时，忽见一栋楼灯火明亮，院子里满是嬉笑欢言的热闹声响。

沈晏清问途经的工作人员：“里面怎么了？”

工作人员说：“是下午入住的一对新婚夫妇，出国度了蜜月还有时间，就来这儿过剩下的几天，顺便请了些朋友一起来，招了旁边几栋住的游客过去，几十个人，这会儿貌似正在玩。”

沈晏清还没问程隐要不要去看看，院门前探出几个头，瞧见他们眼前一亮，冲他们招手：“朋友来来来！这里缺人，一起来玩！”

沈晏清看了看程隐，见她没有拒绝，两人提步朝那边去。偌大的院子里，分了两拨人正要进行拔河，沈晏清来得巧，被抓了壮丁。

程隐在一旁瞧热闹，看他们拔了两个回合，平手，又决赛一次才分出胜负。轮到女人拔河时，她没加入，她一直不太喜欢运动，其他人也就没有强求。

院子里很热闹，这一片住下的游客几乎都在这儿凑齐了，主家一对新婚夫妇设了几个烧烤架，大家一边玩一边BBQ，伴随着笑闹声，空气里都是孜然的香味。

气氛正热，拔河之后是情侣游戏，单身的自觉往后退，沈晏清和程隐是一起来的，又被推了出来。

“升级版俯卧撑，一组一组淘汰，赢了有奖品！”不等他们拒绝，新郎就拿出奖品盒子，讲了规则，把他们推到场当中。

升级俯卧撑听着唬人，其实不过就是在正常规则上加了点难度的俯卧撑。一男一女为一组，让女人坐在男人背上，脚不着地，哪一位男士做的俯卧撑多哪一组就赢。

程隐算是半推半就上场的，见沈晏清一脸平静，问：“你行吗？”

“你觉得我不行？”他表情隐隐不服。

她挑眉。那模样惹得沈晏清胜负欲大起，原本只是抱着玩笑心思来凑乐，立即变得冲劲十足。

五对一组，男士们就地撑好后，女士们陆续坐上背去，哨声一吹立即开始。

比赛的几位男士身体素质不错，其余围观的人都在帮着数数，加油声此起彼伏。

有六个的，有七个的，三组超过了十个，之后却不行了，接二连三败下阵来。

意料之外又似情理之中，沈晏清成了最后的赢家。

二十个整，身体条件极好。在一众人起哄的口哨声中，新郎把礼品盒子递给程隐，里面是两件手绘情侣T恤，白色的底，图是新人亲手画的，满满祝福寓意。

新郎拍了拍沈晏清的肩：“行啊兄弟，看着不太行，没想到还挺厉害！”

程隐在一旁“扑哧”笑开。新郎走开，沈晏清不爽：“我看着不行？”她耸肩。

之后又玩了几个游戏，程隐和沈晏清大多坐在一旁并不参与。程隐一直笑着当观众，沈晏清手里拿着一杯酒，一口一口喝着。

看着看着，他忽地凑到她耳边：“想喝酒吗？”

程隐一顿：“我不能喝……”

“我知道你不能喝。”他说，“但是我可以。”

下一秒，他亲上她的唇，淡淡的酒香味在唇齿间散开。

周围的人都忙着热闹，没人注意到坐在角落的他们。沈晏清很克制，很快放开她，扬唇问：“甜吗？”

酿的米酒，酒精含量低，味道偏甜。程隐一时竟有些无言，瞪了他一眼，脚重重碾在他脚上，见他吃痛皱眉才算解气。

玩闹过后回别墅，程隐进浴室泡澡。有了前一天的经验，这回沈晏清半途进来，她淡定了很多。沈晏清从背后抱住她，程隐被热气熏得头发昏，扯了扯他的手臂，无果，带着一丝气恼狠狠在他手臂上拍了好几下。

“再打重点。”

她斜他：“你喜欢受虐？”

“得分人。”

程隐没理他，热得直往前躲，他在她耳边轻声问：“刚才的酒好喝吗？”

她偏了偏头：“马马虎虎。”

他似是笑了一下，下一秒，抬手将她的脸别过来，俯首落下吻，和之前在别人院子里那个点到即止的吻不同。好半晌，他微微放开些，说：“我刚刚喝了点红酒，你觉得这个味道如何？”

他的呼吸喷洒在她脖颈。

她偏头：“沈晏清！”

他声音微哑：“我不碰你。”嘴上说着不碰，行为却万般暧昧。

程隐热得失了大半力气，脸红得烫人，两只手腕被他一起握住，跟他烙铁般的手臂一起横在了她的腰上。他的手肆意作恶，她皱眉，呼吸紊乱不受控，眉不适地皱起。

“沈晏清……”

她开始发颤，丝毫着不了力，只能完全倚靠在他怀中。

沈晏清的目光沿着她的锁骨向下，一点一点。氤氲热气中，他咬了咬她的耳垂，声音低哑：“别紧张。”

一场“矜持”的折磨，直至极致，方才终于结束。

程隐侧身向着一边躺，闭眼许久都没能睡着。不睁眼，但能听得到黑暗中的动静，沈晏清在另一边躺下，朝她靠来，像昨天一样抱住她。

“滚。”

他岿然不动。

“宣泄一下，痛快之后比较好入眠，是很好的改善睡眠的方式。”浴室那一出，他的确没有真的进行到底，但他说的这话太无耻。

沈晏清保持着抱她的姿势，一动不动。黑暗中能听到两个人的呼吸声。不知过了多久，他出声：“程隐。”

她没应，他不在意，动了动喉问：“容辛有没有像我这样抱过你？”

闭着眼的程隐抿了抿唇，几秒后道：“有又怎么样，没有又怎么样。”

他默了默，而后轻叹一声：“……不怎么样。”

有又如何，没有又能如何？沈晏清没再说话。

黑漆漆一片，屋内再度安静下来。不知过了多久，他忽然听到她出声。

“没有。”她低低的声音在夜里很轻，但分外清晰，“我和容辛，从来没有过。”

第八章

她宁愿同归于尽

1

在民宿村住了两天两夜，第三天上午，程隐和沈晏清按来之前说好的那样，启程回去。下飞机后，沈晏清开车送程隐到公寓楼下，她的手搭上车门锁，顿了顿：“我上去了，再见。”

沈晏清“嗯”了声，谁都没有多说一个字。

程隐拉开车门下去，一步步头也不回。身后的车没有立刻开走，她进了电梯，门缓缓关上，他坐在车里，看着她的身影彻底消失。

程隐离开的几天，小杨钢一直在沈晏清那边，由沈晏清安排的人照看着。沈晏清回去后就让人把小杨钢送回她那儿。几天没见，小杨钢越发黏着程隐，暂时没有需要她费心神的事，她便将精力全部放在小杨钢身上。

白天去秦皎那儿帮忙，下午到点准时赶到小学接小杨钢放学。兴许是上一回画画的事，老师公开点名批评了某些惹事的不安分小孩，那之后就没有学生再欺负小杨钢。

日子倒是过得一派平和，程隐真正闲适下来，每天在家、秦皎那儿和小学之间三点一线。沈晏清也如他所言，从民宿村回来后，没有再在她面前出现过。

又是一个下午，程隐接了小杨钢回来，他在客厅里做作业，厨房里小火炖着汤，她在沙发上歪躺着陪他，方便随时教他写作业。

放电视会干扰，不太沉迷网络的程隐百无聊赖，只能玩手机。刷了刷微博，看过最新动态，手指在屏幕上随意一滑，她正要退出去，一条娱乐圈八卦忽然闯进眼帘。

某个娱乐博主发博爆了一个女星的绯闻。该女星名叫白佳琳，是个当红小花，出道已有七年，主演的电视剧收视率素来不错，在小花中人气数一数二。白佳琳的感情生活一直备受广大网友和粉丝关注，尤其是近一年来大家对她男朋友的猜测说法越来越多，如今这个谜终于“破了”。

博主爆料称，白佳琳近几天频繁进出某个集团大厦，疑似与该集团老总正在热恋交往中，并放出了照片。

明晃晃的“嘉晟集团”四个字，程隐看得清清楚楚。评论里一帮粉丝都在尽可能澄清，但并未全然否定。

表演系毕业的小花们出道年纪大多都在二十出头，一开始是小透明，有了几部作品红起来，到鼎盛时期差不多就临近三十岁。白佳琳也是如此，她现在已经到了适婚年龄，虽然事业粉还是更希望她好好拼事业晚一些结婚，但关键要看结婚对象。

这条微博不仅爆料白佳琳疑似恋爱，还把绯闻对象简略介绍了一遍——嘉晟集团老总，沈晏清。沈晏清的身家条件往外一列，即使是不希望白佳琳恋爱的事业粉，看完后口吻也放得极其温和。人家的背景摆在那儿，想攀上他的多的是，如果恋情是真的，算起来还是白佳琳高攀了。

评论里的白佳琳粉丝纷纷表态：

“佳琳没有承认的事情不作数，沈先生很好，佳琳也是很好的艺人，希望大家理智看待这件事，不要中伤任何一方。”

“男大当婚女大当嫁，都是单身，谈恋爱很正常没什么好喷的。不过佳琳没表态之前，我们粉丝暂时不认这件事，等官方说法。”

“不懂评论里有些人在酸什么。谈恋爱吃你们家大米了吗？我们佳琳从出道以来一直认真敬业，这位沈先生是嘉晟集团的老总，他追求佳琳肯定是因为佳琳足够优秀，优秀的人互相吸引有问题吗？酸的人照照镜子吧，反正如果是真的，我一定祝福。”

……

程隐看评论看得有点出神，小杨钢叫了她三声她才反应过来。

“怎么了？”

“这道题不会做。”

程隐收了手机，过去教他。一道题做完，小杨钢却没有看下一道，程隐奇怪：“怎么发呆？”

他看了看她，问：“晏清哥哥呢？”

程隐一顿：“你问他干吗？”

小杨钢掰着自己的手指，说：“好久没有看到晏清哥哥了。”

久吗？程隐皱了皱眉，从民宿村回来，不过六天而已。

“姐姐？”

程隐敛眸，回身说：“他很忙，没空来。”

小杨钢撇了撇嘴：“他以前每天都会来接我放学的……”

“我来接你不好吗？”

“好。可是……”

程隐摸了摸他的头，不想纠结这个话题：“好了，专心写作业。别的事以后再说。”

小杨钢只好乖乖不言，提起笔继续。

第二天是周五，这天放学比别的时候早，程隐照常去小学接小杨钢。去班里领了人，周围家长走得都很快，程隐没什么好急的，大手牵着小杨钢的小手两人慢慢走过操场。

慢悠悠走出去，他们到门口，人都走得差不多了。小杨钢忽然眼睛一亮，指着某个方向惊喜道：“晏清哥哥！”

程隐顺着他的指尖看去，一辆颜色低调但型号极其招眼的车停在那儿。沈晏清靠着车门，笑着冲小杨钢挥了挥手。小杨钢撒欢跑过去，扑到他身前，和他闹着咯咯笑作一团。

程隐站了站，走过去。他抬眸，挑了挑眉：“程小姐气色不错。”

她淡笑：“比不上沈先生。”

他没接话，低头捏小杨钢的脸。

程隐问：“沈先生来这儿有事？”

“来看孩子。”他说得平常。

“看也看过了，沈先生自便。”程隐招手让小杨钢走。小杨钢抬头，不太想走。

沈晏清问他：“晚上去吃比萨好吗？”小杨钢舔了舔唇，连连点头说好。

程隐不想去：“……那就麻烦沈先生带他去吃晚饭，十点前记得送他回来。”

她说着就要走，被沈晏清拉住，掌心握住手腕的瞬间，彼此双双一顿。下一秒，他松手，她挣开。

“避嫌也没必要这样避。”他说，“好些天没陪杨钢玩，一起吃个饭而已，你也介意？”

程隐无言，最后还是没能拒绝。小杨钢看见他开心得不得了，说什么也不肯见一面就松手。

程隐和小杨钢上了沈晏清的车，一路上小杨钢都在和前面开车的沈晏清聊天。沈晏清极有耐心，哪怕是胡言乱语也有模有样认真地和孩子对话。后半路，沈晏清从后视镜扫了程隐一眼：“程小姐今天很沉默。”

她淡淡道：“平时也很沉默，是你话多。”

他笑了笑。

车开到西餐厅，小杨钢吃了一顿好吃的比萨，两个大人没怎么进食。上餐后水果时，小杨钢跑去儿童游乐区玩，桌边只剩他们俩。沈晏清脸色稍显严肃了几分："医生那边通知我了，骨髓库里没有和杨钢匹配的。"

程隐一怔，凝眸看向他："他的血型……"

沈晏清点了点头："之前体检的时候报告上写了，杨钢是罕见血。"少见的血型加上少见的病，对治疗来说是雪上加霜。

"只能再等等看，如果不行，我想别的办法。"沈晏清道。

一时没有更好的解决方式，程隐默然，点了点头。

饭毕，沈晏清开车送程隐两人回家。到公寓楼下，程隐恢复餐前的冷淡，道谢："谢谢沈先生。"客套言辞将距离拉得无比开。

她牵着小杨钢下车，还没进电梯，沈晏清从车上下来，也跟了上来。

"沈先生？"

他拧着眉表情严正："关于刚刚餐厅里说的事，我想跟你谈谈。"餐桌上说的是小杨钢的病。程隐稍稍犹豫，没拒绝。

进屋后，程隐先让小杨钢去洗了澡，等他回房睡觉，才在沈晏清对面坐下："沈先生有话就说。"

他道："不给我倒杯水？"

程隐无奈，只能起身去厨房外的柜前。正倒着水，身后忽然覆来一个怀抱，她差点失手把杯子砸了："沈晏清？！"

他在背后抱她抱得紧，手臂箍在她腰上，下巴抵在她肩头。程隐镇定下来，吸了口气："沈先生这样是什么意思？"

他不答，只叫她："程隐。"

"程小姐。"

"程隐。"他不改，手臂又加重了几分力道。

力气不敌，挣不开他，程隐觉得气恼。他的气息喷在她脖颈间，惹人发痒。

"我本来以为我至少可以坚持一个星期不见你。"沈晏清似是轻叹了声，“今天是第七天，我已经到极限了。”

2

程隐挣开沈晏清的手，眼角眉梢略带疲惫：“你现在又是来哪一套？”她转身面向他，“说吧，你要说什么，就在这儿把话说清楚。”

沈晏清默了默，道：“去之前说的话是认真的，现在也是认真的。”

“你和我玩文字游戏，有意思吗？”

他蹙眉一瞬，而后道：“程隐，你还不明白吗，就算我们有意拉开距离，有些事情不会消失，有些关系也消除不了。杨钢的病、爷爷、大伯还有大哥、二哥，这些都是我们之间躲不开也撇不掉的。”

程隐沉沉舒了口气，僵滞几秒，到底还是没有开口。她提步走回客厅，沈晏清跟上，两人重新在沙发上坐下。程隐把话摊开讲：“你有追求我的权利，我有选择接不接受的权利。”

沈晏清说：“你有选择权，当然可以选择拒绝我。”喉间涩了涩，他把话题一转，说，“当务之急是杨钢的病和秦皎。”

程隐抬眸看他。他说：“我会解决。”

和白佳琳的所谓“绯闻”，沈晏清是在事情进一步发酵之后才知道的。这件事传播范围不大，微博上小小议论了几轮，以白佳琳的粉丝为中心，在追星的粉丝圈子里成了人人皆知的八卦。

“这个白……是谁？”

助理正汇报工作，冷不丁听办公桌后的沈晏清发问，抬眸一瞥，被他眉间略带疑惑又暗含不满的皱痕吓到。接收到他的目光，助理上前一步看了看他侧转过来的手机，飞速浏览屏幕里的内容，一眼认出来，回答：“这是我们公司新产品的代言人。”

“所以，她进出公司，是为代言的事？”沈晏清脸色还是不明朗。

助理说是。沈晏清眼里闪过淡淡的厌烦，搁下手机：“换个人代言。”

助理一愣，瞥见沈晏清沉沉递来的目光，赶紧点头：“是。”

让助理更换代言人之后，没几个小时，白佳琳和她的经纪人就来了。下午三点，她们在嘉晟大厦会议室里等，嘉晟这边原本负责和她们接洽的人给助理汇报了这个情况。好歹是个当红明星，犹豫之后，助理将消息传到了沈晏清面前。

沈晏清先是皱眉，很短暂的一抹情绪，而后恢复平静，看着文件头都没抬："来干什么？"

"白小姐说想见您。"

沈晏清把文件一合，沉沉眸光看得助理心惊："你应该知道我不喜欢说废话，更没心思处理无聊的事。"

"更换代言人的事我已经交代下去了，但是白小姐那边似乎有意见，她们来大概是想谈谈……"

"我的话不想重复第二遍。"

助理一凛，不再多言："我这就去处理。"

还没走出去，沈晏清叫住他："让她们等着，两个小时。"

助理见他已然不悦，不敢继续惹他不高兴，应了声退出去，下楼去会议室。

五点钟，沈晏清和白佳琳见了一面，她不遮不掩，直接开门见山："听说沈总最近在找捐献者？"

沈晏清睇她："白小姐倒是消息灵通。"这件事没有特意遮掩，有心人探听一下知道很正常，如此看来，这位白佳琳不是什么省油的灯。

"我今天来有两件事，一是想问，沈总是因为那些八卦消息决定更换代言人吗？"

他懒得回答，只问："二？"

白佳琳弯唇，说："我正好是沈总要找的人，有什么忙需要我帮的，沈总尽管提，我绝无二话。"

天下没有白吃的午餐，沈晏清直白地问道："白小姐的条件？"

"首先，代言人不换；其次……"她眸光熠熠，一瞬不移地盯着沈晏清，毫无半点羞涩，"不知我有没有荣幸邀请沈总共进晚餐？

下周我有部新电影上映，想邀沈总一起去参加首映礼。”

话说到这个份上，意思很明白，她是想做交换，换的自然是那些八卦绯闻的后续。

想爬上他床的女人见得多了，这么直白的，倒还是罕见。

白佳琳似是胸有成竹，面上浮起笑意：“沈总觉得如何？”

沈晏清沉默了许久，忽地一笑：“换作五六年之前，我或许会答应你。不过现在——”他敛了笑意，眸光冷下来，“白小姐以为，娱乐圈那套拿到哪里都适用？”

白佳琳代言被替换的消息传遍全网，营销号和各大媒体推送过后，时常关注娱乐消息的网民几乎都知道了。嘉晟集团平时不怎么发布消息的官方微博百年难得一见地发了条动态，澄清有关自家boss的绯闻，并暗嘲了一通。

嘲的是谁，大家心知肚明，毕竟白佳琳突然之间三个代言被撤、两部电影以及一部电视剧邀约取消，都是有目共睹的事。

沈晏清不知道程隐是否知道这件事，在她公寓谈小杨钢病情时，还是和她提了。

“我不认识她，所谓的绯闻都是无稽之谈。”讲到白佳琳说自己和小杨钢是同样血型并以此为要挟想和他谈条件时，沈晏清顿了顿，“我没答应。杨钢的病还有缓冲时间，我保证，即使不靠她，我也一定会找到合适的人选给杨钢做手术。”

程隐没有责怪他，也并没有立场责怪。这个自己跑上门的白佳琳是一条出路，但并不是唯一的解决办法。

“我会让人尽量注意，以后这种事情不会再发生。”他说。这不是什么需要隐瞒的事，所以没有特意遮掩，但安全起见还是要杜绝，否则什么阿猫阿狗都敢垂涎盯着。

“你为什么不想答应？”程隐抿了抿唇，忽然问。

沈晏清看着她：“你真的不知道吗？”他抬手想在她头顶拍一拍，想到之前的谈话和民宿村之行后她又增多的烦闷和压力，碰触之前收住了手。

“我常常想，事情会变成这样究竟是为什么。后来终于想明白了，一切的源头都在我。”他说，“什么都想护住是不可能的，有舍才有得。”

两全其美很好，但往往很难。曾经他既欠她的又欠舒家的，左也想平衡，右也想平衡，最后的结果却是一塌糊涂。如果答应了白佳琳，以后会如何？他懒得去想。

但不想也知道，不会是他期望的结果。他不想，不想他和程隐之间，再增加任何一点阻碍。

谈完话做晚饭，程隐不小心把汤洒在地上。

“我来。”沈晏清放下手里的东西，去找抹布。她探头，提醒：“只有一块抹布，我拿到我房间了，在地上。”

沈晏清应了一声，去她房里找。进去一看，抹布果然在地上，他弯腰的刹那撞到书桌，碰倒台历。他拿着抹布起身，把台历扶正，正要出去，目光扫到桌上被台灯压着的东西。

他顿了顿，拿起灯座底下压着的东西，眉慢慢拧起。那是一张机票，三天后飞 L.A 的机票。

他侧身环视屋内，瞥见角落躺着个未合上的行李箱，里面露出衣物边角。他的眼神一沉，出了程隐的房间。

程隐已经把汤端到了餐桌上，等着最后一道烤翅做好，正在沙发上歇气。沈晏清把抹布轻轻丢在沙发角下，站着俯视她：“你要出去？”

程隐愣了一下。

“三天后的机票是吗？”

她听明白了，略有些不悦：“你翻我东西？”

他不答，语气生硬，夹杂隐约的怒意：“去多久？”

程隐觉得莫名，因为他不知源头的情绪，也生出了怒气。她站起身朝厨房走：“麻烦你收一收质问的语气，你这样我不想和你说话。”

沈晏清捉住她的手腕，不退让：“这次又打算去多久，又要一走了之是吗？”想想当然知道不可能，还有小杨钢在，她不可能管到一半抛下孩子。虽然清楚地明白这一点，但却抑制不住口不择言，他没办法控制自己，看到那张机票，心里有个地方像被狠狠掐住了一样。

“你先冷静完，再和我说话。”程隐甩开他的手，只走了两步，被他一个大力扯回来。

“你干什么？！”她被他推着摁到墙上，墙壁冰冷。

程隐甩着他的手，他钳制着她的手腕不让她动，演变成了力与力的较量。她真的气急了，被他莫名其妙的反应惹得火气上来，手上的动作不自觉用力，敌不过他，就狠狠用脚踹：“你有病？！松手——”

他们拧着劲较量，程隐眼神凶狠，沈晏清的脸色同样沉得吓人。

“哇”的一声，旁边忽然传来哭声。从房里走出来的小杨钢一张脸唰地哭得通红，冲过来用力推搡沈晏清的腿：“你为什么打人？！你为什么打人——”

他哭得凶，似是被刚才的场景吓到了，推了几下，拍打沈晏清的腿。

“你为什么打姐姐……我不喜欢你了，不喜欢你……”哭号声让两个大人停下动作。

程隐蹲下身，抱住他，他不肯转身，一边哭一边背朝她挡在她身前，伸着小手臂拦着沈晏清，姿态里满是防备。满室都是小杨钢的哭声，程隐没心思和沈晏清争执，拍着小杨钢的背哄他。

沈晏清闭了闭眼，蹲下身道：“对不起。”这句话不知是对小杨钢说的，还是对程隐说的。

他抬手去摸小杨钢的头，被避开。

“你为什么……你为什么打人……”小杨钢哭得抽噎不停，“为……为什么打人……”

程隐解释：“我们没有打架。”

他不听，抽噎掉着眼泪，伸手搭在程隐脸上：“姐姐，姐姐疼不疼……”

程隐抱紧他，连声安慰：“不疼，真的不疼。我们没打架，只是闹着玩的，不骗你。”

他抱住她的脖子，躲在她怀里，埋头在她肩上啜泣。程隐和沈晏清蹲着，面面相觑，原先气氛僵滞，此刻反倒朝着另一个方向古怪起来。

恰时，门“嘀嘀”响了几声，秦皎来了，人还在玄关就听到她的声音。她叫着小杨钢的名字走进来，笑意在看到客厅场景时止住：“怎么了？”

秦皎快步走过去，小杨钢从程隐怀里抬头，哭着跟她告状，一抽一抽地说：“刚刚……刚刚哥哥打姐姐，我不喜欢他了。”

秦皎脸一凝，看向沈晏清。程隐没解释，让她把杨钢带进房里：“我们有事要谈，你先带他进去。”秦皎咽下话，领着杨钢进屋。

程隐平复情绪，脸色稍冷，站起身居高临下地对蹲着没动的沈晏清道：“我确实说过你有追求的权利，但这并不表示你可以干涉我的人身自由。我后天飞L.A，有事，具体原因不方便透露，就这样。”

……

晚饭沈晏清没有留下来吃，离开程隐公寓后，他在负一层车库待了很久，坐在车里抽了一根又一根烟，直抽得车内烟雾缭绕。

去L.A的不止程隐，还有秦皎。容辛那边忙得差不多了，整理了最新搜集到的线索要给她看，约好在L.A见面。秦皎正好有事要去谈，两人便订了同一天的票，到时一起回程也好有个伴。

出发前两天，秦皎和合作方有个饭局，菜都上了，段则轩忽然打电话给她，说要过来。秦皎只能去接他。

到门口迎他，两人边说着话边往里走。自打“合伙”之后，段则轩在她面前出现的次数越来越多，公司布置有大半是他操的心，偶尔还会拎着寻到的老巷美食跑到她公寓找她。秦皎一开始觉得他轻浮不靠谱，慢慢改观不少。

原本有说有笑的气氛，却在经过拐角后蓦地一变——走廊另一端迎面走来几人，为首的正是舒哲。段则轩眼见秦皎脸色登时一变，凝了眸光。舒哲瞥见他们，眉头一挑，不识相地挡在路前。

“真巧，在这儿也能碰上两位。”他看着段则轩，“这么久不见，我还以为你项目多到谈不完连喘气的时间都没有，原来是另有事要忙？”

秦皎不想和他说话，连站在一起呼吸同一空间的空气都觉得不适。舒哲摆明了找碴儿，拦着不让走，看向秦皎：“好久不见，秦副总……哦不对，听说秦副总出来单干了，是不是要改口了？”

段则轩冷冷瞥他：“你贵人事忙，我们不耽搁你时间，闲话就免了。”

他话音落下，秦皎提步要走，舒哲动了一步挡住她，那双微微眯起的眼里透出玩味且恶劣的光。

“秦副总这是怎么了？当初我们在厕所亲热的时候，你的反应可没这么平淡。”

秦皎脸唰地白了。过去这么多年，当初的哭号和绝望，现在能当成旧日伤疤轻言而过，但并不表示能被人肆无忌惮用力地戳。

舒哲还要说话，“啪”的一声，变了脸色的段则轩一拳挥在舒哲脸上。段则轩把他压在地上打，跟舒哲一起来的人愣了半晌，才反应过来上前拉架。

……

因为走廊上的插曲，原本好好的晚上，气氛全变了。饭桌上的合作方不清楚这些，依旧推杯换盏好不热闹，段则轩却能清楚感觉到秦皎周身气压的变化。她喝了好几杯酒，脸泛红，眼里凉凉一片。要不是他拦下，她怕是还要喝。

饭局结束，合作方各自散了，段则轩送秦皎回去。他先扶她进厕所吐了一会儿，沿着走廊出去，她步履不稳，他费了好大力气扶着她。走到一半，她忽然不动，段则轩正要问她是否哪里不适，她蓦地抬起垂下半晌的头，扯着他的领子将他拉到拐角置放防火器具的阴暗处。

段则轩冷不防被秦皎猛地一推，背贴墙，她倾身覆上来，他更是一怔。反应过来，他抓住她胡来的手："秦皎？"

她埋头在他胸膛前，许久许久才说话。

"成全我吧，段则轩。我不想再想到他了，一想起亲密接触，全都是他，我真的受不了了——"

走廊的灯光照到这角落，被减淡了三分之二，她身上泛着酒香，心跳如鼓点般一下一下分明。

不只是她的，他的心跳同样重而快。段则轩动了动喉，半晌后，抬手揽上了她的腰。

3

程隐和秦皎按照预定行程，搭航班飞去了L.A。容辛暂时还未到，但他安排了人来接应她俩，程隐和秦皎无事需要操心，轻装简行地住进了他在当地的寓所。

秦皎的公司融进段则轩的资金流，许多项目都是因他才得以接洽进行，这次来L.A要谈的这桩亦是如此，原本不必秦皎亲自上阵，她放心不下，所以走这一趟。

程隐跟在容辛身边当了几年的助手，自然熟悉他身边的人，秦皎在陌生国界为了事业奔忙，程隐让容辛的两个助手协助她，面上公事、面下起居一并料理。

秦皎安排好了，程隐难得也忙起来。回国之前，程隐的工作就是给容辛处理各项事务，早就过惯的日常很容易就重拾起来，等待容辛的头两天全是在成堆的文件和资料中度过的。

第三天，程隐把稍稍空闲下来的秦皎带在身边，去容辛的庄园处理事情，也趁着这个空当领她参观了一通。庄园大到徒步都显得吃力，底下有一整层的酒窖，满满都是容辛收藏的酒，园后还有一大片花田，风一吹就漾漾泛起花浪。

秦皎看得咂舌，从进门起表情就不大好："容辛他这是……"一时形容词匮乏，半句话卡在喉咙。

"这算正常。我跟他去过一次他外公那儿，他外公是个收藏家，比他还夸张。"程隐见怪不怪。

秦皎连连摇头："太夸张了，我受不了了。"说着抬手摸了下程隐的下巴，感叹，"你的运道也是奇了，怎么什么人都碰得上？"

程隐笑说："大哥人挺好的，刚接触会觉得有距离，但其实挺接地气，什么东西都能尝试。"

秦皎没去细问，看她几眼，说："容辛是这样，沈晏清呢？沈晏清不也是。"

虽说胡同长大和这种国外庄园感觉不是一个调调，可家底摆在那儿，含着金汤匙这点都一样。以前念书的时候，沈晏清也没少陪程隐走街串巷，胡天胡地。

"沈晏清……"程隐稍有斟酌，轻扯嘴角，"是吧。如果没有我，他可能会过得更安稳些。"

"你对容辛是什么感觉？"秦皎抬手挡了挡太阳，发问。

程隐只想了一秒："我人生中的两次改变，一次是遇见师父，一次就是遇见容辛。"

前者改变了她可能流浪的命运，后者拯救了她陷入食不果腹困境的生活。

"要说的话，容辛对我来说是和师父一样的人。"程隐下了定义。秦皎没再问。

离开庄园回市区的路上，秦皎说起沈晏清："那天之后他有联系你吗？"话里说的自然是他们莫名争执把杨钢吓到大哭的那天。

"没。"程隐神情淡淡，"管他呢。"她不想多言，秦皎也就不深究。

车开了没一会儿，程隐睡不着，拿出手机上网，刷的还是国内的资讯。

“你什么时候爱玩这些了？”秦皎记得她不是喜欢网络的人。

“没事随便看看。”自从之前秦皎被舒窈粉丝大规模攻击后，程隐就有了偶尔关注网络动向的习惯。随口应着，程隐的注意力集中在手机上。

忽地，不知看到什么，程隐滑动屏幕的手指顿了顿。

“怎么，看到什么了？”

程隐抿了抿唇，抬眸迎上秦皎玩笑的视线，相比之下显得不是很轻松。秦皎脸色微敛，就见程隐把手机屏幕转给她看。某个八卦博主发布的明星行程信息，其中有一条是舒窈的航班——上午十点，北京飞 L.A。

秦皎眸沉了沉，下一秒平淡视之：“她来有事？”

“说是工作，不知道什么原因。”

秦皎说：“脚长在她身上，爱去哪儿去哪儿。L.A 这么大，放心，我们不会遇上。”

这也算是种宽慰，毕竟，于秦皎而言，提到“舒”这个字就是破坏心情。程隐“嗯”了声，收起手机。

和秦皎一起吃了晚饭，程隐罕见地要出门。在国外这几年，陪着容辛接触了许多人，程隐不是草履虫，多少也有个别朋友。Bella 是个拥有自己个人潮牌的设计师，某年偶然相识于比利佛山，Bella 同交好的 DJ 明星出游，程隐随容辛去办事。

许久不见，Bella 一通电话打来，迎头就是一句 Honey——她一直管程隐叫东方甜心，虽然程隐自己也不懂这个形象从何而来。

“我打电话给 Racine，他告诉我说你现在正在 L.A，我简直太惊喜了。你知道吗？我也在这儿，晚上我的生日 Party，你一定要来。”

电话里是一贯的热情，带着些拉丁口音，几句话工夫，程隐便招架不住，正好没有别的事，便应了她的邀约。

七点多，司机送程隐前往 Bella 开 Party 的酒吧，程隐还提前准备了礼物。一见面就是热情的贴面礼，程隐甚至被重重亲了一下脸颊。Bella 其余朋友中，有个别程隐也认识，相处起来压力不大。

然而她不喝酒，只能吃吃点心聊聊天，纯属凑热闹。待到十点多，程隐的夜生活是时候结束，去和 Bella 告别。后者想留，架不住朋友多分不开身，只能遗憾地任她回去。

从楼上下去，一楼是大厅和一些独立的包间，这里消费不低，人不是太多。经过走廊正要出去时，程隐漫不经心地扫到拐角几个人影，三四个男人和一个女人，举止含糊暧昧——如果只是普通的调情，那么多少人都与程隐无关，但那个黑头发的亚洲女人明显是喝醉了。

程隐多看了两眼，就见几个男人轮流抱那女人的动作间，女人转向这边方向，露出了正脸五官。程隐当即怔了一下。

程隐眉头慢慢蹙起，再次看清那张脸时，抿紧了唇，是舒窈。

白天和秦皎闲聊才说不会遇上的人，现在竟然遇上了，还是在这种时候这种场合。

程隐左右看了看，朝外张望，没有看到别的人影。舒窈是来工作的，身边怎么没有经纪人和助理，甚至一个工作人员也没有？那几个男人已经开始占舒窈便宜，舒窈醉醺醺的，不知是故意不拒绝，还是神志不清拒绝不了。

程隐站的位置不明显，他们没注意到站在走廊另一头的她。程隐沉着脸，看着他们把舒窈带进了一间包厢，记下位置，快速折返回楼上。

Bella 见她折返回来，惊讶后才浮上惊喜，还没来得及说话，程隐就拉了几个体格健壮的男性朋友让他们跟自己走。经过 Bella 身旁，她飞速打了声招呼："我遇上麻烦了，让他们帮帮忙很快就回来！"

程隐带着人赶到楼下，冲进包厢里。几个男人正要上手，被突然出现的他们吓了一跳，返身站起来就要骂。

"嘿，哥们，"程隐沉着脸冲他们挑下巴，"那个妞是我的人。"

为首的骂了句脏话，说："你们从哪儿跑出来的？知道我们是谁吗？”

程隐还没说话，她身后的朋友站出来一个，揽了揽程隐的背给她支持。北欧人本身体格就健壮，个头又高，常年健身肌肉发达，站出来气势半点不差，更别提这是在他们的地盘。酒吧老板是Bella的朋友，这一片区域他们都很熟。

“朋友，我对你是谁没兴趣，你们以为这是在玩游戏吗？”北欧兄弟虽然笑着却隐隐透露一股危险气息，英文听起来格外好听，“这是我的区，给你们一个选择，把那妞留下，否则你出不去这家酒吧，也跑不出这条街，我保证。”看文身和打扮，包厢里这些人大概是哪个乐队的DJ或者玩地下摇滚的。

几个人来势汹汹，都不是省油的灯，除了程隐这个东方女人看着没什么威胁，其余几个都不是好惹的。围着舒窈的几个男人权衡之后，为首的啐了声，招了招手，几个人便放弃了原本要进行的事，一齐跑了出去。

程隐其实还是很紧张的，虽然知道有Bella和上面一堆人在，在这片街区的安全绝对可以保证，但到底是第一次干这种事，他们跑走后才终于放松下来。

舒窈在沙发上醉醺醺的，面色潮红，衣衫不整。程隐的那几个朋友帮她把舒窈扶到了酒吧门口。

程隐说自己能行，让他们上去继续玩，他们问了好几次，程隐连连点头，不过在他们走前让他们去里面吧台给她拿了几瓶水。

舒窈歪倒在门前的台阶上，程隐看了她半晌，拧开瓶盖把整瓶矿泉水浇在了她头上。一瓶不够，足足浇了三瓶，舒窈才清醒。

“酒醒了吗？”程隐把空瓶子抛进立着的垃圾桶里，站直身向下睨她。

舒窈神志回来了大半，缓了半天劲，理智开始归位。

程隐讽刺：“在国外没人认识，不用担心上头条，随便找地方买醉差点出事，感觉挺好？”

舒窈深深吸了几口气，抬手抹着脸上湿漉漉的水渍，模样狼狈却仍撑着朝程隐瞪眼："我不用你管，你假惺惺地来恶心谁？滚吧程隐，我看到你就想吐！"

舒窈大概是受了刺激，不然也不会大晚上跑到这儿来买醉把自己置于险境。没等多久，下一秒她就宣之于口："你很得意是吧，抢了沈晏清你很了不起对不对？这么多年我一直活在你的阴影下，你无所不用其极地占着沈晏清，把我的人生搅得一团糟！现在又来惺惺作态什么？前段时间白佳琳也是你的手笔对吧？沈晏清为了讨你欢心一点苗头都不放过，你是不是得意死了？！"

她抓过旁边程隐还没来得及扔的空瓶，朝程隐腿上砸去："你在这儿可怜谁！我的事你管得着吗？滚——"

程隐静静看了她两秒，忽地俯身一只手抓着舒窈的领子，另一只手左右开弓狠狠扇了她两个耳光。

舒窈被打得痛得闭眼，侧身伏在地上。

程隐撸起袖子，换了只手，拽着她的领子，又是"啪——啪——"狠狠扇了她两个巴掌。舒窈被拎得摇晃着站不住，领子被拽住时硬生生受了两个耳光，程隐一松手马上跌倒在地。

"这两个耳光是我赏你的，记好了，是你活该。"程隐指着她，"你放心好了，我和你们两兄妹的帐我记得清清楚楚，一秒都没忘过。我把你从里面拉出来，是不想看你死得太惨，既然你无所谓那我也没话好说，你想再进去随你的便，不在我眼前脏了我的眼，我管你成什么样。"

程隐从口袋扯出纸，躁怒地擦了擦两只手，捏成一团狠狠扔在她脸上："要死就去死——"

回到住所，秦皎还没睡，端着热牛奶坐在沙发上等程隐。见程隐回来，秦皎起身正要去给她热牛奶，发现她脸色不对，停住脚步："怎么了？不是去玩吗，怎么脸色这么难看？"

程隐直直走到秦皎面前，张臂抱住她。

秦皎愣了愣，抬手搭在程隐背上："怎么了？"

程隐心跳得特别快，周身气压低到无法言喻。秦皎感觉到她很沮丧，但不懂这情绪的源头。

“我放过她了。”她闷在秦皎肩头说，“……对不起。”

被抱着站了好一会儿才坐下，秦皎问清了事情经过，怔了一瞬，又笑开：“我以为什么事，原来是这样。”

程隐有些不敢看她：“你不怪我？”

“怪你什么？你把她拉出来，才是对的。”秦皎叹了口气，把程隐揽到怀里，程隐闭着眼额头抵在她肩上，她拍了拍程隐的肩，说，“就像当时……我也希望有人能救我出去。”

程隐抬手抱住秦皎，紧闭的眼角，隐约溢出些许泪意。秦皎转头在她脸颊上亲了一下，手里拍背动作不停，声音带着浅淡的欣喜笑意：“我的阿隐真好，怪不得我喜欢你。”

好不容易忍回去的泪意，因这一句话霎时奔涌而出。既经痛苦，便知痛苦。身为女人活在世上已有太多坎坷磋磨，生理暴力这一件事伤害尤为严重，程隐亲眼见过秦皎如何，秦皎也亲身经历过，便不会再希望同样的痛苦发生在别人身上——哪怕这个人，她们恨之入骨。

在舒窈差点出事之际出手是本能，哪怕这是她自己的原因所造成的，同样，这件事和想要舒家遭报应并不相悖，一码归一码。

程隐宁愿拼上性命同归于尽，也不想和舒哲同样下作肮脏。五年前那一次，差点就此失控步入深渊，已经足够。

和秦皎谈天谈了许久，忽然有很多话要说，秦皎便没回房，和程隐睡同一张床。聊得好好的，程隐突然接到电话，沈晏清打来的：“我到了 L.A，你在哪儿？”

程隐默了默，问：“你突然跑来，有事？”

“我想见你，所以来了。”他道。没等程隐说什么，他稍稍怅然的语气一敛，马上告诉她另一件事，“先不说这个，舒哲也在 L.A 你知道吗？他出车祸了，就在不久前，现在人在医院，刚刚收到的消息。”

程隐一愣。沈晏清把事情给她讲明，几句话内容，信息量却极大。

事情起因是舒窈。她不是一个人来的L.A，舒哲也陪着一块来散心了。今天晚上舒哲接了舒窈一个电话，大概是要赶去接她，在去的途中发生车祸，据说场面极其吓人。

而且事情很巧，舒哲开上那条路的时候，有个抢劫了超市的非法移民被追，驾车奔逃，横冲直撞导致交通出现问题，舒哲恰巧在现场，和前一辆车发生追尾，车翻了，最后是被救援人员拖出车内的。

从时间上算，舒哲接到那通电话，正好是程隐把舒窈拉到酒吧门口吵完架走人之后。早一点或者晚一点接到电话，舒哲不在那个时候上那条路，都绝不会发生车祸。一切巧合得刚刚好。

4

沈晏清去了容辛的寓所，和程隐谈舒哲的事。一整晚听人实时汇报传达消息，他和程隐、秦皎，三人在沙发上坐了一夜，压根没合眼。

到第二天天亮，一切尘埃落定，舒哲伤情严重，左腿从大腿下开始截肢，右腿从小腿开始截肢，并且伤到了生殖器官，将来恐怕难有后代。

手术后，舒哲被送进重症监护室，舒哲的父亲舒定彬收到消息，火急火燎半夜乘直升机赶来。舒窈的情况也不大好，前一晚她在酒吧外苦等，然而左等右等始终没等到舒哲，之后被告知舒哲在接她的途中出了严重车祸，赶到医院后又得知舒哲的两条腿都要截肢，大哭直至差点崩溃。

容辛寓所里，二楼小厅通宵亮着灯，三个没休息的人脸上却不见疲惫。沈晏清也没想来找程隐，舒家那边会发生这样的事情，电话不停，一边听人汇报进展，一边转达给程隐两人。

天光大亮之际，最后一通电话接完，沈晏清开口前看了看秦皎，而后视线才朝向程隐：“已经确定了，舒哲的确伤到了生殖器官，他父亲已经赶到医院，情况不太乐观。”

秦皎和程隐的手握在一起，彼此下意识捏紧。程隐把舒窈从酒吧里拉出来，仅仅只是因为底线在那儿，遇上了，亲眼看见了无法放任，仅此而已。秦皎安慰她说的那些话是发自内心的，她们都赞同这个选择。没想到的是，这样一个决定，会影响之后这么多东西。

如果程隐没有把舒窈救出来，舒窈不是在酒吧外等着她哥哥来接而是在包厢里遭遇意外，那么她就不会在那个时间给舒哲打电话，舒哲就不会开上那条路，不会遇上那场交通意外，也不会发生现在的一切。

一环扣一环，巧合得让人后背发凉，就像多米诺骨牌，一块倒下，接连带动一片。舒哲截肢，便是这一串连锁效应后的结果。

恰时，程隐等了几天的容辛终于回来，带来两个消息：一个勉强称得上好消息的消息是，他的人找到了替舒家在国外洗钱的负责人之一，并从那人口中撬出了一些有用讯息，他们可以沿着具体的方向去搜集证据，虽不能直指矛头，至少进展因此明朗了不少，不用再像无头苍蝇乱转。

坏消息是，在他们找到那个人的第二天，人死了。三颗子弹，一颗爆头，两颗打在心脏，生怕那人死得不够透彻，不用想也知道出手的人会是谁。

这是容辛和程隐的事，两人单独谈了很久，容辛事无巨细一一告知她，而后双双沉默。

换作平时，程隐大概只会像以前几次那样感觉失望，正常焦急和烦忧，有了前一晚舒哲的事，此刻对比看起来显得格外讽刺和荒诞。她出于无法违背的底线，出手帮舒窈脱离困境，使得舒哲遭了报应。而这边舒哲出车祸危在旦夕，另一边他的父亲或者他们家的什么人，为了掩盖洗钱的罪证杀人灭口……

既可以说是她的“善”致使舒哲得了相应的“恶”，从另一方面来看，又何尝不能说是舒哲父亲造的孽，报应到了他身上。上帝欲使其灭亡，必先使其疯狂，这句话果真不错。

时至今日，舒家人仍然不知悔改，他们的结局，可能还不止眼下这些。

沈晏清没有在容辛的寓所住下，他们两人之间的气氛还是同之前一样。容辛礼貌邀请沈晏清留宿，沈晏清矜持拒绝他的邀请，两人一刻不停地弯唇挂着笑，直看得程隐脸发酸。

因为舒哲出车祸的消息，三人一夜都没有睡，各自休息补眠几个小时。下午三点多，容辛有事出门，沈晏清再次登门。手里拿着个纸质文件袋，他坐下便给秦皎：“段则轩托我给你的。”

“什么东西？”

“文件，还有别的。”沈晏清挑了挑眉。

秦皎拆封的动作闻言一顿，起身：“我回房待会儿，你们先聊。”

她走了，程隐问：“你干吗把她支开？”

沈晏清不承认：“我没有。东西确实是段则轩给我让我交给她的。”

程隐皱了皱眉：“他们……”

沈晏清扯了下嘴角：“具体的事情你得自己问他们。”

段则轩和秦皎近来走得有些近，程隐记下这一桩，不急，只等以后有空再问。当下的事情比较重要，她道：“舒哲进重症监护室，你不用去看看？”

沈晏清说：“我和他已经撕破脸皮，没必要走这种过场。”

程隐不说话，睇着他。沈晏清大致猜出她所想：“你想问，如何迈过母辈之间的交情这道坎？”

舒哲母亲把他从翻倒的车里扒出来，又是在去救他母亲的时候把命搭上的，以程隐和沈家这么多年的情分，多少也了解一些。

“如果我说这份所谓的恩情本身就不应该存在，你觉得……”

他唇边的弧度不像笑意，教程隐一顿，她想继续问，沈晏清已经起身：“走吧，出去逛逛，边走边聊。”

另一边，秦皎拿着文件袋进房间，拆开一看，头几张是正常的文件，和这次商谈项目有关的内容，但不太重要，她那儿有份类似的——至少没有重要到需要托沈晏清特意带过来的程度。

翻到最底下，她才看见一张信纸。纸上的是手写笔迹，是段则轩的字迹，啰啰唆唆没什么重要内容，记录了从她来L.A之后的几天里，他干了些什么、吃了些什么、心情又如何。末尾是一句话：阴有小雨，等天晴。

秦皎看得莫名，怔了半晌，拿出手机弹了个视频给段则轩。他那边似是在公司，扬着笑和她打招呼。她抿抿唇，略有些尴尬地问：“你给我这张纸，是什么意思？”

他勾唇笑，轻轻挑着眉：“沈晏清交给你了？没有什么啊，就是些不重要的随笔，有关于我想你的心情……之类的内容。”

沈晏清和程隐出门闲逛，准确地说是程隐给他做向导，带他出去“游览”。

“你在这里待过？”他见她熟门熟路，问。

程隐说是：“每年至少有一个季度会到这里来住。”

沈晏清淡笑了下：“难怪容辛说要尽地主之谊。”

程隐想到他们两个各居沙发一边针锋相对的样子，不想谈这个话题，还是对出门前他说的事更感兴趣：“你说你母亲和舒哲的母亲……”

听她提起这个，沈晏清表情疏淡，不再像年少时提起就勾出伤感那般，他的情绪沉沉如死水：“我母亲本来不会死，恩情建立在被连累的基础上，两厢相抵，一笔勾销。算起来，反倒还是舒家欠了我们。”

程隐听得云里雾里，没等她问，沈晏清瞥见前面有个移动车篷式甜品站，走上前去。他在窗口前回头问她：“吃吗？”

程隐摇头说：“太冰不能吃。”

她胃不好，冰的刺激也大，沈晏清要了一个冰球、一杯热饮，将后者递给她。经过广场时，两人在喷泉处被人潮挤开。这是个小型观光景点，人特别多，程隐前后张望，找不见沈晏清，略有些急。

没多久手机响起，他打来电话，她听着那头传来的他的声音，正想询问他的具体位置。

电话突然挂断，程隐喂了两声，正要回拨过去，身后忽然有人拍她的头。她下意识绷紧神经，猛地一回头，见是沈晏清，双肩慢慢放松下来。

沈晏清的冰球已经吃完，手插在外套兜里，他噙着笑说："小姐，我在找我的女伴，请问你看到她了吗？"

程隐撇了撇嘴，配合着答："没看到，你女伴长什么样啊？这儿人这么多，太普通的话可就很难找了。"

"不普通，我女伴非常特别。"他挑眉。

于是她问："哦，怎么个特别法？"

不远处喷泉变换花样，四周都是游人说话的声音，不同人种、不同肤色，各国语言、各种口音，一同在这个异国他乡的广场上汇集。

沈晏清站着和她瞎掰，偏偏说得格外认真："我的女伴笑起来很好看，非常聪明，有的时候也犯傻，倔劲上来谁都拦不住她。很不好惹，但是心肠很好，吃软不吃硬。是个……"他顿了顿，"很好的人。"

程隐默默听着，眼里的光芒比日光更盛，半晌说："你形容得这么玄乎，谁知道是谁。别找了，八成是找不回来了。"

沈晏清凝眸直视她："是吗？"

莫名地，谁都没说话，两人静静对视好几秒，程隐先转身："走吧。"

沿着街道继续往前走，沈晏清又买了个冰球吃，程隐提醒了句："小心胃疼。"

他嘴上应着，照吃不误。走了几分钟，纸杯里的冰球吃了一半，沈晏清忽然叫她："程隐。"

走在前面的程隐回头，他眼睑微垂，极专注地吃着手里的东西，眼睫颤了颤，声音平静沉和："你想要的东西我有。舒家洗钱的证据，在我这儿。"

第九章

只想将彼此融入骨血

1

沈晏清管舒哲的母亲叫舒姨。从有记忆起他就见过她，他的母亲和她是闺密，他很小的时候两人就时常约着喝茶，有时还会带着各自的孩子出门。她们边聊边吃点心，他和舒哲便会被放到一旁，凑着一起玩儿。

舒姨喜欢逗他，老是拿着各种吃的让他张嘴说话，每当他奶音糯糯开口喊她舒姨，她就会非常高兴地揉他的脑袋。

车祸发生那年，沈晏清只有几岁，记忆不清晰，但车翻时刻的惊心动魄以及天旋地转后被扯出车厢看到的浓烟烈火，在他幼年时期，常常出现在午夜梦回之际。

他在那场意外里失去了母亲，舒哲兄妹也失去了母亲，这份恩情和愧疚他记了很多年，一直未曾怀疑过，包括舒姨塞到他口袋里的那条项链。

小孩子对常出现在生活里的人没有防备，那时候他实在是太小，车祸当场，舒姨把那条项链塞到他口袋里，什么都没来得及说就返身回了车边，他根本不懂那是什么，也不记得对人言。

后来他被送往医院，再后来他就把那条项链交给了爷爷。

爷爷拿到那条项链时，摩挲了许久，在只有他们两人的病房里跟他说，让他不要告诉别人，一个字都不要对其他人言。他虽然小，但最敬重最亲近的人就是爷爷，当时便很用力地点头答应，而后再没有对谁提过半句跟项链有关的事情，连他父亲也没有。

况且他本来就不爱说话，车祸后大家考虑到他的心情，没谁会追着他问东问西。

那条项链在爷爷那儿放了很久很久，十八岁时，爷爷才把项链重新交到他手中，用一个木盒装着，特别郑重地叮嘱："收好，不要给任何人看，不要交给任何人。"

一开始他奇怪过，不知道是什么让爷爷态度那么严肃，他明白项链里肯定有东西，但当时没有深究。

他把项链收起放了很久，直到后来发生那一堆乱事，程隐离开，他全权接手嘉晟，她出国快半年以后，他才发现项链里的问题。那根本不是什么珠宝首饰，特制材料里内嵌芯片，储存着舒氏洗钱的账目和数据。

当初，舒哲的父母在生了舒窈后感情破裂，闹离婚闹了很久，局面僵到无法挽救，后来却一夕和平解决。看到芯片，他才明白原因为何。因为舒哲的母亲有舒氏洗钱的证据，她就是拿着这个要挟丈夫，成功离婚。

然而舒定彬又岂是好惹的，怎么可能咽得下这口气，签字离婚后，便借着她外出的工夫，让人在他们的车上动了手脚，于是有了那场车祸。

同床共枕的夫妻，一个要挟、一个下杀手，弄到这般地步实在令人咂舌。但更让人寒心的是，舒定彬和沈晏清的父亲多年好友，在明知和自己前妻相约见面的人是自己好友的妻子，并且好友年幼的儿子也被带在身边，舒定彬为了拿回证据，仍然能下得去手，不顾念半点旧情。

掌握芯片里的东西后，沈晏清派人细查过，舒哲的母亲当时在自己的座驾里，还放着一份纸质文件，舒定彬不知道项链的存在，他大概以为文件在车祸中烧毁，一切就销毁干净了。

如今，项链在沈晏清手里，这早已经不是唯一一份和洗钱有关的证据，沈晏清的爷爷在车祸发生那年拿到项链发现里面的玄机后，第一时间就着手拷贝了一份。沈晏清自己也留了心，于芯片失效前就将数据保存了下来。

这些证据足够证明舒氏的违法罪行，但为了万无一失，五年来沈晏清一直沉住气按捺不动，只是在各项生意上给舒哲挖坑，预备找出舒氏在国外洗钱的确切途径，证据完备后，在必要时刻一击毙命。

这次来L.A找程隐之前，被他派出去探容辛底的人，发现容辛那边似乎对舒氏别有一份关心，沈晏清了解程隐，不消细想，很快弄清楚其中弯绕。

相比沈晏清，难以反应的是程隐。在沈晏清吃着冰球漫不经心说出那句话之后，她整个人就陷入了一种懵然的状态。

找了这么久的东西近在眼前，这是一种什么感觉？她思绪纷杂，沈晏清轻描淡写抛下这句话，却没理会她看似平静实则过度的反应，照常逛完了一整条街，还尝了好几样小吃。

沈晏清来找她似乎就是为了逛一天街度一天假的，隔天没再出现，说是去忙自己的正事。

程隐早早起来，一上午呆坐在二楼小客厅，握着手机出神。

秦皎盯了她半晌，忍不住问："你在想什么？"

她没答，默然摇了摇头，脸色没有缓和下来，反而皱起眉头。

时间浑浑噩噩过去，之后又在L.A待了五天，容辛美其名曰休假，让她们好好放松。秦皎忙完事情，每天和程隐无所事事玩乐消磨时间。

沈晏清一直没出现，后来打了通电话，说公事没处理完，要回国了。程隐斟酌半晌，还是有话没说出口。

末了，他顺带告诉程隐关于舒哲的最新情况："舒哲大概要留下疗养一段时间，舒窈应该也没那么快回去。”

程隐“嗯”了声，一时无言。通完电话没多久，晚饭后过去了二十分钟不到，程隐去找容辛，和他说自己要回国。

他道：“现在就急着走？再过几天我可以和你一起回去。”

程隐主意已定，稍作沉吟，告诉他：“我们在找的东西，沈晏清那儿有。”

容辛一顿：“他有舒家洗钱的证据，所以你决定……”

程隐没有多说，只是表明态度：“我一定，一定要让舒家付出代价，舒哲的车祸是意外，我要做的事还没做到，我不能停下。”

容辛凝视着她，许久扬起笑：“好，明天我让人送你回去。你做什么，我都支持。”

程隐告知容辛的第二天，他便依言让专机送程隐和秦皎回国。他没送她们上飞机，十点后才起。

助理冲泡好咖啡端到他桌上，站于一旁。

助理在他身边待了很久，比程隐给他打下手的时间还要早得多。容辛一早上没说话，助理自然看得出他为何情绪不高。

“先生，您为什么同意程小姐回去？”

“同不同意又怎么样，她想走，迟早会走。”

“可是，先生……”

“我知道你想说什么。”容辛轻扯嘴角，弧度若有似无，“不过是提前几天回去而已，也没什么。”

他和程隐相处只有五年，比不过沈晏清，但要说了解，没有人比他了解程隐。她是个极度没有安全感的人，如今对他的信任，不外乎都是建立在她为他挡了一枪的前提下。

或许是从小经历造就的性格，她从记事起，最初的，亦是印象最深刻的记忆便是被生母抛弃。而后被沈晏清奶奶收留交给好友抚养，为的也是她和沈晏清适配的骨髓。

对她来说，大半人生，都是建立在付出和得到的关系之上。就好比他们一起去听音乐会，偶然遇袭这件事，在那之前，尽管他对她足够好，但她对他仍然有所保留。而她为他挡了那一枪重伤抢救，离开医院后，和他相处就显得自然了很多。

付出，然后得到，用另一种说法形容，也可以称之为交换。在她的潜意识里，她只有拿出什么东西和别人换，她才会觉得安心、安稳。这个东西是她的骨髓、是她的乖巧听话、是她一命换一命的恩情……可以是很多东西。

现在的程隐，没有什么东西能跟沈晏清换了。沈晏清打的算盘，路长，且不易。

回去之后，程隐休息了一晚，还没来得及去找沈晏清，就被秦皎一通求助电话打乱计划。

“你说什么？”

“有好多记者在公司外面。”秦皎的声音听起来很无奈。她自己是做这一行的，常年和媒体朋友打交道，但江河同源到底还是有差别，面对蜂拥而至的娱记，她实在有些招架不住。

和上次一样，致使她陷入被媒体包围困境的，还是舒家兄妹。舒窈哥哥发生严重车祸的消息传开，许多媒体采访不到远在国外的舒窈，又想博得版面，便把主意打到了和他们有过纠葛的秦皎身上。

秦皎回公司的第一天就被大批记者围住，她的公司才刚刚上路，遇上这种事不可能没有影响，至少对于公司里一大部分刚入职的新人来说，这样的氛围很影响工作。

程隐接到电话，暂时把去找沈晏清的事放到一边，立刻赶到秦皎那边。进门一看，公司前台处围着一堆记者，个个都叽叽喳喳说希望约个采访，前台不停地回答请走正常合作流程，和公司负责接待的部门联系，可那些人就是不听，死活不肯走。

“各位——”程隐凛了神色走上前去，立时吸引了一众人的注意，“麻烦你们无事不要在这儿吵闹，否则我要请保安，以及报警。”

一众人愣了愣，有人问前台：“她是？”

不等怔怔的前台姑娘回答，程隐道：“我是这家公司的股东。”

下一秒，立刻有人眼睛一亮，拿着采访工具冲到她面前，其他人也陆续拥上来，将程隐围了个水泄不通。

“请问这位小姐，你们公司 CEO 和舒窈小姐的哥哥舒哲先生之间的事情，你清楚吗？最近传言舒哲先生发生严重车祸，对此秦皎小姐有什么想说的，作为公司股东你能不能给我们透露一二？”

2

带了采访工具的记者，有的就快把话筒戳到程隐脸上。程隐出面不比秦皎，顾忌少，不悦当场摆在脸上。然而还有人不会看气氛持续追问：“请问对于舒窈小姐兄长遭遇车祸的事……”

“我没什么想说的。”程隐淡淡扫视面前一帮人，“做了什么就承受什么，我们的同情心只给该给的人，麻烦以后不要再拿无聊的事来打扰我们，各位请回。”

她不是开玩笑，说完便指挥前台打电话叫保安，一点都没给媒体留面子。话说到这个份上，在场媒体也不好意思厚着脸皮再继续纠缠，在保安进来之前，该走的人都走了。

搞定门口围着的人，程隐直奔里间秦皎办公室。她的简单粗暴秦皎是了解的，便没有多问。

当天下午两点有几家小网站就出了所谓的“采访稿”，程隐看着嗤笑一声，对文中抨击她的描述文字不以为意。

又过了一个小时不到，秦皎放心不下想去确认一下是哪几家媒体，再去翻，那些稿子竟然全都删干净了。她以为是眼花，查阅了几遍，又上全网检索关键字，确实找不到相关内容。上午所有堵在门口的媒体，带浓重主观色彩发布的“不实内容”，都被迅速处理了。

程隐反应过来，马上就知道是谁做的。原本和秦皎约好一起吃饭，就此作罢，她下楼打车，五十分钟后到达嘉晟汇隆商厦前。门口保安没有拦她，放行放得干脆利索。

办公室里一派安静，沈晏清在看文件，对她的突然出现几无反应，略略抬眸，语气相当平和：“来了。”

程隐在他对面的椅子上坐下，直直看着他：“网上的报道是你让人删除的？”

他专注地看着文件，点了点头。

她才刚回来一天，他对她的行踪和身边事情却了如指掌，但偏偏不找她，连个电话也不打。程隐一瞬不移地盯着沈晏清，他当然感受到了她的视线，仍没有抬头，左手持着文件，目光未离纸页半分，右手拉开抽屉，从里面拿出一本书放在她面前。

“你去沙发上坐一会儿，有什么事等我处理完文件再说。”

程隐见他似是真的在忙，默然起身，拿着书坐到厅里沙发上。两个人在同一个室内，但空间太大，显得距离很远。程隐捧着书，一开始看不进去，渐渐入神，然而一本书翻到快看完，天都黑了，沈晏清还坐在桌前。

她重新坐回他对面。这回沈晏清终于合上文件，起身，取下挂在一旁衣帽架上的外套：“饿了吗，你想吃什么？”

程隐没答，蓦地站起，几步走到他面前推了把他的肩，将他推得背抵墙。她离得近，一只手环上他的腰，另一只手轻搭在他肩头。一双眼凝凝望着他，眸中光线隐约、澄净，再往深了看又似藏着些朦胧不清的东西。

沈晏清知道她一反常态是为什么，也知道她今天来是为什么。他微不可察地皱了皱眉：“你不用这样，舒家的事我会解决。你知道，你想要的我都会给你。”

程隐敛了神色，凝眸看他，说：“既然这样，你想要什么？我都可以给。”

不知是她的话还是她这种以物换物的态度，让他觉得心里略闷。

沈晏清没有动，她的手就松松搭在他腰间。偌大办公室里地面铺满软绒地毯，对面墙外，擦黑天际已升起星点。潮水一样漫起来满到快要溢出的安静，慢慢将四周包围，他听到他和她的心跳声。

沈晏清僵了好久，终于还是忍不住，缓缓抬手，极轻极轻地抱住她。他知道她有目的、有要求，也知道她的话不一定真，但是没办法，她就像空气，他无法抗拒。

“这几年你有没有想过我？”很久之前就想问的问题，只敢在这个时候问。他把她揽在怀里，谁都看不到彼此的表情。

她还没说话，他先沉沉动了动喉咙：“我不想听你回答，我只想……听你说有。”哪怕是骗他。

“……这几年，我很想你。”她配合着，声音像一只抓人的手，一点一点拽着他让他上钩。

她又安慰似的重复：“沈晏清，这几年我很想你。”

这一句话，就这么简单的几个字，哪怕他有再多冷静再多矜持，也比不上这一刻的欣喜裹挟带来的动摇。

哪怕她在骗他，就算是在骗他，也好。

程隐打了一通电话给容辛，容辛便将收集到的东西整合成邮件传过来，他掌握到的东西，加上沈晏清储存下来的账目，针对舒家的证据已经俱全。

沈晏清派人开始整理，并让程隐简单过目了一遍。不是一蹴而就的事，尚需过程，已到临门一脚的关头，不差这点时间，程隐沉下心等待。

自从那天在沈晏清办公室见面之后，她和沈晏清交集增多。她没有工作要忙，眼下最重要的一件事沈晏清在帮她处理，她清闲下来，于是每天都会接到沈晏清的电话，有时上午有时下午，把她叫去后却又没什么事，不外乎都是让她待在沙发上。

他准备了好多不同的书籍，每天一本不带重样的，他看文件，她就捧着书消磨时间，偶尔抬头和他说两句话，他扑在文件中，还能分神和她聊几句。

程隐不知道这样有什么意思，但他似乎很喜欢，就算交流不多，大多时候只是两人共处一个空间，他亦觉得开心。

周末难得有一回不是在办公室闷头待着，沈晏清让她陪着参加宴会，礼服提前备下，是她合身的尺码，着人给她做好妆发，傍晚时分两人出发前去赴宴。先前在L.A说会比她稍晚一些回国的容辛回来了，白天和她通电话告知了她，但程隐没想到会在宴会上和容辛碰上。

程隐挽着沈晏清的胳膊，正随手拈起圆桌上瓷碟中一块粉红色的小点心，噙着熟悉笑意的容辛就缓步走到他们面前。

容辛的目光落在程隐手中的点心上："没吃晚饭？"开口是自然熟稔的对谈而非客套问候，这种姿态让沈晏清莫名不爽。

程隐摇头："只是尝尝味道。"

"今天刚回来，处理了一些事情。"他简略解释没能第一时间见她的原因。

才这么两句话，沈晏清已经不想再听下去，出声接话："在这儿也能碰上容先生，好巧。"

闻言，容辛这才把目光转向沈晏清，笑得含蓄而内敛："是啊，真巧。沈先生晚上好。"

两人客套笑着，暗流涌动。

厅前小舞台，现场乐队在演奏曲子，水晶灯映照出璀璨光线，一对又一对宾客下场跳舞。

容辛朝沈晏清道："不知我有没有这个荣幸，请沈先生的女伴跳个舞？"

沈晏清的表情"唰"的一下沉了，脸上依稀泛起冷气。

程隐微怔，不知容辛为什么突然想跟她跳舞，气氛僵持间，容辛蓦地笑开，说："开个玩笑。"

不再提前面一句话，容辛把手里的杯子递到程隐手中："未添加酒精的软饮，渴了润一润喉咙。"临走前叮嘱，"记得别饿伤胃。"没多留，言毕他便朝沈晏清颔首示意，款款离开。

程隐拿着杯子，还没送到嘴边，被沈晏清伸手取下放到一旁。

"我去帮你倒一杯新的。"沈晏清道，"不要乱喝别人的东西。"

程隐说："大哥他……"

“我没有别的意思。”沈晏清敛眸，“我只是希望和我在一起的时候，你能多看着我。”

她怔了怔。沈晏清没再说话，依言去给她倒喝的。

宴会正常进行，后半段两人从厅里出去，到花园中走动。又碰上了容辛，沈晏清那句话刹那飘进程隐脑海，她还没反应过来，容辛已经走上前来。

三个人碰面气氛尴尬，程隐只好说：“我去那边拿点吃的，你们聊。”他们俩没什么好聊的，想来她走开了，他俩很快便也会各自分开。

程隐转身脚步匆匆，半途回头看了一眼。谁知，沈晏清和容辛还站在灯墙下，不知在说什么。

那一整面墙缀满了彩灯，并非安在实质墙体上，而是巨大木板粘连贴着墙立在那儿的装饰。

院里吹起了一阵风，忽然间，程隐瞳孔猛然紧缩，她下意识飞身奔回去：“小心——”

木板边缘松动，摇晃着，似是将要倒下。沈晏清和容辛都先是注意到程隐的声音和飞奔而来的样子，而后才侧目朝身边看去。木板墙摇晃坠下，恰时程隐奔至面前，伸手只来得及拽一个。

“轰”的一声，缀着彩灯的整块木板倒下，伴随着花园里其他女宾的尖叫声：“啊——”

沈晏清猛地纵身闪开，及时避开。他摔倒在地上，抬头一看，不远处，程隐和容辛也避开，未被压倒。

宴会举办方的工作人员来收拾残局，声音嘈杂，身边容辛在焦急询问有没有事，程隐没答，坐在地上，看着被倒下的木板隔开的沈晏清。他也在看着她，那双眼沉沉如黑夜，辨不清半点情绪。

危急关头，她选择救的人是容辛。

3

花园里嘈杂一片，一堆人手忙脚乱地收拾烂摊子，程隐被容辛扶起，戴工作牌穿正装的工作人员连忙围上来小心又忐忑地询问他们是否有事。沈晏清也站起来，身边多了几个恭敬拘谨的人。

木板墙倒下波及的范围是墙下，这一块只有他们三个人，宴会举办方听闻出事慌忙从里面赶来，给沈晏清和容辛赔礼。

“没事吧？”应付过擦汗连连的主家，容辛注意力全在程隐身上，上下看了好几遍，生怕她哪里弄伤。

要不是她回头，在看到木板墙倒下的时刻飞奔过来拉着他往旁边扑倒，这个时候大概他已经被压在底下。

程隐摇了摇头，脸色略暗，容辛的关切听在耳里，却不想张嘴说话。斜对面几步距离的地方，沈晏清站起后没朝她看一眼。

她喉间发紧，莫名涩然。木板倒下的刹那，短短两秒之间，来不及思考太多，她说不清那时脑海里在想什么，也记不起是怎么做的选择。最后结果已然是这样，危险来临，她拉开了容辛。

容辛见她脸色不好，表情微凝，连问了好几声，她才动唇，声音低而沉：“……我不想再待在这儿，你送我回去可以吗？”

她的要求容辛从来不会拒绝，不过是个宴会而已。容辛当即和主家说了声，对方悬心写在了脸上，怕他是因为发生这个事故不悦所以要走，额头又开始沁汗。

容辛简单解释了一句，没再多言，搀着垂眸的程隐越过地上的狼藉，朝外走去。

“小心，注意脚……”

刚刚往地上那一扑，她不小心磕到了膝盖。容辛柔声道了几句小心，牢牢搀着她的手给她借力依托。

除了那句想走，程隐再没开口说话。左边胸口，心跳得格外快，一下一下撞击着心室内壁，那种慌乱撞法像毫无规则重重打在墙上的网球，教人发起痛来。

容辛搀着她经过沈晏清面前时，沈晏清还在和道歉的主家说话，没有抬眸看他们一眼。

程隐亦没有给侧边分去一丝目光，视线凝在前方，脚下步履不停，仿佛一开始就不是跟他一起来的，擦肩而过，全无交集。唯独心在那一刻，跳得格外重。

半夜，公寓里寂静无声，因要参加宴会，傍晚时沈晏清让人把杨钢接到了他那边，连唯一一个可以说话的人都没了。程隐独自在空荡的客厅、餐厅和卧室间来回走动，四下静得发慌。

先前容辛送她上来，待了一会儿她借口说不舒服想休息，让他回了。距离宴会已经过去几个小时，她鼓噪的脉搏终于缓和平稳，却有种说不上来的失力感。

在床上辗转许久，终究还是无法入眠，一闭眼，沈晏清的眼神就闯进她脑海里，直勾勾盯着她，如何也消散不去。

难眠间，外头似是有些声响，在这样的环境下就算是细微声音也能听得格外清楚，程隐犹疑起身，握着手机开门查看。

客厅里亮起了灯，只开了一盏，光线略昏黄。声响的制造者是沈晏清，他站在餐桌边，正好放下手里的东西，回头朝站在房门口的她道："我带了汤，喝一点。"

"你……"程隐微怔。她的思绪还停留在宴会上的场景，没想到他忽然跑来，整个人若无其事的，仿佛什么都没发生。

沈晏清只看了她一秒，视线对上一刹便移开，慢条斯理地解开塑料袋的结。程隐慢慢走过去，走到桌前，闻到了汤的香味。

"你怎么来了？"她极轻地问了一句，语气也轻。

"你晚上没怎么吃东西，喝点汤暖暖胃。"他把东西都弄好，推到座位面前。

程隐站着，不想坐，他也没说话。半晌，她道："我去厕所洗把脸。"

走得不快，但莫名像逃也似的，带着一丝说不清的慌乱。

浴室暖灯亮起，程隐刚拧开水龙头，虚掩的门忽然被打开。她抬头："你干吗……啊——"

话没说完，不知为何跟进来的沈晏清，蓦地拦腰抱起她转了个身放在浴缸旁边的洗手台面上。她穿的是睡裙，挡不住大理石台面的凉意，腿上皮肤霎时激起一层战栗。

他没给她反应的时间，更没给她说话的机会，下巴被钳住，唇瓣被他微凉的薄唇覆上，丝毫不怜惜，咬得她发疼。她手刚抬起就被他双双握住，捏着下巴的大掌移到腰上，紧紧揽着，他的胸膛像一堵墙，逃无可逃。

“沈晏清！”好不容易得以喘息的空隙，她着慌叫他，面前的人不为所动，像是陷入了某种情绪。

他的动作侵占性极强，毫不留情，气息渐渐升温，眼角微微泛起赤红。程隐手脚并用，然而在男人压倒性的力量差距之下，推拒全然无用。衣服被扯破，手腕被捏得生疼，她迭声叫着的“沈晏清”三个字之中，带上了哭腔。

没有用。他充耳不闻，如同不受控的猛兽，认定了要将她这块晚餐吃下肚。

程隐太久没有和人亲密，比充盈多得多的痛感蓦地来袭的那一刻，她哭得鼻尖红红，眼角淌下泪。脚侧在两边，踩在大理石台面上，教她羞耻，更痛得她蜷起脚趾。

他一点一点亲掉她脸上的眼泪，程隐哭得更凶，汗和泪交织，呜咽声音都哑了，只能来回重复：“别……不要……”其余半个字都说不出。

再次回到柔软床上，天快亮了，程隐没有力气，不想动，不想说话。身子接触到被单，她缓慢侧了侧身，而后不再动弹。

颊侧发丝是湿的，从浴室出来前沈晏清给她清理干净，拧了热毛巾替她擦脸擦脖子，仔仔细细将身上料理了一遍。

没开灯，窗帘缝隙透出外头将明的光线，较之前亮堂许多。他在背后，侧身朝着她的方向抱着她。程隐闭着眼，是半蜷缩的姿态，不想动亦不想回头，开口声音低哑，隐隐约约透出生硬冷淡，如同洗手台的大理石台面，带着些许鼻音：“你办完事了就走吧，我要睡了。”

身后的体温和胸膛没有远离，揽在她腰上的手臂反而越收越紧。她闭着眼，蹙了下眉，很快放平。

“你和舒家的恩怨是你们的事，我和舒哲的恩怨是我们的事，你拿证据给我，算我欠你……只是麻烦你下次做好措施。另外，我很讨厌这种不受控的感觉。”

她情绪转变极大，刚刚那个哭闹慌张的人消失不见，与现在的她判若两人。用这种自贬口吻说的话，不止冷静，更像是在冰水里浸过的刀子，一下一下扎在沈晏清心上。

那双手臂像烙铁一样，静谧室内除了说话声和呼吸声，还有无边无尽的苦涩。

“……对不起。”他的鼻尖贴着她的后脖颈。

程隐依旧没睁眼，声音在黑夜黎明交界的光线下，显得越发低沉：“你没什么好对不起。是我贱，反正除了这身皮肉，我也没别的了。”

酸涩苦水像是要从他的喉咙里漫出来，沈晏清觉得呼吸都似刀子刮在血管上。

“你不贱，是我贱。”他的歉意不知是为哪一桩哪一件，怕是自己都说不清。他紧紧贴着她的背，将她抱在怀里，喉头艰涩，却也依然带着如同腰上铁臂一般的决然坚持，“我没办法，程隐，我办不到。”

他艰难地动了动喉，一字一句说：“就算你不爱我，我也不想放你走……对不起。”

什么时候睡着的，程隐记不清楚，只知道睁眼已经是第二天傍晚六点。沈晏清守在她床边，见她醒了，扶她坐起，端起旁边床头柜上的碗要喂她，半途又自己收回去。

“汤凉了，我再去热一遍。”

程隐全身乏力，昏昏沉沉提不上半点劲，有气无力地抬眸朝沈晏清看了一眼，他解释：“我让医生来看过，医生说你低烧。先吃点东西，等会儿吃药。”

明明刚睡醒，然而整个人都乏得很，她没说话，掀了被子要下地，被沈晏清拦住。

“我去买东西……”她无力摇了摇头，推不动他。

“买什么？我让人送过来，你好好待着。”

程隐抬眸扫了他一眼：“避孕药。”

沈晏清顿了一顿，三秒后，勉力将嘴角抿出一个弧度，答应她：“好。我让人送过来，你躺下。”

程隐看了他一会儿，最后还是躺回床上。

沈晏清打电话让助理送药，而后端着汤出去重热。房间门开着，程隐看不到厨房，但听得到外面传来的声响。几分钟后，沈晏清端着汤碗重新进来，持汤匙要喂她。

程隐喝了一口，偏开头：“我自己来。”

沈晏清拗不过，只能将碗放到桌上，让她自己舀着喝。奈何程隐没力气，虚得手也发颤，舀了一勺还没送到嘴边，晃得全洒在了床上。第二遍重舀，手没拿稳一个向下，汤匙微翘，热汤倒流到手上，她烫得一下松手，瓷汤匙“哐啷”掉回碗里。

沈晏清连忙握住她的手，抽纸给她擦净手上汤汁，检查是否烫伤。程隐很不舒服，病得烦躁，厌倦地皱了皱眉，抽回手，有气无力地靠着床头：“拿走吧，我不想喝。”

她睁眼后没吃半点东西，沈晏清怕她胃不舒服，坚持要她喝，端着碗舀了一勺递到她嘴边，她偏头不肯张嘴，眉头皱得死紧。

“喝一点。”沈晏清往前递了递。

程隐一个烦躁：“我不想喝——”手一挥，别开了汤匙，碗也猛地打翻。

沈晏清怕烫到她，只能在碗打翻前用力往自己这边收，最后汤全洒在他身上，白衬衫下摆湿了一大块。汤汁沿着他的衣角流淌。

程隐怔了怔。沈晏清没半点反应，顾不上弄湿的衣服和手上大半汤汁，烫不烫热不热也无暇理会，忙不迭抽了张纸，将她脸上被溅到的汤汁擦干净。

“烫着没？”他眼里有淡淡焦灼，和瞳孔中她的缩影混在一起。

程隐怔了好几秒，缓缓闭上眼，眼眶中滚落眼泪。

“怎么了？”沈晏清见她突然哭了，以为真的烫着了，眉霎时拧紧。

着急要查看，程隐挡住，抬手遮着脸，垂头，喉咙里传出低沉的呜咽。

“沈晏清……你何必……你何必这样。”她背脊紧绷，双肩发颤，和昨晚放肆哭出声相比，这一刻的哭声显得压抑而闷重。

沈晏清愣愣地看了她好几秒，才抬手环住她的肩，她的头抵在他胸膛前，像悲鸣的困兽：“不一样了，现在不一样……”

他感觉到自己的衣襟很快被泪打湿，她摇头，哭得声嘶力竭：“我不放过自己是我犯贱……你何必学我……”

“没有。你没有。”沈晏清低头，亲她的眼角、亲她的眼泪，她病得脸都是烫的，情绪上来，越发烫得吓人。他鼻尖摩挲过她的脸颊，那热度让他心尖发颤，但她说的话更让他心如刀割。

他唇瓣贴上她的脸颊，闭上眼，眉头拧着，眼睫和她的眼睫相碰，一遍一遍重复：“你一点都不贱，是我活该……别哭了程隐，别哭了……”

他紧紧抱着她，用力到像是要将她摁进四肢百骸，摁进血肉之中。

4

沈晏清让人送东西来，一个小时不到，果真送来了。除了避孕药，还有程隐哭完停下，趁他去煮东西给她吃的时候，拿了他的手机额外给他助理打电话让送来的东西，放在同一个纸袋里的好几盒避孕套。

程隐把避孕套拿进房里，塞进了床头柜，再到客厅，没遮没掩，她顶着发烫的体温坐在沙发上，当着沈晏清的面把药吃了。沈晏清未发一言，重新热过了汤盅里的汤，喂她喝了一碗，又喂她吃了些热粥后，才让她躺回床上，贴了几个水袋物理降温。

她吞药的动作沈晏清看在眼里，此刻他坐在床边瞅着她侧躺闭眼的模样，尽管她是朝着他的方向，可心里不是滋味。她虽闭眼但仍能感觉得到他的视线，眼也不睁，抬手伸向床头柜，一拉，闷声说："东西在这里，你看清了。"

里面躺着几盒包装完好全新的避孕套。先前在厕所，这个抽屉没打开，沈晏清也不知道这是不是早就在她家的东西，为她这举动怔了一瞬。

程隐没有和他闲话的兴趣，声音越来越轻："我实在累了想睡觉，你出去把门带上，明天再来看看我死了没。"

她让他走，沈晏清却不可能走，不轻不重"嗯"了声勉强应过，给她盖好被子掖好被角，离开她的卧室，也依言带上门，不过人在客厅里，没走。

程隐这低烧一烧就烧了三天，三天里一步都没迈出家门。杨钢有沈晏清派人看着，上下学有人接送，吃睡皆有人看顾，不需要担心。沈晏清只能顾上一头，她卧病，他跟着留在她公寓，没离开半步。需要什么一通电话让人送来就是，把病恹恹的她一个人扔在家里，他放心不下。

白天的时候，她沉沉在卧室里睡着，他便在客厅里翻阅助理送来的文件，办公事，陪着她，两不误。

程隐病得不重，药吃下去病情就渐渐好了，只是人有点乏，第三天就瞧着正常了。

不出门不等于断绝社交，她被容辛送回来的第二天，也是沈晏清莫名在浴室发完神经，她一直低烧到傍晚才醒的那天，容辛给她打了电话。

婉拒了他来找她的提议，她强撑着精神，跟他说自己心情不好不想出门，想在家待两天。容辛没起疑，只说每天给她打电话，然后真的付诸行动。

但光打电话不见人也不是事儿，第四天容辛就亲自上门了。

程隐病已经好了，对出门兴致缺缺于是一直窝在家里。也是赶巧，容辛来的时候，沈晏清恰好有事出去一趟，似乎是去嘉晟，至少得大半天的工夫。

容辛进门才喝了杯茶，没说两句话，走动时就瞧见了餐厅立柜上的东西，避孕药。

这东西是谁的不用想。容辛脸色变了一刹，转身看向盘腿坐在沙发上的程隐："沈晏清来过了？"

程隐闻言，侧目和他视线相对，滞了滞，最终点头："嗯。"

容辛端着杯子在餐桌旁站了好一会儿，脸上神色莫测，好半晌走回来："你知不知道你怀孕会有危险？"

她说："所以买了药。"

容辛想笑，扯了扯嘴角笑不出来。他在她侧边的单人沙发坐下，捏着瓷杯把手许久，指节隐约用力，十几秒静默后将杯子放在了茶几上，"啪嗒"一声，瓷杯底座和玻璃相碰，声响细微，但格外清晰。

"……不要拿自己的命开玩笑，不管怎么样，这是最后的分寸。"

他怅然似叹的声音听起来格外戳心。程隐想说话，顿了半晌也出不了声。

在国外的五年，他们朝夕相处，工作之余偶尔也有消遣，一起去听音乐会那次就是。没想到的是，那场音乐会进行到一半，被突发事件打断，整个事故从发生到歹徒被赶来的警察制伏，总共不过十几分钟，伤亡却过半。

程隐给容辛挡了一枪，扑开他，他下意识揽着她转了个身，但最后中弹的还是她。

送医后，她捡回了一条命，但子弹穿过子宫，经过缝合却留下伤口，子宫一旦扩张撑大伤口就有可能裂开，有发生危险的概率，不宜像正常女性一样生育。

程隐不喜欢弯绕，每次谈及这个问题，像是不知道痛一样随意朝自己插刀，直接以"不能生育"代之。

"大哥，"程隐叹着气，蓦地笑了下，"有的事情，可能真的一辈子都过不了那个坎了。"她指的是什么，那几盒药已经透露得很明白。

“人生苦短。”容辛再度端起杯子，半天只说了这么一句。

没有想到，兜兜转转这么久，最终还是绕回了原点，尽管这个结局，他早就预料了，早在她决定回国时就有预感，但当真的听到她表态说出口，他的手握着杯子，隐隐约约轻微发颤。

然而又能怎么样？匆匆几十年，遗憾太多，既然是过不去的坎，那就不过了，只要她开心就好。

天擦黑时沈晏清回来了，容辛走了有些时候，大概老天突然就是不想他们碰上。程隐觉得没有说的必要，便没对沈晏清特意提。他带了晚餐回来，程隐窝在沙发上却不想动。

“我想绑头发。”她抬眸瞧他，眨了眨眼。

沈晏清放下手里摆弄的东西，顾不上饭菜会不会凉了，只能依她。他去浴室拿了梳子和发筋，他站着，和她隔着沙发扶手，让她可以舒服往后靠。

程隐的头发顺，不打结，他握在手里，另一只手持着梳子梳得更服帖，没扯痛她半分，她舒服得闭上了眼。

沈晏清给她绑了个简单的马尾，把头发束起就完事了。程隐没去计较后边是什么模样，随意晃了晃头。

“太久没碰长头发。”

她笑着接：“确实手生。”

以前他偶尔心情好的时候，她缠着让他帮忙绑头发，十次里他还是会应个两三次的。现在这个绑得松松垮垮的，估计再过一会儿就散了。沈晏清笑笑，抬手帮她整理。

她忽然说：“沈晏清，那个时候你没能救起我，你有没有后悔？”

他的手顿了一下。没等他回答，她道：“我没有。前几天晚上，灯墙倒下来的时候，我没有救你，我不后悔。”

她说：“很奇怪的，当时是很难过，可是后来冷静下来，摆脱了那股情绪，我想得更多的竟然是——扯平了。”

沈晏清呼吸滚烫，手停在她马尾处，没动一下。他动了动喉想说话，她没给他机会，又笑了下继续说：“其实说到底，你有什么错，归根结底你只是不喜欢我。我是不招人待见，但那么多人，想知道总能听到几句。那天你不是故意不救我，我早就清楚，这么多年耿耿于怀，为的不过是一个耿耿于怀的由头。”

这几年，所谓的痛恨，追根究底不过是“求不得”三个字而已。

她似叹又似笑：“扯平了没什么不好。挺好的。”

静了三秒，程隐垂了垂眸，又道：“我想回房。”

她蜷着腿不动，沈晏清明白她的意思。喉间滚了滚，说不清的闷重和酸涩一齐涌上来，最后他还是将这些全都咽了下去。

沈晏清没说二话，放下梳子，走了两步俯身抱起她，送她回房间。

将她轻放在床上，她的睡姿不变，侧躺微蜷，默然合眼。沈晏清坐在床边，一直看着她。

他忽然发现自己很喜欢看她睡觉的样子，安静、沉稳、平和。更喜欢抱着她，每当在她背后圈住她的时候，能清楚地感受到她的心跳，一下一下平缓有力，像是在证明，他正抱着她，拥她在怀里。

舒家的情势如何，程隐不是很清楚，但舒窈回国的消息她还是知道的。并非从沈晏清处得知的，而是在网络一干媒体的报道下，不知道也知道了。

机场图里的舒窈打扮低调，衣着全是浅色调的，戴了帽子和眼镜，没化妆，露出来的半张脸气色不大好。因她回国，网络上又聊起了她哥哥出车祸的事，没多久沈晏清收到消息，告诉程隐：“舒哲的下半辈子，要和假肢一起过了。”

对于他，程隐真的打心眼里同情不起来，眼下沈晏清还在办着会要舒家老命的事，于是她没发表意见，象征性地“嗯”了声。

除了舒哲，沈晏清还给程隐带来了另一桩消息：杨钢的骨髓捐献者找到了，那个人他们都认识——孙巧巧。

程隐听到的时候有些愣，她飞去L.A之前孙巧巧曾给她打过电话关心小杨钢的病情，她略交代了些，当时完全没把孙巧巧也纳入配对人选。沈晏清说是孙巧巧自告奋勇，主动联系的他，抱着试一试的心情他便让人拿去测了，这几天才出的结果，也是意外之喜。

能把这个大难题解决，杨钢的手术日期可以提上日程，程隐别提有多高兴，把孙巧巧约出来请人家吃了顿饭，接上被送离公寓好些天的杨钢，四个人见了次面。

沈晏清办事自然是有效率的，直到正式手术等在手术室门外，程隐还有些恍惚。

进手术室的前十几分钟，换上病号服躺在病床上还没被推进手术室的小杨钢问她："姐姐，我们还能再见面吗？"简单一句话教程隐酸了鼻尖。

她给他肯定答复："能，当然能。"

他又问："孙姨会不会很痛？"

她说："你别多想，姐姐也给晏清哥哥捐过骨髓，你看我现在不是好好的，他不是也好好的？你们都会没事，等病好了，我和孙姨带你去玩，你乖乖听话，哄她开心她就一点也不痛了。好不好？"

他重重点了点头。

手术室门口的灯一直亮着，程隐和沈晏清两人双双坐着，静默无言。大概是为了缓和气氛，她没话找话："你那个时候害怕吗？"

"当然怕。"他承认得很坦然，"怕睁不开眼，怕再也醒不过来，怕闭上眼睛的前一秒就是最后一秒。"

"我除了手术后平躺着不能动的那几十分钟，其他的印象都不深。"程隐笑了下，"算起来，你身体里至少也有些东西是我的，我还是债主。"

"说得也是。"沈晏清淡淡弯了下唇，拿起她的手，将她的掌心摁在自己的左心口，"不过不是别的，是这儿。"

第十章

很高兴你爱我

1

杨钢的手术很成功，沈晏清安排的医生都是业内顶级的，术前制定了几种手术方案，细致妥帖，整个过程非常顺利。孙巧巧那边，沈晏清派了护工照顾她，术后同程隐去看了还未醒的杨钢，又去看了她。

总算是了结了一桩心事。程隐和杨钢的相识是场意外，但在这些日子的相处中，彼此都有了真感情，没到母性泛滥的程度，但也是将他当作亲弟弟来疼的。

手术后没几天，孙巧巧来找程隐谈事，谈的不是别的，正是杨钢的归宿。托程隐出手的福，她从要跳楼的绝境中缓过来，后来离婚官司打赢，到如今分割的财产已经全数理清。她的经济情况不再拮据，有属于自己的房产，还有存款，正在寻摸着合适的店铺准备盘下，出租或者做生意。

感谢的话说过许多次，孙巧巧也曾自掏腰包表示律师费不能让程隐出，被程隐拒绝后才作罢，这回同样诚恳道了谢，之后才将话题拐回正道。

孙巧巧的意思是，她想收养杨钢。话说得忐忑，生怕程隐不悦，一出口她就忙不迭解释："我不是想跟程小姐争什么，也不是对程小姐带孩子有什么意见，你知道的，我自己是个没福气的，当时流产没能留住，还伤了身体，怕是这辈子可能都不会再有孩子了。"

她顿了顿，叹了声气："如果程小姐你想收养杨钢，那当然是最好的，有你和沈先生在，杨钢以后的日子绝对不用担心。但……"

问题就出在，程隐并没有把收养手续办下来。

孙巧巧看了程隐一眼，说："我不知道程小姐是什么意思，也不知道你是不是后头有别的打算，冒昧跑来说这样的话还请程小姐不要介意，我是想，如果程小姐最终不收养杨钢，我想养他。"说罢，便越发忐忑地等着程隐回话。

孙巧巧想得太严重了，程隐并没有怒意，把杨钢带回来的决定程隐不后悔，现在治好了他的病，更是好事一桩。但对于他今后的去留，程隐也仍未决定——应该说是她自己今后的去留，暂时还不明了。对于杨钢来说这是一辈子的事，她不仅要考虑自己，更要为他考虑。

默了半晌，程隐道："只要是对孩子好的决定，我当然没意见。不过这件事，我觉得还是要先问过他的意见。"

如果杨钢同意，那么她也没异议。无论是跟在孙巧巧身边还是跟在她身边，其实都差不多，跟着孙巧巧甚至还更稳妥些。以后即使不在她身边了，要见面也不难。

如此，杨钢去留的事便说定，程隐没有立即开口，打算找个合适的机会和杨钢谈谈。

其余事情有条不紊地进行着，沈晏清的人盯紧了舒家，不敢懈怠。秦皎的公司走上正轨，忙得不能见面，但每天会和程隐聊微信。

直到秦皎忽地打了通电话给程隐，程隐才想起还有件事没问秦皎——关于秦皎和段则轩的关系——不过也已经不用问了。秦皎说，她和段则轩在一起了。

程隐一下子没法把他们联系在一块，愣了好几秒。回过神来时，她握着手机起身和电话那头的秦皎聊了很久。彼时她正在外头和沈晏清吃饭，顾不上那么多，把他一个人撂在位置上。

接完电话坐下，沈晏清正慢条斯理动着筷子。

她一腔郁闷没处发泄，撒在了他头上："你是不是早就知道秦皎和段则轩有事情？"

沈晏清抬眸："他们的事我怎会清楚？"

"那之前在L.A，你替段则轩转交给秦皎东西？"

"我只是顺便帮忙。"

程隐还是不高兴，垮着脸闷闷不乐。

沈晏清没办法，只能宽慰："在一起就在一起吧，未必是坏事。"

她当即瞪他："你还说你不知道？"

他失笑："我又不傻，听你接电话，猜也能猜到。"

沈晏清知道，大概是段则轩之前花边新闻不少，程隐放心不下，找不了段则轩的麻烦，脾气撒到他头上当真冤，可再冤也得受着，别说撒两句火，她就是要骑到他头上，他也只能当小祖宗供着。

——她那几天低烧之后，他们之间的气氛就变了。话虽没说开，但从前的旧心事，已然曝晒在烈阳下，彼此亮出来显露得差不多。

她过不去旧情这道坎，他更是不可能放得下。既然如此，最好的方法只能是踩在旧伤口上，走出一条新的路。

沈晏清住进了程隐的公寓，她没说好，也没拒绝，日子含含糊糊过，真要说也说不清，床头柜抽屉里的东西倒是用了大半盒。

当下，听她不满地数落起段则轩来，沈晏清虽然想替段则轩说两句公道话，最后却还是只能点头听着。她不停地说，他的重点却在她没怎么动筷子，可劲挑着她喜欢的菜夹进她碗里。等程隐反应过来，碗里已经堆了一座小山。看着他平和专注的眉眼，她终于闭了嘴。

吃完饭，程隐不想立刻回去，沈晏清把车开到护城河边的市立公园，两人在河栏边找了处清净的地方坐下。河风拂动，程隐脚踩在石凳边缘，支起膝盖，下巴枕在膝头。

她一直没说话，沈晏清见她看着前方出神，显然还在想着先前的事，柔声道："段则轩真的没有你想的那么差。再者，秦皎有分寸，你该相信她。他俩还不一定谁收拾谁。"

程隐没吭声，半晌，低头将脸埋在自己膝头和手臂间。沈晏清一见，担心她哭了，脸色当即微敛。

她恰时开口："我不是难过……"声音闷闷的，顿了好半晌才接上，"我高兴。"

他抬手，轻轻落下，搭在她头上。

这么多年，秦皎第一次谈恋爱。她担心过不止一次，怕秦皎始终走不出阴影，始终无法开始正常的感情。如果是那样的话，她真的不知道该怎么办才好。秦叔叔的死已经无法挽回，她不希望秦皎这辈子再没有幸福的可能。

程隐闷头半天，再抬头眼里微红，不过没有流眼泪。她迎着风吸了吸鼻子，朝沈晏清道："我想看烟花。"

这时候去哪里找烟花，而且市里禁止燃放烟花爆竹。沈晏清眉纠了纠，朝她伸手。程隐侧身到他怀里，被他拉了把，直接拉到腿上坐着。

"公共场合，搂搂抱抱的不太好吧？"她坐定了，垂眸用眼尾斜他。

他不以为意："你以前没少找我搂搂抱抱。"

她撇嘴。沈晏清继续前面的话题："今天不行，明天再看烟花，想看多少我都给你准备。"

程隐自认不是不讲道理的人，于是勉为其难点了点头。

"去市郊那边，那边空气好，明晚可以去那儿住一夜，放烟花也没禁忌。"沈晏清搂着她，顿了一下说，"正好让孙巧巧把杨钢接到她那儿，住上一段时间。"

“为什么？”

他脸色稍严肃：“以防万一。”

程隐犹疑道：“是舒家？”

“他们那边还没察觉，没动静。”因为舒哲的车祸，舒家上下现在还没缓过来。他道，“不过还是小心些为好，秦皎那边我让段则轩上点心多注意。”

他都考虑到了，程隐自然没话说。

市郊的房子位置不错，是沈晏清名下房产之一，他们俩傍晚时分出发，到了后吃完晚饭，时间便到了七点过半。

程隐听到屋外响起烟花炸开的声音，兴奋地小跑出去，沈晏清不急不缓地跟在后头，皱眉叮嘱：“慢一点。”

燃放烟花的地点离他们这座房子不远，烟花到了空中，就像是在他们头顶上方，观赏方便。

没多久，又有人送来好几箱烟花，一一搬到院子里放好，程隐跃跃欲试，要不是沈晏清拦着，拿着打火机立刻就要去点。

最后到底还是点了，引线燃起，她立马一溜烟蹿回去，躲进沈晏清怀里。瞧着她双手捂住耳朵抬头往天上瞅的样子，沈晏清失笑，往怀中揽紧了些。

程隐看得起劲，忽听他说了句什么，奈何赶上烟火炸开的瞬间，声响太大，没听清楚。她仰头问：“你说什么？”

沈晏清垂眸，看了她几秒，未言语，俯首吻上她的嘴唇。程隐愣了愣，本以为只是亲一下，没想到他一亲就不放开了，她推了好几下都没能推开他的胸膛。

许久后重获空气，烟花也停了，她半是被亲半是郁闷，脸都气红了：“都怨你，后面的烟花我一个都没看到！”

院前空地上的烟花多的是，程隐颠颠跑过去，又点着一个。回到前廊下，她故意和他拉开距离，不跟他站在一块。然而烟花放着放着，看着看着，两个人又肩并肩站在了一起。

全部放完花了快一个小时，程隐想起先前那一阵，问：“你安排的人在哪儿放的烟花，这附近还有房子？”

沈晏清“嗯”了声：“离这儿不远。”毕竟是特殊时期，虽然舒家没有异动，为了安全起见，他还是安排了人跟着。

程隐没多问，嗅了嗅满院子烟花燃放后的味道，回了屋内。洗澡的时候，沈晏清堂而皇之进来，程隐被热气熏得脸上泛起了汗，见他围着浴巾推门而入，一愣：“你干吗？”

他未言，挑了挑眉。

回到卧室，泡澡泡得晕头转向的程隐蜷在床上，见他从抽屉里拿出一盒冈本，顿了顿，才反应过来他“准备”得真是齐全，立时怒目朝他踹了一脚。

沈晏清一只手将她的脚丫握住，白净小巧，被热水泡得白里透粉，他看着笑得眸光溢彩。

在市郊住了一晚上，隔天傍晚回市里，车开进市区时天已经黑了。到她住的小区门口，程隐叫沈晏清停车，她要去便利店里买东西。

沈晏清将车停在路边，她下车直奔便利店，他坐在车里等。亲眼瞧见她进了便利店，沈晏清无聊看了看手机短信，又查阅了几封邮件，过去了两分多钟。他抬头侧目朝车窗外看，没见到她出来的影子。

他抽出根烟想点，打火机不知为何，蹿了几次都蹿不出火苗来，心莫名地“咯噔”一下。

他皱眉，再朝便利店看，还是没有程隐的身影。只犹豫了两秒，他便放下手中东西，当即下车。

小跑奔到便利店前，透过玻璃往里看，沈晏清的心霎时坠入冰窟，店里已经没了程隐的踪影，万千思绪齐齐涌入脑海。

忽地看到右斜方有张纸片，沈晏清过去捡起一看，是张便利店的小票，方才刚打印的，付款票据上买的软饮正好是程隐爱喝的。

抬眸四下一扫，前面就有条巷子，他立即拔腿冲过去。

昏黄黑暗的长巷里，他隐隐约约看到了程隐的身影。三个大汉捂着程隐的嘴，已经快把人拖到巷子出口，程隐不住蹬着腿挣扎，那些人似乎也急了正准备用扛，沈晏清飞奔冲了过去。

程隐的心从来没有跳得这么快过，就快绝望的时候，看见沈晏清的身影出现在巷口，眼眶一下子热了，那种感觉完全无法形容。

一拳挥到男人脸上，沈晏清把程隐抢到怀里，然而一敌三有悬殊，程隐思绪还没跟上瞬息改变的情况，就听到重重一声闷响——有个大汉从地上捡起板砖，砸在了沈晏清脑后。

程隐被沈晏清紧紧抱在怀里，他压着她，往地上倒去。没等三个大汉有进一步的行动，巷口传来一阵脚步声："先生在那儿——"

大概是沈晏清的人，在市郊别墅看烟花的时候他们在附近盯着，回程自然也跟着。三个大汉一瞧形势不对，飞快奔逃。

程隐顾不上别的，手发颤地握着压在身上的沈晏清的肩，满眼都是慌张，满心都是慌乱："沈晏清……"

他眼皮颤了颤，闭眼歪下头之前，额角沁出一道血迹，一滴温热略带腥味的鲜红血液，"嗒"地滴在了她睫毛上。

2

沈晏清被送进了医院，敲在他脑后的那一板砖力道不小，他闭着眼倒在程隐身上，额角淌血，就算那样，紧紧箍着她的手也没有松开，保镖们费了好大的力才把他的手掰开。程隐和保镖们把他送往医院，一路上手脚发凉，心慌得厉害。

沈晏清入院，这样的事情自然要和沈家人说，瞒是瞒不住的，况且出了差池，谁也没法交代。

最先赶到的是沈承国和沈修文，沈晏清的父亲和大伯不在家，大哥沈居业一时抽不开身，但都收到了消息，得了空应该会立刻赶来医院。

医生给沈晏清处理好伤口，沈家人到的时候沈晏清被推进了病房，沉沉合着眼，还处在昏迷中。和医生谈完话，沈承国让沈修文在病房里盯着，把程隐叫到外边说话。

程隐满脸愧疚，这件事因她而起，沈晏清受伤亦是因为她警惕不高被人拖走。

沈承国看了她一会儿，将她颓然苍白的脸色看在眼里，眉一皱：“这点事就把你精神气都打散了，嗯？”

她一顿，抬眸：“沈爷爷，我……”

他摆手道：“事情我都知道了，晏清的伤你别往心里去。被人咬了，哪有不去怪咬人的，反倒怪被咬的，是不是？”

程隐没想到沈承国反过来安慰她：“这件事……”

她不知道从哪儿说起，坐着的沈承国撑着拐杖，在地上顿了一下：“晏清办的事，我都知道。”

程隐抿了抿唇。

“你心里是不是在埋怨，我早就知道却一直不说。”

“我没有这么想……”

沈承国不和她纠结这个问题，叹了口气：“老舒还活着的时候，我们的情分谁也越不过。我一直想，如果先走的是我，我的儿子孙子不成器干些见不得人的事，老舒要是知道了，怕是会比我还更揪心。”

他手中的拐杖又重重在地上敲了敲：“多行不义必自毙，我本想不助纣为虐也不落井下石，没想到舒家那帮人不仅不收手，不知悔改，反而变本加厉……”

“现在想想，我的恻隐何尝不是另一种助纣为虐。”他怅然摇头，“这件事是我对不起你们，对不起你和晏清，也对不起晏清他爸。”

“沈爷爷……”程隐想抬手，还是忍住了。

“等晏清醒了，你们放开手脚去做吧，其他的我也不多说什么。”他摇了摇头，说完这句，起身朝病房走，幽幽又叹了句，“多行不义必自毙……”

沈晏清的伤势不算太严重，医生说主要是脑震荡，等缓过来了，人自然就会醒。沈承国安排了足够的人手，病房内料理杂事以及外头的安保，样样都到位，沈家几个为正事奔忙的也都抽时间特意来了医院一趟。

虽然沈承国安排了人，但待在病房时间最多的还是程隐。病房里大多时候都是静悄悄的，她和昏迷的沈晏清在一片寂静中默默相对。他还没怎么，她倒是先瘦了些。

程隐也不知道自己在想什么，一发呆就是一两个小时。回国之后一直觉得他烦，整个人比以前变了很多，有时候也会想起从前清冷、少言少语对她没什么表情的沈晏清，然而现在他躺在那儿不说话安静了，她又觉得不是滋味。

还好，沈晏清昏迷了两天，第三天下午终于睁开了眼。

程隐对上那双缓缓睁开的眼睛愣了半晌，“噌”的一下猛然站起。

他嘴唇有点干，说：“水。”

程隐赶忙给他倒了一杯，揽起他的头喂他喝下。喂完水，她略有些忐忑地问他：“你……知道我是谁吗？”医生说，脑震荡醒了后可能会有后遗症。

沈晏清看了她一会儿，眼神淡淡，让她莫名悬起了心。半晌，他握住她放在床沿的手，闭了闭眼，略带无奈道：“别闹。”

程隐紧绷的肩一松。他捏了捏她的手：“你怕我睁眼会忘了你？”没等她回答，他道，“要是忘了，我这一下不就白挨了。”

人终于醒了，脑子也没出什么问题，程隐心里的大石终于稳当落下，有心情顺着他的话闲扯：“那怎样才叫不白挨？”

“当然是跟你好好算清楚。”他脸上略白，带着些许病色，轻轻扯了扯嘴角，“我估计你下半辈子都得赔给我了。”

程隐撇了撇嘴：“知道你沈总身价不一般。”说着，她站起身，“我去给你弄点吃的。”

手却被他牢牢握住。

他道：“我现在不想吃。”稍用了点力扯了扯她，“陪我躺一会儿。”

睡了两天还没睡够，程隐腹诽，到底还是没有挣开他的手。病床不大，两个人躺有些勉强，程隐枕着他的手臂侧躺在他怀里，怕碰到他脑后的伤口，小心翼翼动都不敢动。

两人分享同一床被子，沈晏清给她掖好被角，说："睡吧，我也再睡会儿。"

他的下巴抵在她额头，程隐嗅到他身上极淡极淡的熟悉的沐浴乳味道，还有若有似无的药味，心里多少有些酸涩，抿紧了唇。

没再说话，程隐这些天都没睡好，不多时便沉沉入梦。床小，沈晏清动了动，侧过身子来，和她正面相拥，正好不必压到脑后的伤，反而更舒服。

睡了两个小时，沈晏清醒了，护士进来换药，程隐还在梦里。门一开的刹那，他便微抬头，抬指抵在唇前示意别说话。护士拿着药，开口说了一个字就噤了声，瞧见床上两人相拥的姿势，略红了脸。

沈晏清小声说："药先放下，等等再换。"换他头上的绷带就得叫醒程隐，沈晏清见她睡得香，知道她肯定没有休息好，私心想让她再多睡一会儿。

护士点点头，放下东西赶紧出去，关上病房门，一边朝工作岗位走，心一边跳得微快。

看来是没什么希望了。之前她和一帮同事还在猜天天守在病房里的那位小姐和床上的病人是什么关系，现在人家都躺一个被窝抱一块了，是什么关系一目了然。

好歹花痴了几天，想到刚刚沈晏清冲她做的噤声手势，男人眼神清冷，一举一动全是对怀中人的温柔小心，她不禁又红了脸。真是，怎么好事都是别人家的！

护士走后，第二个进病房的是段则轩，沈晏清入院当天他来看过，这回并非程隐联系他，只是来看看沈晏清情况有没有好转，没想到人竟然已经醒了。迎头被沈晏清送了一个噤声眼神，段则轩看着床上抱在一块的两人，突然有点不知该不该进去。

他轻咳了声，轻手轻脚进去，拉了椅子在病床边坐下，说话声不自觉小了很多：“你们这是？”

沈晏清说：“她没休息好，让她睡一会儿。”

得，还想着来关心关心沈晏清，看来人家好得很。也是，有程隐在，哪儿轮得到自己送温暖，他又不能给沈晏清抱。段则轩在心里腹诽了一通，而后才说正事：“舒家这两天没动静。”

沈晏清受伤入院，几乎将矛盾推到了明面上，原本段则轩是不知道沈晏清私下的动作，这回他们两家把矛头亮出来，想不知道也难了。

听段则轩提起舒家，沈晏清眼神冷了几分。

“不过我猜他们应该要有动作了。”段则轩道，“鱼死网破失败，只能溜之大吉，我派人盯住了他们，绝不会让他们跑了。”

沈晏清道了声谢，段则轩说：“嗨，跟我客气什么。”挑了挑眉，“反正我跟舒哲那孙子早就撕破脸皮，我没那不打落水狗的风度，这时候不打什么时候打？”

谈了些外头的事，段则轩目光回到眼前：“程隐睡得这么沉？看来是真没休息好。”他们聊了半天她都没醒。

“嗯。”

见沈晏清视线落到程隐身上明显变柔和，段则轩一时玩笑心起，勾着嘴角调侃：“你可悠着点，伤到头，不适合做激烈运动。”

沈晏清抬眸扫他。段则轩笑得欢：“行行行，我不在这儿打扰你们，先走了，等你出院再聊。”说完，他很识相地利落走人。

段则轩走后，程隐终于睡醒。一看天都快黑了，她顾不上别的，赶紧下床出去给沈家人打电话。

沈晏清两天没吃东西，她睡了一下午，他又饿了一下午，热粥送来后，程隐亲自过手，一勺勺喂他。

吃完粥，程隐回公寓给他拿换洗衣物，有沈承国的人跟着，直接跟上楼进屋守在她卧室门口，巷子里的事不会再发生第二次。

她离开病房没多久，病房里就来了个不速之客。容辛施施然进门，一见他，沈晏清的脸就冷了几分。外面的保镖不知干什么吃的，什么人都往里放。

沈晏清直接道："程隐不在。"

"我知道。"容辛淡笑，"我是来看你的。"

沈晏清皮笑肉不笑地扯了扯嘴角。

容辛道："沈先生好得很快嘛。"

"没死，让容先生失望了。"

没对沈晏清夹枪带棒的话作何反应，容辛径自坐下，说："程隐在病房里守了好几天，我知道她情绪不高，这几天没有打扰她。过些时候舒家的事情差不多就了了，我也该回去……"

"一路顺风，不送。"

容辛笑了笑："程隐帮我打理工作打理了五年，没有她我怕是也不习惯。等舒家的事了结，我就问问她愿不愿意跟我回去。"

沈晏清眸色霎时冷下来，脸沉得几欲和锅灰媲美："你未免太高估自己。"

"我没说她一定会跟我走。"容辛挑眉。气氛霎时降到冰点，默然对峙了几秒，容辛看着沈晏清道，"不知沈先生知不知道，程隐受过伤的事？"

沈晏清正要开口，被容辛打断："我说的不是胃病。"

见他微怔的神色，容辛知道他肯定不清楚，没遮掩，直接道："程隐替我挡过一枪，不巧正好在腹部。当时命救回来了，但是留下了伤。"

"所以？"

"医生说她不宜怀孕，否则有子宫破裂的危险。"

沈晏清不知他意欲何为："你告诉我这个是想说明什么？"

"程隐这个人，心思太重，面上看不出什么，实际对很多事情都很敏感。"容辛略怅然，"她不愿意欠别人的，她肯对我敞开心扉，也是因为她救了我一命。我对她有恩，她对我也有恩，有来有往谁都不欠谁。"

"不想欠别人的、不想拖累别人，这是她最大的优点，也是她最大的缺点。”容辛直直看向沈晏清，“她的身体能不能转好，能不能生育，医生也不知道。”

沈晏清知道容辛说的都没错。程隐不想欠别人的，哪怕是秦皎。所以才会因为连累了秦皎而揪心这么多年，势要和舒家杠到底。而如今她若是真的不能生育……就算她能放下过去和他从头来过，大概也会生出不想“连累”他的心情。

容辛的一番话让沈晏清思绪纷繁：“你为什么告诉我这些？”

他知道了尚且能想想办法，不知道的话，等程隐因为不想“连累”他而连个机会都不给他，他怕是也不会知道程隐为何放弃。

“身在福中不知福的人，非常令人讨厌。该珍惜的时候不珍惜，错过了才来后悔，仿佛活在这世上只要会后悔就行。”容辛含着笑，微弯的眼里渗出的光芒却冷冷沉沉毫无温度，“在我看来，像沈先生你这种人，就应该多受点苦。”

有的人就是如此，不珍惜该珍惜的，偏要等到无可挽救的时候才追悔莫及，而其他很多人，却连珍惜的机会都没有。

容辛顿了一顿，掩了眼里的光，脸上恢复一贯温和的笑容，对沈晏清道：“你过得好不好与我无关，我只希望……程隐能过得好。”

不再多言，容辛站起身，转身前又扔下话：“我走的时候会问问程隐要不要跟我走，她如果不走，我绝不会拿那五年的情分强迫她。还有段时间，能不能留住她那就是你的事了。

“祝沈先生早日痊愈——”

如同来时那样，他笑吟吟地施然离去。

3

容辛走后，沈晏清出神了很久。接到程隐电话的沈承国在沈修文的陪同下，来病房走了一遭，确定他没事就放心离开了。而后，程隐取好衣物回来，满心张罗着他洗澡的事，没注意到他稍显沉默的异状。好几次，他想和程隐说些什么，话到嘴边却停住，最终全都咽回腹中。

洗完澡，程隐扶着沈晏清回病床上。他已经说过头上的伤不碍事更不影响走路，可她就是执意要搀着他。把他搀回床上，她又开始忙活些琐碎小事。

好不容易找了个借口支开她，沈晏清让人把医生请到病房里来。他的主治医生恰好晚上当值，以为他要问伤情的事，带上了检查报告等一堆东西，然而一句和伤情有关的完整的话都没能说上，就被沈晏清打断。

“我的伤势我已经知道了，请您来是想麻烦您帮我处理另一件事。”

医生只好合上病历等纸页，道：“另一件事？沈先生请讲。”

沈晏清没有立即开口。他看了医生许久，盯得人家又是莫名，又是一阵发毛。

程隐和沈晏清遇袭的事，百分百可以确定是舒家做的，而且遇袭地点是程隐公寓小区外，在他们从市郊回来的时候，浮动性那么大的时间和地点，不可能是临时起意，至少说明舒家早就安排了人伺机动手，那天只是恰好找到机会。

如今程隐和沈晏清都安然无恙，沈承国加大保护的人手力度，连段则轩那边都知道了两家的矛盾，舒家的腌臜彻底遮掩不住，几乎和这件事同时浮上水面。

如段则轩所说，舒家开始了最后的疯狂，鱼死网破，拼死一搏，能派的人，能动的手，该做不该做的全都做了。

有沈晏清遇袭的事在前，段则轩把秦皎护得牢牢的，态度一反常态地强硬，不让她离开公寓半步，隔绝一切危险的可能。沈晏清亦没忘杨钢和孙巧巧，他们虽和这件事没什么关系，但他还是多了一个心眼，毕竟谁知舒家会不会像疯狗一样泄愤乱咬。

在气氛紧张的几天过去之后，事情迎来重大进展——舒定彬半夜搭乘直升机试图离开，被及时赶到的检方人员拦下。

沈家的人和段则轩的人一直盯着舒定彬，自然发现了他逃跑的苗头，若是当时检方未能及时赶到，他们便会阻止舒定彬试图逃跑的行为。总之，舒定彬想要逃之夭夭是不可能的。

除了洗钱，舒氏还有更多违法行为，就程隐和容辛知道的，帮舒家洗钱的负责人在国外被枪杀，必定和舒定彬脱不了干系。后边的一桩桩一件件，越是顺藤往下摸，摸出的瓜就越多。

舒窈也和舒定彬同一天离开，都是试图，但都没能成功。两人分开在两个不同地点搭乘两架直升机，被两拨检方人员拿下。

作为明星，享受着万千粉丝的喜爱，利有了，弊在这时候也显现出来。舒家的罪行，无论是调查还是审讯都有一通流程要走。换作平时，大概是桩经济方面的社会新闻，但因为舒窈的明星身份，一下子在网上闹大。

最早是传出小道消息，说舒窈多次被检方传唤，停了原定的所有工作安排。粉丝当然不信，不仅不信，还很嗤之以鼻，在首发这条消息的微博下痛骂，指责无良媒体不安好心，用些没有根据的事情来抹黑舒窈。

在粉丝心里，一切不好的流言都是别家粉丝和黑子们想要黑舒窈。事情却没有像以往娱乐圈中的你来我往一样，按照粉丝的想法发展和结束。在首个媒体透露消息后，越来越多的媒体开始说舒窈被检方传唤的事。

一开始，舒窈粉丝还能气势汹汹地攻击所有提及这件事的媒体和网友，说他们“网络暴力”“杀人不见血”。没多久，舒窈所属经纪公司的官博在被粉丝们骂了好些天“吃白饭”“废物”“无作为”之后，发表了正式公告声明。

但却不是辟谣，而是宣布即日起，旗下艺人舒窈的演艺活动无限期暂停。

舒窈粉丝慌了，在粉丝头头的带领下，强撑着怒骂经纪公司：“舒窈作为你公司艺人，这些年来勤勤恳恳，给你们带来多少商业收益？不管发生什么事，关键时候公司不支持她，丢下她一个人承受网络暴力，这绝对不是一个负责的经纪公司该有的作为，只能说公司不仅不成熟而且薄凉！我们等舒窈出面和我们说，她在哪儿我们也在哪儿，希望到时候你们不要后悔！”

对于粉丝的抗议，经纪公司保持缄默，未再发表任何回应。

吵吵闹闹好些天，一直到正式消息出来，网上顿时掀起轩然大波。以微博为主，舒窈和舒氏这两个关键词上升到了热搜排行第一和第二，各路网友咂舌不已，营销号和段子手们转发微博，言语中也都惊叹不已。

舒氏被检方起诉，罪行一条条被媒体列举出来，其中洗钱罪被列为第一条，但并不是最严重的，舒窈自出道以来一直让粉丝们所骄傲的财团大小姐身份，一时间变得格外讽刺。

以往粉圈掐架的时候，各当红小花没少被她的粉丝踩“出身低”“专注洗脚”“low”……而如今，别家粉丝又怎么会放过这个“白富美”，对她生来便吃人血馒头、一家人不积德干尽坏事，全力回击。不光是粉和黑之间的恩恩怨怨，纯粹看新闻的网民们更是感到一阵胆寒。

“舒窈长得那么好看，出身那么好，以前我一直很羡慕她，觉得她是真的天之骄女，没想到她家这么吓人，她爸爸简直太丧心病狂了，做这么多坏事就不怕遭报应吗？！”

“之前舒窈的亲哥哥就被爆出曾经犯过强奸罪，当时舒窈的粉丝还说是别人黑舒窈编造的，我那时就觉得肯定十有八九是真的，前段时间她哥哥不是出车祸残废了吗？我点评了几句说有罪的话希望能绳之以法，舒窈的粉丝还追着我骂我恶毒，真不知道谁更恶毒……”

“啧啧，舒窈长得再好看又怎么样，心里不知道有多脏，她爸爸哥哥都不是好人，她肯定也好不到哪儿去。蛇蝎美人说的就是她这种，建议封杀，不要再让这种人出现在电视上误导年轻人。另外希望她爸和她哥，总之就是他们家干了坏事的人一个都不要少，全都受到法律严惩！”

……

舆论一边倒，毕竟舒氏做的都是些实打实的恶事，想洗也没法洗。舒窈的粉丝说不出话，被现实狠狠扇了一连串耳光，如果真变成巴掌，估计一个个脸都要肿成猪头。

一连几天，各个娱乐论坛，接二连三看到一大堆舒窈粉丝脱粉，直播烧舒窈的卡通抱枕、烧她电视角色的卡片、烧她的应援礼物等等，还有好多人跑到舒窈好久没动静的微博底下骂她。网民看热闹，粉丝则恨自己猪油蒙心看走了眼。

这样的情况，舒氏必定倒台无疑，尚在国外的舒哲也被传唤带回国内。舒窈可以说不知情，但舒哲脱不了干系，下半辈子会是何惨况已可预见。

秦皎本来只要坐等看他的下场，但她还是站了出来。在检方搜查舒氏之际，她站出来，控告舒哲强奸。保存在科研所的东西，时隔数年，终于在失效前派上了用场。

微博上的媒体跟进舒氏消息发布这件事时，找到了秦皎之前在大学讲课的视频，配着新闻一起发送。

关注过这件事的网民们无不感慨，当初舒窈的粉丝口口声声说炒作，还嘲讽别人说不定是她自己爬上富二代的床，冷血又可怖地对受害者进行二次加害，如今受害者拿出证据，正大光明站上法庭为自己讨回公道，真真看得人唏嘘。

等了这么多年，终于等来了这一天，视频里她那一句掷地有声的“他敢认吗”，可是包含了多少心酸。

程隐没有关注网上的动态，她的心思都在对舒氏的审判案上。最后判决下来，舒定彬的罪名众多，这辈子，都要在牢里过，舒氏亦被查封。

舒哲和秦皎那一案是另外审的。开庭那天，程隐本想亲自去现场，沈晏清不同意，强行把她拘在公寓里，不论她好说歹说，就是不肯松口。

他耐心宽慰：“有段则轩在，他会看顾好秦皎，不会有事。”

程隐只能待在公寓里，忐忑地等了又等，在庭审结束后，等到了秦皎的电话。那边声音微颤，一字一句却清晰坚毅——

“阿隐……我们赢了。”

“唰”的一下，程隐眼泪夺眶而出，握着手机大哭出声，在沈晏清怀里抽噎到失声。

后来程隐才知道，电话里听起来镇定自若的秦皎，其实在走出法庭的那一刻，同样当场痛哭，蹲在地上抱着膝盖哭号，久久难停。

舒家父子被判刑的第二天，舒哲就自杀了。而后，在舒定彬收监当天，舒窈跳河自尽，步上了她哥的后尘。程隐听到消息，沉默了许久，并未置以任何言辞。

彻底尘埃落定，了却一桩旧怨，程隐还没缓过神来，突然接到沈修文的电话。他火急火燎，让程隐赶紧去沈家一趟。

程隐不明所以往沈家赶，进了大厅，沈修文等在沙发上，一把将她拉过去说：“你赶紧去看看爷爷！”

“沈爷爷怎么了？”

“晏清回来一趟，爷爷差点被他闹出病来！”

程隐以为沈晏清又干什么大逆不道的事了，愣了愣，还没问，沈修文就继续道：“他拿了份检查报告回来——”

“什么报告？”

沈修文顿了下，客厅里只有他们两人，他便没遮掩，皱眉啧叹了声：“就是份身体检查报告，说是先天性无精症，以后怕是不能有后代！”

沈修文头痛不已：“他跟爷爷说公司不管了想出去散心，归期不定，扔下话自己就上楼了。爷爷又是担心又是气，中饭都没吃，现在还在书房里闷着！”

闻言，程隐怔住，愣了个彻底。

4

“咳咳”两声，容辛差点把刚喝进嘴里的茶吐出来。

“你说什么？”他错愕地看向助理，不敢相信自己的耳朵。

助理敛神，低下头：“刚刚收到的消息，沈晏清那边出了些状况，他的体检报告结果……的确是不能生育。”

“你说，他患有先天性无精症？”容辛拧眉。

“是。沈家似乎闹了一场。”

室内安静下来，容辛陷入沉思，助理不敢打扰他，不再说话。

过了会儿，静谧环境中忽地响起一道轻笑声，助理略略抬眼，不敢看得太直接，瞥见容辛唇边真切浮上笑意，那笑声也是从他喉中溢出的，不懂他葫芦里卖的什么药，越发屏息。

好半晌，助理犹疑开口：“先生，程小姐那边……”

“没事，不用打扰她。”容辛摇了摇头，靠在椅背上换了个姿势，好笑地执起桌上茶杯，酌了一口，叹道，“亏他想得出来。”助理听不懂，没接话。

容辛道：“这事我知道了，你出去吧。”

应了声，助理当即要转身离开，忽地被他叫住。

“先生还有事？”

右手食指指尖一下一下叩在桌面上，容辛眯了眯眼，月牙般的眼里亮起恶劣光芒，他勾了勾唇：“去送些补身体的东西给沈晏清，替我表一表心意。要贵，要多，千万别吝啬。”

助理怔了怔。先天性……这种问题再补也补不回来，又不是身体虚的问题，送补品去，这不是给人添堵吗？搞不懂容辛的意思，但他下了命令自己只能照做，助理点头应声，默然替那位沈先生提前尴尬了一番。

程隐被沈修文叫到沈家时，听到沈晏清“病了”的消息，完全是蒙到无以复加的。第一反应先是觉得不可能，毕竟他的表现一点都不像有什么障碍，然而见沈修文一脸严肃的忧愁模样根本不似玩笑，便也凝神正经起来。

仔细想一想——也对，能不能生育的确不一定和房事表现有关。

而后上网一查，很快了解了一番，沈晏清的这个“病”就是其中之一。

程隐先去见过沈承国，老爷子情绪不佳，到底还是关心沈晏清，没聊多久就让她上楼去瞧瞧。程隐依言去了，沈晏清在二楼卧室里，门没关，轻敲两下，她推门进去。

沈晏清坐在阳台门前，抬头看了看她，没说话。气压太低沉了，程隐默然在心里叹了口气，走到他身后抬手摸了摸他的脸颊。沈晏清没避开，但也没什么反应。

“在想什么？”她问。

“没想什么。”他看着阳台外，没回头，“今天太阳不错。”

程隐“嗯”了声，顿了顿说：“我去见过爷爷了。”

她感觉到沈晏清的肩膀僵了一瞬，很短的一瞬，马上放松下来：“是二哥叫你回来的？”

“是。”

他怅然道：“到现在还让爷爷担心，是我不对。”

程隐抿了抿唇：“你……”

她想问他的“病”，但沈晏清摆明了不想谈这个，他握了握她搭在自己肩上的手，站起身：“我们下楼看看爷爷。”

到楼下后，沈晏清进了书房，不知在里面和沈承国谈了些什么。反正在沈家一待前后就是几个小时，程隐愣是没能和沈晏清正面谈他的“病”。

沈晏清在程隐的公寓里住了有段时间，同居一室，同睡一张床，两人都习惯了。不过原本和谐的气氛近来却不大好，沈晏清变得沉默了很多，对什么都怏怏无趣的模样，连公司也不大去。自打程隐被叫去沈家得知他“有病”之后，每晚睡觉他都只是在背后老实地抱着她，别的动作一概没有。

像是受到打击般，程隐主动了好几回，可每次要进行重头戏的时候，都被他拒绝。明明亲得气息都变了，一如平常蓄势待发的状态，但他就是不肯动真格的，始终回避和她亲热这件事。

又是一晚，晚饭是沈晏清煮的，三菜一汤，菜色丰盛。

洗漱后双双躺下，床垫软和，像是枕在云上。两人有一句没一句闲聊了一会儿，说话声停了，程隐背后就是沈晏清，他的呼吸撩在她脖颈后，平稳而和缓。晚饭时他喝了点红酒，现下已经安宁入梦，她却怎么也睡不着。

睁着双眼睛一直到半夜，程隐听着他平稳的呼吸，试着喊了几声："沈晏清？"没有回应。

等了一会儿也没有动静，确定他真的熟睡，程隐在他怀中转过身来，轻而柔地用鼻尖蹭了蹭他的脸颊，闭眼心内默叹不已。

沈晏清是在一阵古怪的感觉中醒来的，睡得昏昏沉沉，莫名却觉得像是在海浪上起伏。他迷蒙睁眼一看，一愣，当场吓得清醒——程隐占据了主导权。

熟悉的热意"轰"地直冲脑顶，一张俊颜霎时红了，他闭眼紧皱着眉，抬手掐住她不让她动："……别闹！"

程隐哪儿肯，干脆一边抓住他的手臂借力，一边说："你看，你很正常不是吗？什么病不病的，管他……"

沈晏清是一句都听不进去，脑子炸开般。

然而更让他惊诧的是："……你没做措施？"

看她的表情肯定就是了。沈晏清闭了闭眼，翻身将她压倒，结束这一切，他脖子都涨红了，还是扯过被子将她盖好，奔进浴室。

程隐愣了愣，裹着被子坐起身，越发愣怔。她是想让他不要那么灰心丧气，证明给他看，至少他某些事情还是没问题的，可他到了这个份上竟然还能无动于衷？

听着浴室里传来的水声，程隐叹气都不知从何叹起。沈晏清真是被这病刺激大发了。

程隐正为沈晏清的事头疼不已，容辛偏偏要来凑热闹，不知打哪儿知道了消息，非常不人道地送来了好些补品，说是送给沈晏清吃的。

收到东西的时候，程隐就怕沈晏清会暴走，谁知意外的是，他很平静，像是认命了一般，淡淡瞥了一眼，心平气和地收下，还跟前来送东西的人说："帮我转达一句谢谢。"吓得程隐以为他神志也出问题了。

把东西放得远远的，程隐跟在沈晏清身后，还没来得及说上什么，他就先道："我没事，你不用担心。"

说得容易，可他太过反常，她怎么能不担心？这还不算完，容辛在让人送了东西来之后，一个电话把她叫出去，说是有事要当面和她说。见了面，却是说要回国外，他问她："你想跟我一起走，还是留在这儿？"

走还是留……程隐一时被问愣了。早先一直说会不会留在国内还不确定，但真到决定去留的时候，她又没了主意。

容辛不逼她，笑了笑说："没这么快走，你先好好想想，想留想走都行，全凭你自己的意思。"

和他谈完回到公寓，程隐略有些心烦。晚上容辛发来短信，又提了一遍回国外的事。好巧不巧，短信内容被沈晏清看到了。

程隐急忙解释："大哥发的这个只是……"

"没事。"沈晏清既没有生气也没有动怒，眉眼疏淡，极其平静，温和得有些吓人，他摸了摸她的头发，柔声说，"其实离开这里也未必不是好事。你想走的话就跟他走吧，我没关系。"

他在她眼睛上吻了一下，言毕走到玻璃墙边静坐，外头霓虹璀璨，夜光照在他脸上，照得棱角都失了真。程隐走到他身边，莫名觉得有些生气，一句话都说不出来。

他抬头看她："怎么了？"

若无其事的询问，让她更觉得胸前堵了一口气。沈晏清看了她一会儿，忽地弯了弯嘴角，执起她的手，将那纤纤细指抵到自己唇边亲了亲。

程隐有话想问又问不出来，兀自闷着气。

“我已经毁过你一次了，”他忽地怅然开口，“我不能再耽误你第二次。”

5

容辛说没有那么快走，但也并不表示会在国内一直拖拉待着，他们家这些年生活重心早就转移到国外，这几次回国的目的只是为了帮程隐完成心底念想。如今该做的做完，堵在程隐心里的刺拔出，也到了他的生活该回归正常轨迹的时候。

在面谈过一周之后，容辛启程。他有私人专机，舒适自由程度非机场航班能比，自然是自己走。

一上午时间，沈晏清呆坐在办公室里没有动，无论身边人走动还是说话，都难引得他注意力的十之一二。关键是，他待的不是自己的办公室，脚下踩着的大厦也并非嘉晟，而是段则轩办公的地界。

段则轩很心累。沈晏清忽然跑来，什么也不说就搁他这儿静坐，不知有什么好看的，一个劲地盯着玻璃墙外出神。和他讲话也不理，一句话说个三四遍他才有点反应。

段则轩本想好好问问沈晏清搞什么鬼，恰好有事过来找他的秦皎瞧见，及时拉住他，小声说：“昨晚程隐给我打电话了。”

“说什么？”

“容辛今天走，程隐现在应该在容辛那儿。”

段则轩听得一愣：“程隐她……打算走？”

秦皎抿唇，摇了摇头：“我也不知道。”

程隐没说，昨晚一通电话聊了很久很久，但到最后她都没说是走是留。秦皎只知道程隐昨晚一个人待在公寓，沈晏清回了自己的住所，给她足够的时间和空间想清楚。

秦皎今早醒后收到程隐一条消息，说是去容辛那边了，没说去干什么，也没说是否收拾了东西要跟着一起走。小声嘀咕了这一通，段则轩和秦皎默然对视，谁都没再说话。

沈晏清像是没注意到他们的小动作，仍坐着一动不动。段则轩不知道他此刻心里想些什么，不敢上前打扰他，担心了一会儿，转而和秦皎谈起正事。

处理完公事，临近吃午饭的时间，段则轩想着无论如何都得把那尊入定了的大佛给弄“活”，结果还没上前，一上午泥塑般僵滞不动的沈晏清站起身，淡淡颔了颔首：“我还有事先走了，你们忙。”

说罢，人就出了办公室，段则轩和秦皎愣了几秒才反应过来，段则轩担心：“他不会出什么事吧？”可别想不开，真要出事，他拿什么去给沈老爷子交代！

他赶忙摁电铃让在外面的助理去追，可惜沈晏清人高腿长脚程快，没能赶上。

沈晏清像是人间蒸发了。程隐去他的公寓、自己的公寓都不见他，到嘉晟走了一遭，助理说他根本没去公司。电话打到段则轩那儿，才知道他在段则轩公司待了一上午，之后就不见踪影。

大概秦皎在旁边，段则轩明显已经知道了八卦，还不忘问：“你没跟容辛走？”

程隐懒得应付他们，丢下一句“等我联系上沈晏清再说”，结束通话。

最了解沈晏清的人莫过于程隐，焦急了不过一个小时，她很快灵光一闪想到什么。当即又给段则轩去了个电话，让他安排车和司机送自己。一路赶往市郊，在市郊那栋别墅门前见着沈晏清的车，程隐知道自己找对了。他们一起来这儿放过烟火，住了一夜，就是不久之前的事。

踏进大门，沈晏清坐在门前的台阶上，没有惊诧、没有讶异，很平静地抬眸看向她。在她一步一步走到面前、走上台阶的时候，他站起身：“回来了？饿了吗，我去煮饭。”

他说着就要转身，程隐抬手一扯，拉住他。静默相对许久，她原本想问他为什么跑到这里来，忽然间一下子觉得没了问的必要。

“你知道我会找到这里，一直在等我？”

他没说话，握住她的手，牵着她进屋，脚步轻浅地踩在大理石地板上，领着她向里走，说：“我买了你喜欢吃的排骨，可以蒸一道，红烧一道，再煮个汤。”

被牵到厨房里，沈晏清松了她的手，开始择洗蔬菜，程隐站在一旁看了他许久，过去拿掉他手里的东西。

沈晏清平和地望着她，她视线灼灼，对视好半天，她默然舒了口气，用手肘挤开他：“我来洗菜，你去弄别的。”

把原本属于他的位置占了，她在水池前，垂着头动作认真。背后沈晏清却没动，他的脚尖贴着她的脚跟，沉默了一会儿，又向前靠近，他环住她的腰，胸膛贴上她的背脊。

“程隐，”他俯首在她耳边，声线低沉，“你爱我。”

程隐洗菜的动作一顿，水哗哗流了两秒，她缓过神来把龙头一关：“大白天的你说什么胡话……”

“你爱我。”他抱得越发紧，贴着她的侧脸，“不然你不会回来。”

她顿了几秒，说：“你想多了。我不跟大哥走只是在国外待累了，生活习惯差太远，大哥身边有能帮得上他的人，我在不在不要紧，而且我没说今天不走以后永远就不走。”

他没说话，但她能感觉到，他并不似表面看上去那么平静。被他紧紧从背后圈在怀里，程隐一时动作不便，想挣开他，到底没付诸行动。只有视线是自由无碍的，她左右扫了扫，蓦地发觉，厨房里的食材分量似乎不是一个人的……

程隐推开他，转身面对着他问：“菜买的都是两个人的份，你是不是早就笃定我会回来，根本就不认为我会走？”

见她一脸愠怒被他吃死的表情，沈晏清当即否认，淡淡笑了下，唇边无限怅然：“我哪能料到那么多？”

他抬手摸了摸她的头发，说：“但是我相信你会回来。不管跟不跟容辛走，你一定会回来。最坏的结果无非是今天你走了……那么，我从现在开始等你，从今天开始把一个人的日子当成两个人的过，就像你一直在一样，然后等你，直到等到你回来为止。”

菜还是买两个人的分量，床还是双人床，浴室里的沐浴乳、洗发乳准备双份，洗脸的毛巾、漱口杯、牙刷，全都是双数，衣柜里的睡袍也备下男女两套。

假如今天她跟容辛走了，那么他就还是把每一天当成她没有离开那样来过，然后去期待和相信，不管多久，她一定会回来。

五年都等了，再多一个五年，也不算什么。

沈晏清低头在愣怔的程隐额头印下一个亲吻，强装平静的神色出卖了他的情绪，那熠熠泛着光的眼睛如同他说的话："我很高兴，程隐——

"你爱我。"

程隐觉得，男人有时候真的奇怪到令人摸不着头脑。就比如沈晏清，前些日子还在因为病的事情恹恹不振，哪怕她都做到那个份上了，他仍坚持"底线"，对亲近一事毫无兴趣。

可这才过了多久？她不过是没有跟容辛一起出国，选择留在国内，他就像喝了十斤鹿血一样，让她完全招架不住。

一晚上被他折腾个没停，程隐在迷蒙煎熬中，指甲掐进他的肩，哭了出来。开始原是有注意到，他特别仔细地做好了防护措施，她想问，但到后来神志全失，最后还是没能问出口。

程隐累得沉沉睡着，沈晏清靠坐在床头抽烟，怕烟气冲到她，只抽了几口便掐灭。手撩了撩她的发丝，他拧着眉，情绪有点沉。

拿回去给爷爷看的那份体检报告是假的，但将来不会有后代，却是极有可能的事。程隐的身体状况不适宜怀孕，为了她的安全，自然是在源头处解决问题最好。源头在哪儿？在他。

沈晏清已经决定好了，之后会找个时间做节育手术，彻底绝了让她怀孕的可能，但在手术之前还得去一趟冷冻库，确保万无一失，将来他们无论进退都有选择。

这些事情等以后日子长了他再慢慢告诉她，而不管是对家里还是对外，有"先天病"这个由头在，别人只会认为一切问题在于他，没谁会把压力施加到程隐身上。

思绪纷繁，沈晏清在心内默叹了声气，躺下盖好被子，轻轻将她拥进怀里，相对而眠。

自打容辛离开后，沈晏清又重新忙碌起来，程隐觉得他消沉的气场散得差不多了，每天不再怏怏不乐，恢复了以往正常模样。

不知不觉过去半个多月，杨钢的去留也决定下来，程隐和他好好谈了一通，他虽然小但已经能分清好赖，思考几天之后，决定跟孙巧巧一起生活。每到周末，程隐便会接他到公寓住，除了见面次数减少，感情还是一如既往。

秦皎的公司蒸蒸日上，程隐领了个闲职，主要是给她帮忙。上班没多久，碰巧遇上杨钢学校开期中家长会，孙巧巧为了即将开张的店在外地寻找货源，参加家长会的事拜托给了程隐。程隐原本打算去的，临了公司有事抽不开身，一个电话急急打到沈晏清那儿。

家长会在晚上开，程隐谈完事情天也黑了，和沈晏清说好，开完家长会他们就去接独自待在孙巧巧家的杨钢，三个人吃夜宵。动身前想起前些日子给杨钢买的礼物还放在家里，她改道，打车回了公寓。

谁知礼物怎么找也找不到，就连许久没进的书房也没放过。程隐正要发消息问沈晏清是不是他顺手带去了，翻箱倒柜间，翻到一个黄皮文件袋。这份文件程隐见过，前一晚沈晏清的助理送来的，当时他拿到没有立即拆，她问他是什么，他表情似是有一刹古怪，随口答了句“公司的事”就把文件收起，她没往深处想，很快抛到脑后。

文件开过封，是拆过的，程隐拿在手上，明明是在找给杨钢的礼物，鬼使神差地，打开文件袋将里面的东西拿了出来。

一沓纸张，白纸黑字。程隐才看了一页，脸色变得难看起来。这是份男性节育手术意向书，时间定在后天下午。而手术对象后清清楚楚写着三个字：沈晏清。

第十一章

岁岁人常在

1

接到程隐的消息说夜宵不吃了，沈晏清就知道肯定有事情。没忘杨钢还在孙巧巧家里等，沈晏清打了个电话去，告诉杨钢不去接他，让他自己睡下。沈晏清做好心理建设，驱车回去。

近来日子安稳，要说有事，那么只有一件。

如沈晏清所想，一踏进公寓的门，无须他酝酿什么，程隐就腾地站起，把一沓东西拍到茶几上：“你解释一下，这是什么东西？”

他抿了抿唇，半晌“嗯”了一声：“就是你看到的这样。”

程隐死死瞪着他，被他一脸坦然气得胸闷，愤愤转身朝屋里走。

沈晏清扯住她的手腕往回一拉，圈进怀里。程隐抬腿用膝盖踢他，手中各种不满推拒。他生生受了她挣扎的动作，死死将她摁在怀里，等她稍稍平复后才说：“你受枪伤的事，容辛跟我说了。”

她一顿，深深吸了口气：“然后呢？”

沈晏清垂眸直视她，很认真地看了几秒，声音平和却坚定：“程隐，我想和你过下半辈子。”

一句话让屋里安静下来。

“我不在乎以后有没有孩子。”他说，“动这个手术之前我会去一趟冷冻库，如果将来你想要孩子，我们可以想别的方法。但为了你的身体健康起见，我不能让你冒这个险。就算没有孩子也没关系，不管有没有，我不在意，我只想跟你在一起。”

程隐沉沉呼吸了几下，喉间似鲠着什么，说不出话来。鼻尖有些酸，她抬脚在他脚背踩了一下，挣开他的怀抱转身快步冲进了卧室。

沈晏清跟到卧室门口，程隐从床上一把扯过枕头和被子，冲到他面前一股脑扔进了他怀里。

“你不是挺能装，晚上你就睡外面得了！”

他微愣：“程隐……”话没说完，门“砰”的一声在他面前关上。

沈晏清拿着枕头手臂上揽着被子，站在门口，顿了顿，抬手要敲门，忽听里面传出细微的动静——哭声。程隐大概就靠坐在门后，他清晰地听到了她哽咽的哭声。

“程隐？”

沈晏清皱眉，正考虑要不要用暴力手段把门弄开，里面传来她闷重的声音：“让我一个人待会儿。”

他站了站，默然一叹，也转身在门边坐下。背靠着门，想到她就隔着一扇门和他背靠背，皱着的眉慢慢松开。

“你生我的气，气归气，好好的哭什么。”

屋里没有别的声音，他知道她能听得到，因为他也听得到她在卧室里的声响，就着一丝丝细微动静，想象她的坐姿、她的动作、她的表情。

没有如预想一般听到回答，反而因为他这句话，程隐的哭声更大了。

“为什么我们这么苦……凭什么……”

十几秒的时间，她在卧室里哭得气息不平。他可以想象到她脸上落下的眼泪，一滴一滴，仿佛不是泪，而是酸雨，轻却准地打在他心口上，腐蚀得他血肉模糊，连呼吸都痛。

“哪里苦了？”沈晏清喉头微哽，唇边弯起弧度安慰她，“我们现在很好不是吗？只要你还在，我还在，以后会更好。”

程隐哭了几分钟，终于平复好情绪起身打开门。沈晏清站起身把她搂进怀里，瞧她满脸泪痕，拇指轻柔地擦着她半张脸的水迹：“怎么哭成这样……”又是叹又是无奈，他亲了亲她的脸颊，将另半张脸上的泪痕亲了个干净。

她被亲得眼睫微痒，睫毛颤颤。他舔舔唇，笑说：“甜。”

她撇着嘴，脸颊哭得微红，情绪不高：“眼泪有什么甜的。”

“就是甜哪。”他笑着，将她颊边稍稍沾湿的发别到耳后，“只要是你，什么都是甜的。”

沈晏清的“病”就此翻页，在程隐的坚持下，原定要做的手术也暂时推了。让他背着个略显耻辱的名声已经够了，要是真的让他去做手术，程隐想想都觉得没脸去见沈爷爷——哪怕沈爷爷被蒙在鼓里，对他们之间的幺蛾子一概不知。

话说开了事情就好办了，那天晚上他们谈了很久，沈晏清手抚过她腹上本该有疤的位置，听她讲当初在国外和容辛遇险的一点一滴。想说的太多，到最后化作心间怅然，和他紧紧抱在一起。

因为沈晏清闹的这一出，程隐特地和他去做了次身体检查，报告出来后才放心，他确实健健康康没哪里有问题。然而，沈晏清拿着她的检查报告一脸凝重，程隐心里忽地生出不好的预感：“怎么了？”

他捏紧了纸页边缘，半晌放松力道，喉间动了动，艰难地说：“你怀孕了。”

程隐一愣：“怎么会……”

这个问题让两个人都蒙了，双双无言对视，半分钟后，程隐回过神来：“难道是那次……”

沈晏清眉头动了下，很快明白她的意思。大概就是她主动的那回，虽然没有进行到底，但那段无保护措施的过程已经足够导致这个结果。

事已至此，沈晏清收好报告，道：“明天再彻底检查一次，如果确定了，再安排医生。”

原本是件开心的事，可她身体如此，喜事只能不喜。

程隐呆了好半天，许久，抬眸对沈晏清说：“我想留下……”

“不行。”沈晏清第一次斩钉截铁地拒绝她，眉头紧皱道，“不能拿身体开玩笑。”

“可是，可是……”程隐抿了抿唇，站起身，“我回国前已经很久没有检查过身体了，是什么状况谁也不清楚，明天去检查，如果医生说百分百会出意外，那我听你的；如果不是百分百会出意外，能不能……”

“不行。”沈晏清沉沉盯着她，“这件事没得商量。”

程隐和他对视，谁都不肯退让，他面色冷沉，她亦生起气来，重重往沙发上一坐。她别开头说：“行，你安排医生，安排了我也不去，你爱去你自己去！”

“程隐，你能不能冷静一点——”

“我不冷静！”她发飙，“我冷静了，你给我选择的余地了吗？！”

深深吸了几口气，她说：“我不想跟你吵。”而后站起身，头也不回地往卧室走。

进了卧室，她闷闷坐在床边，没多久，听到外面传来一声重重的摔门声。

程隐和沈晏清吵架了。两个人都动怒生气，这在她回国以后还是第一次。沈晏清摔门走了之后一直没回来，没给她打一个电话，她也没有给他发半个字消息。晚饭是她自己做的，吃完洗漱过早早就睡下。只是翻来覆去怎么都睡不着，手不自觉地抚上肚子，她侧躺着出神，感觉有些奇妙。

快到十二点的时候，外面突然有动静。起身的动作在听到熟悉的脚步声后停住，她重新躺好，闭眼假寐。

沈晏清回来了。他没有开灯，脚步不重，在她身后躺下，像往常一样抬手环住她，胸膛紧贴着她的背。唯一不同的是，一向不怎么爱喝酒的他，身上带上了酒味。

程隐闭眼不动，他也没有动。过了会儿，她皱着眉，抬脚往后踢他："去洗澡。"

他没说话，只是埋头在她脖颈处，灼热呼吸里都带着浓重的酒味。

"你喝了多少酒？"她睁眼，转了转头，不过还是没能看到他的脸。

他倒是终于说话，喉间略微沙哑："没多少。"

程隐抿了抿唇，他的手掌忽然覆在她肚子上，掌心温热。她顿了一下，以为他要对晚饭之前争执的内容再说什么，正要开口，他动了动喉，在她颈侧道："……如果……如果医生说很危险，你一定要听我的。"

她微愣："你肯……"

话没说完，他也没答，只有那呼吸又沉又闷，听着就教人心里泛酸。

程隐敛下眸，将手放在他手背上，轻轻握住。

"程隐，"良久，他埋首将唇贴上她白皙的脖颈皮肤，低沉声线在黑夜中染上了从未有过的哽咽，"……你这是要我的命。"

沈家那边是沈晏清去交代的，沈承国知道之后气他拿生病当儿戏，罚他在书房跪了三个小时还不解气。连一向好脾气的沈修文都有点不高兴，觉得他没事找事纯属有病。而后面对程隐，一个个态度却完全不一样，生怕磕着碰着，就差拿她当易碎的瓷娃娃供起来。

医生说程隐的身体状况并不算太糟糕，好好养着，大致上是没什么问题。但也不排除有危险，所以需要打起十二万分的精力照看。于是在检查过后，程隐开始了漫长的十月怀胎之期。

在这件事上，沈晏清彻彻底底败给了程隐，毕竟就连生气摔门走人，也在几个小时后自己乖乖回家，要他真拿程隐怎么样，他实在是没有这个本事。

秦皎知道消息后，当即腾出空，拎着大包小包来见程隐，摸着她尚且平坦的小腹啧啧感叹了半天。陪着秦皎一起来的段则轩总觉得沈晏清看上去并不是那么高兴，可是他又忙活个不停，忙前忙后，就差连头发丝都给程隐照顾到了。段则轩管不住嘴好奇地问了几句，只收到沈晏清一个斜眼。

沈晏清心里确实并不欢喜，但在内心一番挣扎之后，只能认了现实。在沈承国面前跪完回来，他就干脆把公司里所有东西都搬到公寓，以便随时照顾她。

送走秦皎和段则轩两人之后，程隐捧着准备好的一堆名字，奔去厨房问正在煮饭的沈晏清："你看，你觉得哪个好？"

他拿着汤勺正尝味道浓淡，朝本子上扫了眼，嘴角一撇："哪个都不好。"

2

兴冲冲挑名字的程隐被他的回答一噎，不高兴："你就不能正经一点，好好看看吗？"

沈晏清才不想好好看，对面前的这一锅汤都比对那些名字有兴趣："名字的事让爷爷想，你去坐着。"

程隐瞧了他一会儿，合上本子，转身走回客厅，踩得地板直响。沈晏清侧头看了好几下，无奈把火调小，盖上汤锅盖子出去找她。在餐厅和客厅间的小阶梯前拉住她，他手搭上她的腰，垂眸睇去："又生什么气？"

"我没生气。"她撇嘴，"不是你让我回去坐着吗？"

沈晏清叹了一声，抚她的发，说："你知道我心里不好受，还拿这些来给我看。"他又安慰道，"爷爷说了，名字他来起，你不用想那么多。"

"我知道你担心我，但是我现在不是好好的吗？"程隐挑眉，试着引导他，"你总不能就一直这样板着张脸，你担心我会死所以成天郁郁寡欢，那我……”

“别乱说。”她话还没说完就被沈晏清打断，他皱眉，“好端端干吗把什么死不死挂在嘴上。”

对于他的忌讳，程隐觉得真没必要：“有什么说不得的，都是事实。我知道，我都知道，我保证我会好好养身体绝对不会死……”

沈晏清干脆一把将她的头摁进怀里，没给她继续往下说的机会。拧着眉将她圈紧了，他说不出的无奈：“我知道了，多少个名字我都选，你安静些。”别再把死不死挂在嘴边，她每说一遍，他心里就像是被一只大掌捏一遍，难受得紧。

“晏清……”

“只要你好好的，什么都好。”他在她颊侧亲了下，站直后道，“都选了哪些名字，我看看。”

程隐没有翻开给他看，抬眸视线朝向他，眨了眨眼，看了许久，而后默叹一声，双臂回抱环住他：“我保证，我绝对不会出事。”

这个话题说轻巧也轻巧，说沉重，也是直逼心门教人透不过气来的沉重。

沈晏清没再继续说，手在她背后轻抚两下，怅然不已：“除了你没人能气我……只要你平平安安，哪怕气我一辈子都行。”

随着月份渐大，程隐行动越加不方便，晚上睡觉的时候尤甚，平躺喘不过气，侧躺又累，每晚辗转反侧，过一会儿就醒，闹得沈晏清也睡不了觉。稍好些的是吃东西方面，孕吐情况不太严重，偶尔没忍住吃多了，才会吐一吐，大多时候吸收得很好。

她胃口大增，却不见长肉，除了一天比一天明显的肚子，脸还是瘦得只有巴掌大。好多次，沈晏清摸着她的脸百思不得其解：“该喂的都喂了，你怎么就是喂不胖？”而后视线投向她的肚子，眼光沉沉，不像是在看孩子，倒像是在看仇家。

程隐见天寻摸事情打发时间，远在国外的容辛开始世界各地奔忙，在她怀孕初期得知消息，打过几次跨洋电话。到怀孕中期，程隐几乎每周都会收到一张容辛从所在地寄来的明信片。

随着明信片一起寄来的还有世界各地的风景照，容辛亲手拍的，每张照片后都有他手写的字，有中文、有英文，两种文字都写得很俊逸。在这个信息时代，联网不需要半分钟就能发送的图片，他用这种笨拙而原始的邮寄方法，平添了许多美感。

程隐本来怕沈晏清会吃味，不想他却很淡定，几次碰见她在读明信片，都只是淡淡扫了一眼就走开，把时间空间完全留给她。次数多了，她不免好奇，拿着新收到的明信片去找沈晏清，问他："大哥又给我寄了卡片，你不生气吗？"

沈晏清喝着水，眼尾斜她："我在你心里就是这么个形象？"

不然呢……程隐默然腹诽，不管形象不形象的，他是个醋坛子绝对没跑。

醋坛子沈晏清淡定无比，放下杯子说："看看明信片调节调节心情挺好的。"说罢顺手在她头上一摸，转身进厨房煮饭，留下她在原地呆怔。

程隐觉得沈晏清在这件事上像转了性，直到容辛忙里偷闲和她视频连线，听说后一脸诧异地开口："就是因为沈晏清，我才寄了那么多明信片，你不知道吗？"

程隐是真的不知道："因为沈晏清？"他们什么时候有的联系，她真的完完全全一点都不知道。

视频中，容辛的笑容一如既往，他说："孕期情绪容易有波动，沈晏清怕你心情不好，拜托我有空多开解你，让你不要被不好的情绪侵扰。所以我才不停地给你寄明信片。"

有不好情绪的人明明是沈晏清才对吧，程隐听得一脸懵然。

而后问沈晏清，他脸上闪过一丝尴尬，但还是坦白了："奶奶不在了，如果奶奶还在，她一定会很高兴。好歹你也叫容辛一声大哥，勉强算他是你半个亲人，心情不好的时候和他闲聊几句，你能放松一点。"

沈晏清包揽了大厨的工作，但正事也不少，忙起来常常顾不上程隐，都说孕妇敏感情绪波动大，她喊容辛一声大哥，偶尔收到容辛的问候，或许她心里能熨帖开心一些。虽然他和容辛看对方都不太顺眼，但为了程隐，这个便宜大舅子他认也就认了。

沈晏清一番话说得程隐不知该如何反应才好，沈晏清本是想宽她的心，不想，她唇一抿，红着眼就扑进了他怀里。她觉得心酸，自从她做了这个决定之后，他提心吊胆，一连瘦了好几斤。

更让程隐觉得难受的是月份渐大之后，照例体检完回家的某晚，她早早睡下，夜半被撩在耳后的呼吸弄醒，半梦半醒间，听到他极低的细微声音。

不知是不是刚从噩梦里醒来，他嗓音沙哑沉重："你要好好的，一定要……"

一瞬间，心像被揪紧，她从瞌睡中清醒，却不敢转身面对他。

在还不到八个月的时候，医生说程隐得接受剖腹产。再继续妊娠，身体内的旧伤有撑不住扩大破裂的危险。

程隐被推进手术室后，坐在长椅上的沈晏清就保持着同一个姿势没有动弹过。陪着一起来的段则轩和秦皎两人想了半天，也没能酝酿出合适的措辞宽慰他。

沈承国在沈修文的陪同下稍慢些赶到，问了几句情况，目光投向沈晏清微红的眼角，老爷子拄着拐杖呵斥："你媳妇好好在里面待着，男子汉大丈夫，自己吓自己，摆出这副样子给谁看？！"说是这么说，然而捏成拳微微发颤的手却泄露了他老人家同样紧张的心境。

剖腹产比顺产快，几十分钟时间，但每一分每一秒对于沈晏清来说都是一种考验。心像在油锅上被烈火烹灼，发出"吱吱"惨烈的声响。

他双眼怔怔，出神间想了很多很多，从小时候初见程隐，到长大过程中相伴的一点一滴，高兴的、难过的、美好的、糟糕的……无数片段，有关于她的言谈笑貌、有关于她的别扭心事，一一在脑海里跑马灯一样走过。

越是想，心里越是难受，眼里越是滚烫。尽管被爷爷训斥了一通，他却还是无法抑制眼角发热的感觉。

命运向他开了一扇门，他站在门前，不知道接下去等待他的会是什么。他不想失去程隐。

长廊上一片寂静无声，大家都焦急地等待着，大约四十多分钟过去，护士从里面出来，扯下口罩："谁是孩子父亲？"

沈晏清站起，嘴里泛起一股血腥味，喉间沉沉："我是。"

护士看了他一眼，蓦地笑着弯唇："恭喜！母子平安，现在可以进去看产妇……"

晴空和雷鸣刹那齐聚，又转瞬拨开乌云，须臾间仿佛过了很久，沈晏清的心更似在刀尖上滚了个够，不过好在纵然鲜血淋漓，到底平安落地。

下一秒，他头也不回地冲了进去。沈承国见沈修文和段则轩都想叫他，无可奈何地摆了摆手："由他去吧。"孩子不足月，没有抱出来直接放进了保温箱。其余人不去打扰沈晏清，拐道去看新生儿。

躺在手术台上的程隐脸色苍白，没有半点力气，眼要闭不闭的样子把沈晏清吓了一跳。他俯身和她说话，给她别弄乱的头发，她嚅唇半天，好不容易才挤出声音："手痛……"

他低头一看，才发现自己把她的手捏得很紧，握着揉了好半天。

除了医生，还有满屋子女性助产师和护士，都是沈晏清一早安排的，此刻不好打扰人家小夫妻，留下推产妇去病房休息的，其余全都散了。

程隐没什么力气，却不忘惦记孩子："宝宝……好看吗？长什么样子？"

"好看，特别好看。"沈晏清脸贴着她的手掌，"长得像你一样，特别好看。"

程隐扯了扯唇笑，不知道他说的是真是假，干脆当成真的听了。麻药劲过去，切开又缝合的伤口痛感开始蔓延，她笑得扯动伤，连皱眉都皱得无力："好疼啊……"

随口一句感慨，话音落下，忽地却感觉手掌温热湿润，她怔然侧眸一看，沈晏清脸埋在她掌心里，紧闭的双眼睫毛颤颤扫着她的五指缝隙。

她的手挡住了他半张脸，他就那么伏在她床边，脸贴在她手掌里，低低声音里透着劫后余生的庆幸，还有很多很多无法言喻的情绪。

“以后不生了，”没被她的手挡住的他的面容，合着他喉间的轻浅哽咽，滑过滚烫水迹，“再好看也不生了……”

沈晏清和程隐的儿子，起名叫沈赐，寓意上天恩赐。或许是营养补充得好，沈赐从保温箱出来后，不仅比足月的婴儿生长得好，在同龄孩童里亦是佼佼者，学会翻身和爬都比别人更快。沈家个个都把沈赐当成了宝贝，唯独沈晏清成天板着张脸。

杨钢也很喜欢沈赐。程隐怀孕的时候他跟孙巧巧来看过她，虽然只是个半大小孩，但也能感觉得到大人间不对劲的气氛。彼时，他贴在程隐肚子上听完胎动，很认真地对程隐说过：“程姐姐是好人，你一定会生一个很好的宝宝。”

那双眼睛还是那么干净，在经济和心理上，孙巧巧都给予了他足够的条件，是个很称职的母亲。有了家、有了亲情、有了健康的身体，不必再为生活所累，经受过风雨和艰辛之后，这个小男孩的人生终于开始走向平和美满。而作为促成这一切的人，程隐在接受他的祝福后，笑着在他额头轻轻一吻：“真乖。”

怅然又满足的语气，一如初见。

沈赐降生之后，杨钢只要周末有空，不用上补习班或者特长班，就一定会到程隐这儿来陪沈赐玩。自己都只是个小孩，照顾起更小的孩子却有模有样。沈赐也喜欢他，坐在他怀里听他拿着卡片教认字——其实根本听不懂，但还是能安分地待住，咿咿呀呀淌着口水开心半天。

每当沈赐爬到沈晏清脚边，而后者久久不抱他的时候，杨钢更是会眼疾手快，一溜烟跑过去抱起沈赐，到客厅另一边坐下。

对于这件事，杨钢颇有微词，私下里偷偷和程隐说过几次：“等小宝宝长大了，我要教他跆拳道。”

程隐原以为只是因为孙巧巧送他去学跆拳道，他想有个伴，后来随口问了句：“为什么要教他跆拳道？”

谁知杨钢一脸闷闷不乐，严肃地告诉她：“那样晏清哥哥就不敢欺负他了。”

程隐愣过后，才明白是整天臭着脸看沈赐的沈晏清给小孩子留下了阴影，联想到杨钢每次看到沈赐去抱沈晏清的腿而沈晏清毫无动作、眸色低沉时，杨钢都一脸生怕他抬起一脚把沈赐踢飞的惶恐。程隐哭笑不得，耳提面命一再重申，沈晏清才终于收敛。

其实沈晏清并非不喜欢沈赐，晚上孩子睡着之后偷偷看了又看，白天偏要装一脸无所谓，也不知给谁瞧。

沈赐学会叫“爸爸”的那天，被程隐放到沈晏清身上，他趴在沈晏清怀里，小脚乱踩，满口“爸爸爸爸”喊着，发音不太清晰，活像个小喇叭，边喊边怼得沈晏清满脸口水。

沈晏清被喊得一脸不自在，高兴吧，程隐就在旁边笑嘻嘻瞧着；不高兴吧……其实还是挺高兴的。

而后程隐把沈赐哄睡着，又朝沈晏清扔下一枚炸弹。

“我们结婚吧。”

简简单单五个字，让沈晏清怔了好半晌，比沈赐一连串“爸爸”轰炸都来得更强。

他没答，就那么直直进了浴室。程隐不明所以跟上去，被他一个关门挡在外边。

“你怎么了？

“开门啊。

“好端端的干吗了又……”

她在浴室外敲了半天门，里面没有一点动静，过了一会儿，终于听到洗手池龙头拧开的水声。半分钟后，水声停了，沈晏清把门打开，脸虽然擦干净，但看得出来，明显被水冲过一遍。

“……你哭了？”程隐瞪大眼。

沈晏清撇过头不看她："没有。"

"你明明就哭……"

沈晏清瞪她一眼，快步走开，甩下一句："明天去民政局，赶紧睡。"

从沈赐出生，他一直没敢求婚。尽管已经走到如今，两个人一起生活，有了共同诞育的新生命，可他心底还是有说不清道不明的害怕。

怕她突然有一天会改变主意，怕她并不想嫁给他，怕梦寐以求的眼下终会化作泡影。

而结婚，是一道程序，更是一种约定，约定了下半生，他们将以合法的身份陪伴彼此，一起共度。

程隐被沈晏清的夸张反应弄得不知该说什么才好。隔天去民政局更是教她无奈，从进门起他就牢牢攥着她的手，直到拿到红本出来，他脸上才终于有了真实感。

她想说什么，他忽然俯首吻住她，拿着结婚证，揽着她，在春风漫起的街头，随着从枝丫落下的一片一片的应时花瓣，他温热唇瓣覆在她唇上，带着怕赶跑喜悦的小心翼翼。

少年时他们被送到龙老师家练字，每年春节，写春联的任务便交到他们手中。沈晏清记得很清楚，有一年程隐写了一对短联，没有横批，只有上下十个字——

"年年景不改，岁岁人常在"。

那副对联最后没有用上，但他在心里记了很多很多年，她出国的那些日子，每当想她，便会想起这一句。

"你终于嫁给我了。"结束长吻，沈晏清弯唇，笑着又在她眼角轻轻一吻，无比珍视，郑重难言。

人一辈子太短，寥寥几十载，磨难和苦痛他们已经经受得足够多。而今年岁正好，景改不改无所谓，只愿彼此常在。

夫妻结发，恩爱不疑。从今往后，再也没有什么理由能将他们分开，包括死。

番外一

骄阳喧嚣

段氏实业的员工近来被一股低气压笼罩着，不论哪个部门，人人都绷紧了神经。如此“艰难”的处境起源无他，皆拜段氏现任大boss段则轩所赐。一连几天，几乎每个部门的部长都被叫去骂了一遍，各个高管无一例外，纷纷遭遇了训斥。

老板心情不好，大家都知道，但老板为什么心情不好，却没有人能答得上来。这种情况下，员工们更是小心翼翼不敢出半点差错，生怕被波及。

顶层办公室，助理汇报完工作，转身正要离开之际，忽地被叫住，心登时咯噔一跳。

办公桌后的段则轩脸色不善：“我让你订的餐厅位置订好了吗？”

要说的原来是这件事，助理心里悄悄松了口气：“已经订好了。”详细汇报一遍，办公桌后久久没有应答，助理低着头内心忐忑，好不容易等到一声不紧不慢的“嗯”，霎时如临大赦，赶紧走人。

段则轩自然将助理的神情看在眼里，他知道这段时间公司里人人都恨不得躲着他——可他没办法，心底那股躁郁就是无论如何也抹不去。

都是因为秦皎。

自从那次，他和秦皎去应酬，遇上舒哲在走廊上拦路嘴巴不干净，饭局结束后秦皎和他过了一夜，他们俩之间的气氛就变得古怪起来。

对于秦皎来说大概一切都挺正常，该怎么还是怎么，问题出在他身上。他也说不清，一静下来，满脑子都是和秦皎有关的事情，按理说他以前不是没交过女朋友，多年穿梭于名利场，身边各色女伴从来没有少过，但这种感觉还真是头一遭。

和她打电话，普普通通一个小玩笑，他能乐一下午；跟她见一面，不管吃什么，总觉得特别香；同她待在一块，无论在哪儿，哪怕是随便逛逛，就连路边的风景也比平时有意思得多……

尤其是秦皎和程隐一起去L.A的那几天，见不到她，心里就跟空了似的，没有着落。

他只能托沈晏清转交文件之名，把那几天随手写下的烦躁心情记录交给她，她才终于想起和他连线。视频里的她看起来还是那么精神，甭管什么时候都顶顶能干，完全不需要别人操心。

偏偏他就想替她操心。

他强装着镇定，状似平静地挤出笑，说："那些只是我想你的内容。"秦皎当场在视频里红了脸，他心里其实更加忐忑，背脊都发紧。

然而他们的关系并没有进展，秦皎从L.A回来之后，全身心投入到工作中，除非他去找她，否则她从不主动和他联系。他也不知道哪里出了问题。

段则轩叹了口气，想拨秦皎的电话，指尖还没触到屏幕，却又改变主意发短消息给她，将餐厅地点、就餐时间一一交代，并附加一句："有正事要和你谈。"

如果没有后面这句，秦皎会不会来，他实在没有把握。

晚上六点四十，段则轩和秦皎在订好的餐厅碰面，落座点好菜后，才饮餐前酒，秦皎就问："你说找我有事，什么事？"

段则轩暗咳了一声，没想到她一来就单刀直入切进主题，只能搬出事先准备好的"公事"。

维系他们俩关联的是秦皎的那家公司，秦皎是一把手，大事小事都瞒不过她，同样，是真的"正事"还是只是"不要紧的事"，她一听就分辨得出来。听段则轩说完所谓的"正事"后，她愣了愣，三两句把事情交代完，疑惑地问："就是这件事？"

段则轩略尴尬地应了声，还好前菜开始上桌，借口进食，避开了她的追问。

吃到后面，上甜点的时候，段则轩用餐巾擦了擦嘴道："后天有个高尔夫聚会，你有空吗？不忙的话……"

"段则轩，"秦皎放下餐具，顿了两秒抬眸看他，"那天的事，你不必介意。"

他没立时反应过来，看清她眼里神色后才意识到她说的是什么。那天晚上，指的是他们有过亲密之实的晚上。

"你……"

"我知道你想说什么。"她道，"我不是那种分不清好歹的人。当然，认真想想，一切都是因为我，因为我的缘故给你造成了这么多困扰，是我当时冲动没有考虑到，我很抱歉。"

停了停，她又说："但是你确实没必要这样，把原本好好的合作关系弄得尴尬，对我们谁都不好。"

在她平缓如流水的说话声中，段则轩的脸色变了。他们的交集，让他纠结至今的事，对于她来说就只是轻描淡写的这么简单几句话？段则轩沉着脸，心像被捏爆了一样，留下一堆破烂烧起来，火势冲天。他真想把她的心剖开看看，看看里面装的都是什么！

不必介意、当时冲动……听听，这是人话吗？他的心情对她来说就这么不值钱？！

在秦皎又要开口之前，段则轩开口：“买单。”

在她微愣怔的表情中签完字，他直接拉着她出了餐厅。她踉跄几步，离门老远后才回神，扯着他停下。

“段则轩……你干什么？”

段则轩凝眸看着她：“你是不是觉得，我找你，只是因为我跟你睡了一回？”他扯出一个自嘲冷笑，“秦皎，你真当我没见过女人。”

秦皎顿了顿，眉头一拧，板起脸说：“既然你见过，那就去找该找的人。”

段则轩眸色越发沉，死死盯了她半天，脸上阴云密布，蓦地冷笑：“好，好得很。”

秦皎抿了抿唇，避开他的眼神，说：“我先走了，段先生自便。”

说罢，她真的不停留，转身朝路边走去，很快拦下出租车，坐进后座，驶离他的视线。段则轩站在原地，看着她头也不回地走了，久久没有动作。

段氏实业顶层的气氛已经不能用低沉来形容，气压骇人到连正常喘气都有些困难。屏气敛息的助理在傍晚推开门进去汇报：“段总，秦小姐今晚有个饭局，在金光酒店，和豪……”

“啪”的一声，段则轩把文件摔在桌上，助理抬眸一瞧吓得脑门渗出汗。段则轩的脸色沉得可怕，冷冷视线直逼而来：“我让你说了吗？”

助理头压得低低的，连抬都不敢抬，更不敢反驳。可是……明明前段时间，是段总自己说让他随时关注秦小姐那边，有合作或者饭局第一时间告知。

段则轩把助理盯得都快趴倒在地了，才终于收回目光：“出去。”

掷地有声的两个字，助理像是从断头台上下来，忙不迭走人，脚不沾地退得极快。

段则轩许久没动作，几分钟之后才再次翻开文件。埋头在文件里，左边的小山很快在右边堆起，明明觉得过了很久，抬头一看，却连七点半也没到。

室内静了半天，助理被电铃叫进来，沉闷气氛迎头直击。

“订个包间，我要吃饭。”段则轩没有表情地开口。

助理一愣，有些跟不上他的思维。他眯了眯眼，视线冷冽：“金光酒店。”这下助理完全懂了，应了是，退出去迅速在五分钟之内搞定。

助理陪着“阴晴不定”的段则轩前往金光酒店，菜一一上桌，坐在桌前的人却完全不似有进食欲望，助理暗暗琢磨，决定自作主张一回，便退出去，到总台询问。

几分钟后，助理回到只有段则轩一人的包间，犹豫着走上前去，低声道：“段总，我刚刚不小心听人家说，今晚秦小姐那边的饭局似乎出了点情况。”

段则轩眉头一皱，冷了半晚上的脸有了表情。

助理不敢卖关子，道：“具体是什么事不知道，但饭局上似乎闹了点不愉快，秦小姐已经先走了，说是当时闹得特别不好看，陪席的其他人帮着才缓和气氛。”

下一秒，就见段则轩起身朝外走，助理赶忙跟上：“段总……”

“你下班了。”段则轩丢下这句话，头也不回地走了。

助理看他的身影消失在门外，摸了摸额头的汗。这一回，总算是赌对了。

段则轩开着车一路往秦皎住所赶，开到半路，瞥见路边一个熟悉的身影，当即把车往路边一停。他没有马上下车，坐在车里看着以往干劲十足的秦皎，颓然慢步朝前走——肩膀耸动，她似乎是在哭。

发现这一点，段则轩心一紧，眉头不自觉拧起。

大概是在饭局上受委屈了。舒哲的事，段则轩从来不放在心上，秦皎的应对处理他也觉得很好，无可指摘。但这世上，并不是每个人都会以善意对人。

想到前几天吃饭时秦皎说的那番话，还有让他去找别人的言论，段则轩眼一冷，放平眉头，点了根烟。

秦皎走得慢，他视力又好，哪怕是走到前面路口也还在他的视线范围内。一步、两步、三步……她抬手抹眼泪的动作，他亦能看得清楚分明。

段则轩凝神盯着秦皎的身影，说不清心里什么感觉。她的公司刚成立的时候，他入股，还派了段氏的人手协助，谈生意各个方面，私下都有段氏在背后撑腰，人人都给他面子，她才能那么一帆风顺。

而从上次餐厅外不欢而散之后，他撤回了段氏所有的人，她的公司各项合作、各种事宜，他均不再管，各路魑魅魍魉一个赛一个地精，见他态度变了，风向自然也跟着变。不过几天时间，现实就给她上了一课。

她还是太天真。在商圈，比的就是谁实力雄厚，不管她再怎么有本事，再怎么拼命，在绝对压倒性的优势面前，也只能随时被碾压。

手机就在右手边，一直黑屏静静躺着，没有半点动静。即使是这种时候，她都没想过给他打一个电话。

段则轩心坠沉下来，更觉得心冷。

他正要开车走人，忽见秦皎停下，崩溃般蹲下，抱着双膝埋头痛哭。她颤抖的肩膀，将那一身工作正装衬得无比狼狈。她从来不会这样，不管遇上什么事，她都没有这么不在乎形象地在路边哭过。

段则轩沉沉吸了口气，手握拳，燃着的香烟捏断在手里，猩红的烟头把掌心皮肤烫出焦味。他闭了闭眼，猛地开门下车，大步朝她走去。

秦皎蹲在路边正哭得起劲，忽然被人扯着站起身，泪眼婆娑地踉跄了几下，看清面前的人，含着泪愣了愣。

“段则轩？”

段则轩瞧见她满脸泪痕，紧紧抿唇，她开口的刹那，眼泪顺着脸颊淌下来，就那么一滴，仿佛不是湮进了尘埃里，而是落在他心里的滚烫沙漠上，“刺”的一声，瞬间蒸发，教他心里那片沙海更烫、更焦灼。

他拽着她的手腕，把她往怀里一拉，摁着她的头让她靠在自己的肩膀上。

秦皎挣扎了两下，他手臂有力，完全不是她能挣开的。

“被人欺负了就在大街上哭，冷风吹得脸不疼吗？你是不是傻？”

他怀里的秦皎顿了一下，没了动作，更没声响。

“哭吧。”他声音低了几分，“想哭就哭，我怀里没有风，你可以哭个痛快。”

秦皎吸了下鼻子，埋头在他怀里，鼻尖更酸，声线更颤，却强忍着，只说：“……我透不过气了。”

段则轩没有放开她，揽住她腰的手臂反而更加用力，另一只手抚上她的背、抚上她的后脑，安慰的姿势变成紧贴的拥抱。

他低头贴着她的发丝、贴着她的侧脸，许久，长叹一声：“秦皎，你要不要这么傻。”

段则轩把秦皎送回住的地方，她的公寓他来过几次，但待的时间都不长，这次也一样，在沙发上坐了一会儿，洗完脸的秦皎从浴室出来，他便告辞。

“你休息吧，我先走了。”他脸色淡淡，起身就朝门口走。

“段则轩，”秦皎叫住他，见他看来，有点不自在地舔了舔唇，“我煮点夜宵，你要不要吃一点……”

段则轩没回答，双手插兜，站着定定看了她好一会儿。而后提步走到她面前，三步、两步、一步，距离缩短，他仍不停地靠近，最后脚尖抵脚尖，秦皎吓得往后退了一步。

“你确定，你要留我吃夜宵？”他一瞬不移地看着她。

“我……”秦皎脸莫名红了，或许是他靠得太近，又或许是别的。她动了动喉，想继续说话，他忽地捏住她的下巴，俯首吻了下来。

腰被揽住，他亲得霸道又不容抗拒，周围空气如霎时干涸的溪流，她就是扑腾又逃不掉的一尾小鱼。

冗长的一个吻，直亲得两个人都气喘吁吁，段则轩呼吸略重，说：

“刚刚我给了你十秒，你没有拒绝。”亲之前的沉默时间，她可以走开，可以推开他，可以用各种各样的方式拒绝，但她没有。

他喉间微动：“所以——”

“所以……”秦皎抿了抿微红的唇，避开他的目光，然而在他怀抱范围之内，怎么可能躲得开他灼灼视线。她眼里亮光微晃，像漾漾春水，似悠悠月光。她偏头，脸上泛起绯红，“所以，你要不要吃夜宵……”

段则轩顿了一秒，而后眸光大盛，绷了一晚上的唇线，再也抑制不住地上扬。

“啊——”猛地被他抱进怀里，秦皎吓了一跳，而后被他紧紧拥着，勒得快喘不上气，“我呼吸不了了……”

更无法呼吸的在后面，当被段则轩又一次封住嘴唇的时候，秦皎心里飘过两个大字：完了！

然而，假若这两个字有声音的话，大概会是怅然又无可奈何的语气——再加一点，不想承认、但连她自己也无法否认的，欣然喜悦。

阳台外，夜空幽蓝，高高悬挂的明月银白如盘。

明天会是个好天气，以后都会有好天气。哪怕有阴雨、有雷鸣，但乌云过后，总会晴空骄阳，喧嚣迎接。

番外二

花好月圆

程隐和沈晏清拿了结婚证后，一直没办婚礼。

孩子半岁的时候，秦皎问过她："打算什么时候结婚？"

被程隐一句噎到："结婚？我们已经结了啊。"

而后沈赐渐渐大了，他们夫妻俩倒像是把这件事给忘了，提都没提。

一帮朋友见正主不着急，便也懒得多嘴。

其实沈晏清是想办婚礼的，怎么说，光拿结婚证，有种锦衣夜行的感觉，不办婚礼总像是缺了点什么。

和程隐提过两次，她皆报以嗤笑。

"你是不嘚瑟就少了快感吧？"

沈晏清反驳不是，不反驳也不是，但琢磨着，似乎又是她说的那个意思。

这么漂亮的老婆，不昭告天下多可惜。

拖拖拉拉磨蹭了几年，等程隐不嫌婚礼麻烦，沈赐已经长到快五岁。

“这不正好吗，省了找花童的工夫，让你儿子穿个小西装捧束花往那儿一站，现成的。不过你这婚礼办得也太早了吧，结婚证揣了几年终于焐热了？”

段则轩听说沈晏清俩人打算办婚礼了，勾着唇就是一阵调侃。

他们正坐在高尔夫球场的休息室里，外头太阳有点毒，没打一会儿就停了。

沈晏清对他的嘲笑不以为意，淡淡反击：“那你呢？和秦皎谈了几年的恋爱，求婚戒指想必磨得越来越亮了。”

“你这……”段则轩被他噎到，冷哼，“要办婚礼的人就是不一样，说话都更有底气。”

沈晏清懒得和他扯：“你能不能少说废话，讲点有用的。”

“有用的？你想听什么有用的？”

“婚礼具体事宜……”

“打住。”段则轩叫停，“你故意来炫耀还是怎么，我这还恋爱长跑呢，婚礼的事我怎么清楚！找结过婚的问去！”

跟他谈也谈不出什么，沈晏清收了话题。

稍坐一会儿，时间差不多，该去接程隐，沈晏清起身。段则轩也跟在身后，他回头：“你去哪儿？”

段则轩答得理直气壮：“你不是去接你老婆儿子吗，顺路一块过去呗。”

程隐带沈赐去玩了，秦皎也在一块。前两天似乎听程隐说，秦皎跟段则轩吵架了。段则轩去参加酒会，被女人缠上，没能及时摆脱，虽然错不在他，但不巧的是恰好撞在入场的秦皎眼里。打那天起，她连句话都没跟段则轩说过。

沈晏清很想说来着，就段则轩这傻样，老出幺蛾子，怪不得人秦皎不愿意跟他结婚。不过见段则轩着实郁闷了好些日子，到底还是有点善心，没往伤口上撒盐。

此时跟在身后，怕是想要借机和秦皎见面，说上话。

沈晏清不拆穿他，就当多了个司机，把车钥匙扔给他。

四十多分钟后，开到程隐和秦皎所在的商场，他们停在路边等，沈晏清一通电话，没多久两大一小就从里面出来。

沈赐长得跟沈晏清太像了，但眼角眉梢每一样单看都有程隐的影子，可合在一起，简直就是沈晏清的翻版。

段则轩特喜欢逗他，听他嘟着张肉脸喊叔叔，有种占了沈晏清便宜的乐趣。

只是心里有事，这会儿却没心思逗孩子，沈赐连连喊了几声，他才移开盯着后视镜瞄秦皎的视线，敷衍应了一句。

沈赐坐在程隐和秦皎中间，软趴趴往程隐身上躺。

“沈赐，你坐好了。”沈晏清回头瞥见他，微皱眉。

被点名的小家伙抓了抓脸，不情不愿坐好。沈晏清还不放过他，刚刚上车前，程隐从商场大门抱他抱了一路，直到上车。

“你又让你妈抱你。”他沉声说，“明天哪里都不准去。”

沈赐一张脸垮下来，撇嘴要哭，扭头去看程隐。

“你干吗又凶他？”要不是隔着座椅，程隐又要抬脚去踹沈晏清。

“你别惯他。”沈晏清淡淡说，眉眼间隐约不爽，“五岁还让大人抱，他都那么重了。”

“他哪儿重了！沈晏清你会不会说话——”

副驾驶座的人一脸平静。

沈赐听他们你一言我一语，犯懒趴到程隐腿上。

最后还是被程隐纠正，规规矩矩坐好。这辆车没装儿童安全座椅，她看护得小心。

差不多是饭点，开到常去的餐厅吃晚饭。他们按惯例上楼去包厢，一进门，沈赐就撒欢满房间跑。

四个大人落座，话题自然而然谈到婚礼的事情上。

程隐和秦皎下午去试了婚纱，段则轩一听，觍着脸凑到秦皎旁边：“伴娘礼服？你挑的哪样的啊？”

“你管得着吗？”秦皎正眼都不看他，“又不是你结婚。”

程隐和沈晏清对视一眼，吐了吐舌头。秦皎最近火气大，段则轩说什么都是挨怼的下场。

正说话间，忽听在旁边玩的沈赐嗷地哭出了声。

“怎么了？”

程隐一急就要起来，沈赐已经哭哭啼啼走到他们面前，手里拿着个“苹果”。

“好难吃啊妈妈……”他呜呜哭着，脸上一把鼻涕一把眼泪。

那东西长得就不对劲，程隐拿过来一看，哪里是什么“苹果”，根本就是个做成苹果模样的香薰蜡烛。

“……”

“……”

沈晏清啧了声，皱眉：“这个小二百五到底像谁。”

程隐踢他。

沈赐委屈地窝进她怀里，程隐抱住拍背哄，让他张嘴看他吃进去多少。

“吞进肚子里去了？”

他泪眼婆娑地点点头。

“……”沈晏清默不作声地看着，满脸都写着“服了这个二百五”。

“不行。我带他去洗手间洗洗嘴。”程隐放心不下，边抱着沈赐起身，边低声问他肚子里舒不舒服。

沈晏清见她抱孩子，当即也站起，伸手从她那儿接过沈赐：“我来，你抱久了硌手。”

程隐直瞪他。

他们一家三口进了洗手间，段则轩瞅准机会，缠着秦皎说话。

秦皎懒得理他，等程隐三人从洗手间出来，借口要上厕所，把他扔在那儿。

段则轩也不是脸皮薄的，十分好意思地也说失陪，跟了上去。

程隐和沈晏清忙着照顾儿子，也没怎么在意他们。

洗手间的门还没关上就被推开，秦皎回头白他：“你跟进来干什么？”

段则轩反手把门锁了，笑嘻嘻：“想你啊。”

“滚！”

“你最近脾气怎么这么大？”段则轩搂住她的腰。

秦皎挣了两下挣不开，抬脚重重踩在他鞋上。

“嘶——”他倒吸凉气，“你轻点。”手上不但没松开，反而越抱越紧了。

“你要不要脸……”

秦皎脸都气红了。

“脸？能当饭吃？”段则轩将她压在洗手台上，一双手不规矩，开始作乱。

秦皎用膝盖顶他。

你来我往几个回合，段则轩消停了，紧紧箍住她：“差不多得了啊，非逼我在这儿办事儿？沈晏清他们夫妻俩就在外面呢，给人听壁脚可不是什么好事。”

秦皎红着脸，瞪他。

“就那些乱七八糟的也值得你生气？”段则轩无奈，“这几年我什么时候正眼瞧过那些女人？”

“你瞧啊，我拦你了吗——”

“嘿。”他笑，“我还非不瞧，就乐意瞧你怎么着？”

秦皎推他，两个人又拉扯起来。

女人力气还是不敌男人，段则轩死不要脸，张嘴咬她，咬着就亲上了。

秦皎头发被弄乱，两手抵在他胸膛，背后靠着洗手台边缘，不停往后倾。

他亲上了瘾。

好不容易才透口气，她偏头避开。

“你别——

“我明天还要陪程隐去试礼服！”

段则轩哪管："试呗，挑件领子高的……"

几分钟后，秦皎和段则轩从洗手间出去，外套所有扣子扣得严严实实。

程隐和沈晏清的婚礼，在准备了数月之后，有条不紊地举行。

场面盛大，来往宾客众多，沈承国一大早就喜气洋洋，换上礼服等候。

沈家全都到场，各有各的交际圈，都在招待周旋。

作为主角的程隐和沈晏清，却在后边休息室里，听沈赐嘟着脸叽叽喳喳抱怨。

沈赐一脸怒气冲冲，看得程隐直发笑。

她婚纱裙摆大，费力才蹲下，亲了口他的脸颊，问："你为什么不喜欢爸爸妈妈结婚啊？"

沈赐的理由简洁直白："因为你们结婚热死了！"

程隐好笑道："等等就不热了，晚一点妈妈喂你吃饭。"

"让他自己吃。"沈晏清站着，低眸睨他，又是那句话，"你不要老是惯他。"

他一身西装，比往常还要俊朗三分。

"儿子不高兴，你就不能哄哄吗？"程隐不满。

"哄什么。"沈晏清一派淡定，"小丑八怪。"

"我不是丑八怪！"沈赐大声道，"妈妈说我最好看了，爸爸你才丑！"

程隐不方便踢沈晏清，改抬手掐他的腰。

沈晏清平静受了这一下，睇沈赐："你不是丑八怪？照镜子了吗？"

"妈妈说我最好看！"

"哼。"沈晏清笑得不阴不阳。

程隐真的服了他，一天到晚跟小孩子针锋相对。恰好外头有人敲门，打断这一茬。

沈修文陪沈承国过来找孙子。一见沈赐，沈承国笑得眼睛都眯成了缝。

“来来来，阿赐到太爷爷这儿来！”

沈赐和沈承国亲，撒欢就跑过去。

沈承国随便问了沈晏清两句话，就抱着曾孙出去玩了。

程隐感叹，沈晏清倒是乐见其成，不用被沈赐打搅。

谁知婚礼结束，宴会也彻底散了，该歇息的时候，原本打算交给沈承国带回沈家住一晚的沈赐，闹着就是不肯走。

无奈，程隐和沈晏清只好把他带回家。

原本预备的二人世界，因为儿子的存在，不太方便进行。

沈赐要程隐哄着睡觉，赖在他们床上不肯走。

程隐任他趴在自己怀里，柔声给他讲睡前故事。沈赐却不知是太兴奋了还是怎么，半天都没睡。

沈晏清忍无可忍，把他从程隐怀里拎出去。

“你干吗……”

“我来哄。”沈晏清一只手抱着他，头也不回地出了卧室。

程隐怕他又欺负儿子，待了一会儿耐不住，要过去看，刚到门边，就见沈晏清回来了。

“儿子呢？”

“睡觉去了。”

“睡着了？”

“没。”

程隐愕怔：“那……”

话还没说完，小小个的沈赐就抱着扔在沙发上的小枕头，迈着短腿往自己亮着灯的房间去。

程隐要过去，沈晏清拦住她：“让小电灯泡自己睡。”

“……你能不能别老给他起外号。”

沈晏清不答，拉她回房间。

“他真能自己睡？”躺下了，程隐还是不放心。

“放心吧。他能自己睡。”沈晏清一点都不担心。

“我怕他……”

“不用怕。”

程隐顿了一下，问：“你怎么哄的？”

沈赐不太喜欢一个人睡。每天都是她哄睡着了，然后放到床上去。他醒了第一件事，就是抱着他的枕头搓着眼睛来他们房间敲门。

“我跟他说，他乖乖睡了，过不了多久就有弟弟。”

“……”

程隐无言。沈晏清说过不想再要孩子，她也暂时没有再生的意思，这话分明就是用来哄小孩的。

“你这样骗他好吗？”她道。

“人生，多经历一点谎言对他有好处。”沈晏清义正词严，翻了个身紧紧把她抱住。

睡到半夜，本来累得不行，程隐却被他吵醒。

隐约听到他在耳边喊她，一句句“老婆”，腰上的手还箍得特别紧。

程隐惺忪睁眼，对上他的下巴：“怎么了？”

沈晏清还没睡，眼睛漆黑，夜里会放光似的。

他抿了抿唇，手臂越发收紧，不发一言地将她搂进怀里。

“怎么了？”程隐觉得他有点不对。

“没事。”他蹭蹭她的脖颈，“就是想叫你。”

程隐抬起一只手，搭在他腰上。

“睡吧。”他在她脸上亲了下。

程隐是真的困了，呢哝应过，没多久就睡着了。

沈晏清抱着她，待她呼吸匀称，方才长长叹气。

做了个梦，好长好长的噩梦，没有她、没有沈赐、没有现在的一切。

他们隔着大洋，没有原谅、没有相爱，她远走多年，再不回来。

一刹那就惊醒了。

睁开眼是黑漆漆的夜，但好在，她在枕边，就在他身边。

沈晏清在她唇上亲了下，呢喃一声："老婆……"

她在自己怀里，感受着她的心跳，感受着她的气息，沈晏清那颗心终于安宁下来。不久，同她一起沉沉睡去。

这世上没有后悔药，没有如果，但庆幸的是，兜兜转转，他还是抓住了该抓住的。

窗外明月高悬，夜空澄澈。

夜晚气氛美好得像幅画，像他们交握的手，像他们相融的呼吸。

从今以后，花好月圆，和和美美再无缺憾。

（全文完）